哀色《あいいろ》の海
坂野一人
メタ・ブレーン

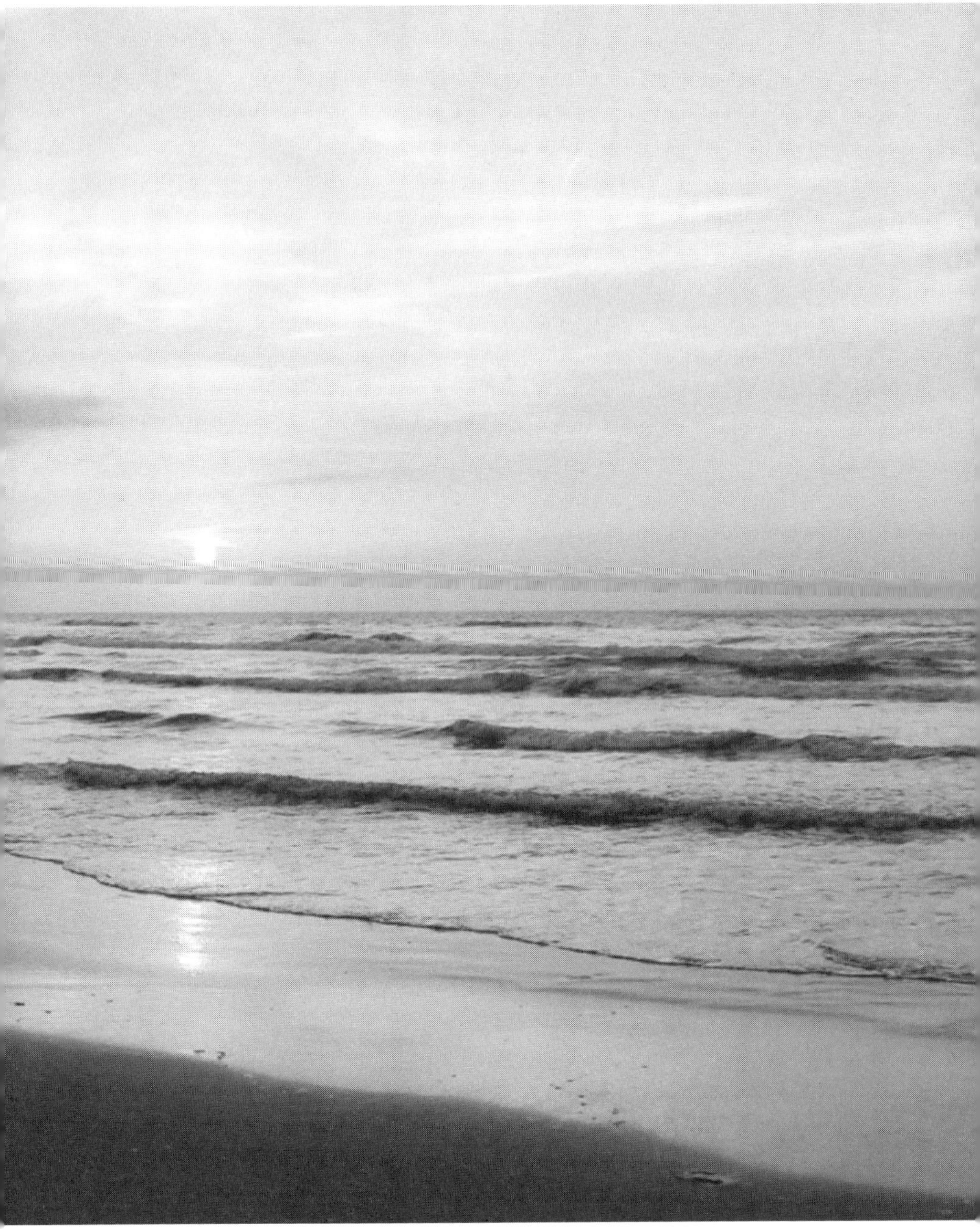

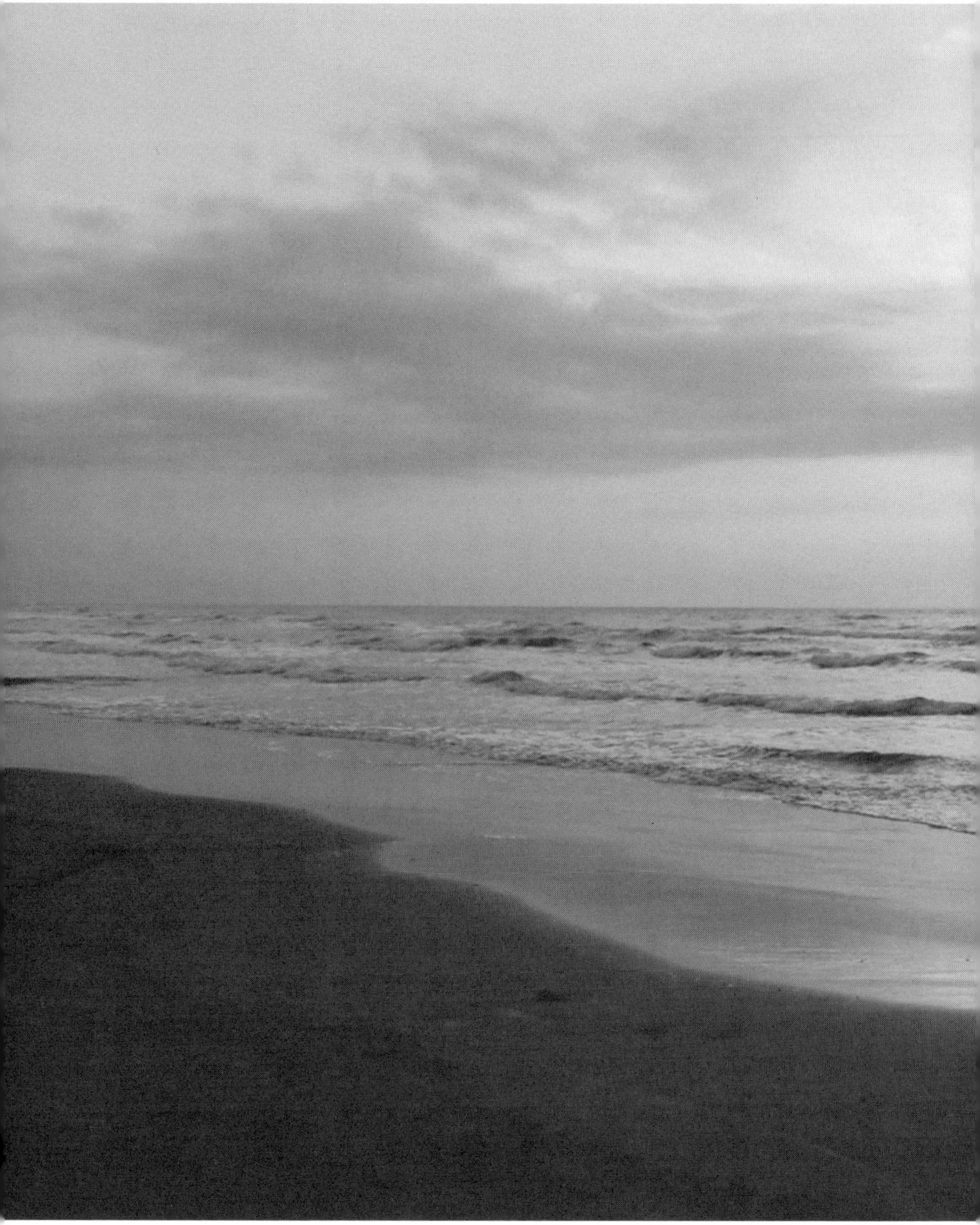

CONTENTS

第一章　波の記憶 …… 7
第二章　ふたつの再会 …… 26
第三章　ふたりの娼婦 …… 47
第四章　記憶との邂逅 …… 68
第五章　透明な壁 …… 101
第六章　海の異郷と山の異郷 …… 131
第七章　様々な旅立ち …… 162
第八章　真実の反逆 …… 183
第九章　海へ帰る日 …… 215

第一章　波の記憶

1

夜が更け惑うのは茫洋《ぼうよう》と海に映える月明かりのせいだろうか。あらためて季節を想うまでもなく、生温い夜の底に響く波音は、人の心に不穏な悶えを鬱々と呼び覚ます。

春おぼろ……この九十九里浜には古《いにしえ》の俳人が詠んだ『のたりと眠る海』はない。しかし波頭をなめて訪れる風と、寄せては返す波音の阿吽《あうん》は、夜の柔らかさに角をそがれ、漠として取りとめがない。

篠坂舞《しのさかまい》はホテルの三階の窓から夜の海をぼんやり見ながら、いつになく激しい自己の不在感に襲われ、吐息をくりかえした。眼下に拡がる暗澹《あんたん》とした松林の背後では、月光を映じて青白く浮いた波頭が怪しい生き物の歯牙のように、とめどなく暗い浜を噛んでいる。

舞《まい》は何度目かの吐息の底に、耳朶《じだ》の波音とはあきらかに違う、もうひとつの波音を聴いたような気がし、その幽邃《ゆうすい》な響きのなかに深い淵をつくる記憶のよどみを感じた。

全身に悪寒が走り、舞はすがる思いでベッドの磯村亮太《いそむらりょうた》を振り返った。しかし満足気な寝息をたてる磯村がひどく遠い気がしてやりきれない。こう感じるのは、今にはじまったことではないが、つい先刻まで体を交えていた男を遠く感じる意識のどこかに、藤野駿一《ふじのしゅんいち》の概念を見つけるたび、怪しい焦燥がゆらめくのである。

短大時代の親友である斉賀綾香《さいがあやか》の結婚式に招かれ、広島県まで行ったのは先週のこと。披露宴を終えた夜、尾道《おのみち》市のホテルから見た瀬戸内海は、なぜか生気がなかった。鏡のように街の灯りを映す海は、ただ従順に港へ傅《かしず》くばかりに感じられた。

しかし、あれは海のせいばかりではなかったと思う。あの日、高島田の髷《まげ》陰に顔を伏せる綾香を見ながら、その隣にいるのは藤野駿一のはずだと、奇妙な憤《いきどお》りを抱いた それは、心に焼きついた綾香と藤野の対《つい》の姿から裏切られたような戸惑いにも似ていた。

《でも、あの気持ちの裏にあった安堵はなんだったのだろう?》

尾道での夜、舞は戸惑いと安堵の暗闘に悩まされた。そして、その暗闘が行きつくところ、この胸騒ぎのような焦燥があった。

舞は尾道での夜を思い浮かべ、忽然と訪れた不安に息をのみ、ガウンの襟を握りしめた。月が翳《かげ》り、浜と海とが渾然とし、寄るべのない波音だけが残った。

心に浮かぶ藤野駿一の面影はいつも一枚の絵と重なっている。四年前、舞が東京の短大の二年生になった昭和五十年六月、栄養学の実習で親しくなった斉賀綾香に誘われ、東京都下の三鷹《みたか》市にある彼女のアパートを初めて訪れたときのことである。

八畳間の壁にかけられた絵を見たとき、心が弛緩《しかん》してしまったのを覚えている。

十号ほどのキャンバスの油絵は、田舎風の古びた瓦屋根の家なみを前景に据え、山と空との広がりを背景にした風景画だった。明るい色彩なのに、どこか疲労感が漂い 山の麓へ消え入る乾いた農村道の色合いや、濃い陰影を刻む木立が、晩夏の疲れた陽射《ひざ》しと蝉時雨《せみしぐれ》を連想させる。しかし一番印象的だったのは空の色だった。温かく、それでいて淋しく感じる色、風景全体はどっしりと動かないのに、そこだけは時空がゆらめいているように見え、重なり合う稜線のかなたへ、色をぼかしながら消えていく空を媒介に、どこか遠い世界へ意識がさまよっていくような、そんな風景画だった。

「私が入っている美術同好会の春合宿でね、臨時の講師をしてくれた人の絵よ。藤野さんていうんだけど、去年、美大を卒業して、いまはいろんなバイトをしながら、たまに大学や高校で臨時の美術講師をしてるんだって」

綾香の口調には作者への素直な敬意があふれていた。

藤野駿一が綾香のアパートで暮らすようになったのを知ったのは、その年の七月の終わりだと記憶している。透明な真夏の陽光がまっすぐに照りつける午後だった。『夏休みの帰省前に一度遊びに来て』という綾香の誘いで、郷里の千葉県旭市《あさひし》に帰る前日に行ってみたところ、部屋に男がいた。家具も初めて来たときよりも増えている。

綾香が「藤野さんよ」と紹介した男は、子供じみた照れ笑いを浮かべ、ちょこんと頭をさげた。目じりのシワが物静かな痩せ顔をひどく優しく感じさせる。肩の近くまで伸びた直毛がきれいで、その髪をてのひらでかきあげるしぐさが、青年というより少年のにおいを放っている。その表情が、あまりに絵の印象そのままで、舞は唖然としてしまった。

藤野という人間が、一枚の油絵に描かれた山間の空の色を通して伝わってくるような、そして絵の印象と静かに共鳴するような、不思議な出逢いだった。

「彼のアパートが画材で埋まっちゃってね、この部屋の一部を貸してあげたってわけ」

綾香は弁解気味に言ったが、初めて絵に触れたときから二人の関係は見えていた。

その夜のことである。舞は絵を描いた場所を藤野にたずねてみた。すると藤野は「えっ？」と壁の絵を振り返ったが、すぐに笑みを浮かべて向き直った。

「写生じゃないんだ。ベースの構図はオレの田舎の風景だけどね」

「田舎はどこ？」

「木曽だよ。山深い片田舎さ。そんな環境で育ったせいか、この歳になっても山っていう観念から逃れられなくてね」

遠くを見るように目を細めた藤野は、すぐに照れ笑いの表情に変わった。はにかむときも目尻に細かいシワができる。その気取らない表情がひどく幼く見えた。

《あれはいつだったろう……》

晩秋だったような気もするし、真冬だったような気もする。当時、舞は学生寮に入っていたが、藤野との出逢い以来、月に一度か二度は綾香の部屋を訪れるようになった。

底冷えのする夜だった。ガスストーブの焔《ほのお》が藤野の顔を薄紅色に染めていた。興奮というか、焦燥というか、舞の心は自制できない感情に揺れていた。

「舞さんの心からは波の音が聞こえてくるような気がする。九十九里浜の近くで生まれ育ったという先入観が、そう感じさせるのかもしれないけど……」

なにかの話のついでに、藤野がさりげなく言ったときである。舞は、自分が見透かされたような、それでいて警戒心がすべて溶けてしまうような、不思議な意識に襲われた。自我の奥へとじ込めていた感情の封印が破れ、心の底へにじんでくる。その感情のままに自分のすべてを藤野の前にさらしてしまいたいと、そんな衝動すらあった。しかし舞は揺れる感情を懸命に抑え、綾香の存在を中点においた藤野との距離を必死に保った。

綾香からの電話で、郷里の尾道市へ戻ることを知らされたのは、短大を卒業して丸二年が過ぎようとする昨年の三月初旬だった。

――親がね、尾道に戻って来いってうるさいのよ。去年の秋にお姉さんが結婚して家にいなくなったもんだから、その穴埋めに私を連れ戻したいんだよ。

その声には困惑も深刻さもない。

「それで帰るつもりになったの？」

——それもあるけど、ちょうどいまの仕事もそろそろ限界かなって思っていたところだし、実家の仕事を手伝うだけで、いまのお給料より貰えそうなんだ。

綾香の実家は尾道市の郊外で材木商を営んでいる。東京で就職した末娘を連れ戻すためなら、会社の事務などを適当に手伝わせ、綾香が勤めている中堅商社の給料より多額の小遣いを出しても惜しくはないだろう。

「ご両親は藤野さんのこと知ってるの？」

——まだ話してないの。それで困っているのよ。駿一が就職していれば親にも堂々と話せるのにね。でも、このことを駿一に相談したら、私のこと信じているから、それでもいいって言ってくれたわ。私たちもいよいよ遠距離恋愛ってわけよ。

綾香らしい楽観だと、舞は憂鬱になった。二人の行く末を考えてのことではない。これでもう東京へは行けなくなったという自身への憂いだった。藤野個人を訪ねることはできそうにない。そう諦念させるほど、綾香と藤野の対の姿が心に焼きついている。藤野の影を本当の影として葬ろうと努めた三年あまりの歳月が、舞の気持ちを抑えていた。

そしてもうひとつ、少し前から交際をはじめた磯村亮太の存在が、その抑制心を加重する重石《おもし》になっていた。


風が虚空を逆巻き、波音がかすんだ。

この三ヵ月ほどの出来事はあまりに突然だった。思いがけず藤野からの封書が届いたのは一月中旬のこと。なかには舞への便箋のほかに綾香宛の封書が同封され、藤野は、それを綾香に手渡してほしいとだけ書いてきた。その手紙の故《ゆえ》がわからずに戸惑う二週間後、綾香から挙式への招待状が届いた。事前になにも聞いていなかったため、舞はひどく驚いたが、招待状の相手の名を見た瞬間、みぞおちのあたりがすっと冷たくなるような感情のなかで、藤野が自分に手紙を託した理由《わけ》を察したのである。

《この焦燥は、そのときを境に胸裏へ忍び寄ったのではなかったか……》

そう思ったとき、背後から「舞……」と呼ぶ低い声がした。

はっとしてベッドを振り返ると、眠っていると思っていた磯村亮太がベッドに片ひじをつき、怪訝《けげん》な表情でこちらを見ていた。

「舞、どうしたの、考えごとでもしてたの？」

磯村は枕もとのタバコを取り、落ちつかない手つきで火をつけた。

「そろそろ僕たちの結婚のこと、現実的に考えないとね」

その日だけで三度目となる言葉が、煙と一緒に吐き出される。

「結婚？」

「そうだよ。どうしてそんな思いつめた顔をするの？　僕もそろそろキミの家へ行って正式にことを決めようと思ってるんだ。僕のことはもう話してくれたんだろう？」

その視線を、舞は無言で避けた。

「おいおい冗談じゃないよ。この前だって言っておいたんじゃないか」

磯村は不機嫌にタバコをふかした。

「僕としては秋ごろには婚約したほうがいいと思うんだけど、どう？」

「そんなに急に言われたって……」

「それじゃあキミは僕との結婚を考えてないの？」

「そうじゃないけど、家の事情もあるし……」

「またそれか」

磯村はうんざりした面持ちでタバコをもみ消した。

舞の母・民子《たみこ》が亡くなったのは九年前である。以来、家事の大半が中学生だった舞にのしかかってきた。まして、それが少しも不自然でない年齢になったいまでは、妹の麗《れい》と父親の忠生《ただお》、そして父方の祖母・那恵《なえ》を含めた四人所帯の家事は、ほとんど舞に一任されている。舞の短大在学中は五歳下の妹が代わりを務めたが、舞が郷里で就職してからは、家事一切を姉に返上してしまった。

「私、いま家を出るわけにはいかないわ」

「わかってるさ、でもね、家族のことをそこまで考えなくてもいいんじゃないか。仮にキミが家を出たって、妹さんもいるし、おばあさんだっているじゃないか」

「あなたは私の家の事情を知らないから、そんなこと言えるのよ」

「その問題は正式にことを決めてからでも遅くないだろう？　冷たいこと言うようだけど、キミのそういうところに家族が甘えてるんじゃないかな？　キミを見てると、そういう曖昧なところが心配になるし、だからこそ僕が必要なんだと思う。極端に言えば、キミをそばにおいて、いつも見守ってたいと思ってるんだ」

大きなため息をついた磯村は、ふいに表情をこわばらせて唇をかみしめた。

磯村亮太との出逢いは、昨年の二月中旬、高校時代の旧友に誘われて行った合コンでのことだった。出逢いの当初から、この二十七歳になる地方銀行員の磯村には可も不可もない。その点で舞は気安くつきあうことができた。

それから四ヵ月後、つきあいは大人の関係に発展したが、そうなってからも《磯村を愛しているのだろうか》と自問することが何度かあった。そのたび舞は、磯村への気持ちのあやふやさに自嘲してしまう。職場の先輩であるナースの田代愛美《たしろまなみ》などは、『舞ちゃんて、他人を受け入れてるようで、本当は違うのよね。一見おっとりしていて感情を出さないタイプだから、他人は受け入れられたものと早合点するんだわ』と無遠慮に評する。愛美は舞より七つ上の二十九歳だが、まだ独身でナース寮に入っている。出身は藤野と同じ長野県だが、彼女の郷里である長野市は、藤野が生まれ育った木曾とは遠く隔たっているという。歳は離れているが彼女とは妙にウマがあった。職場では唯一の話し相手であり、相談相手でもあった。磯村との関係を明かしたのも愛美だけである。

「そうね、私って優柔不断なのかもしれない。それはわかってるんだけど……でも、受け入れるってどういうことなのかな？」

愛美は一瞬、「それは……」と言葉をつまらせ、

「自分の意識に相手の居《きょ》を許すことかなぁ。私はそんな気がするんだけど……でも受け入れるってのは感覚的なものだから、理屈っぽく解釈すること自体が無意味なのよ」

「よけいわからなくなったわ」

「つまりは受け入れてないからだよ」

返す言葉がなかった。心にある『他人への曖昧さ』も伝える言葉が見つからなかった。自分の内面を探ろうとすると、舞は決まって模糊《もこ》とした意識の霧に行き惑ってしまう。まして他人という概念は、行きつけない自らの意識の源よりもさらに遠いのである。

「磯村さんとはどうなの？　受け入れてると思ってる！」

愛美は核心をついてきた。思わず「わからない……」と返すと、彼女は意味ありげな表情をした。

「女の私が言うのも変なんだけど、舞ちゃんて、奥深くて憂いを含んだような目をしてるじゃない。それがいけない

のかもね。世の男性はビビッと感じちゃうんじゃないかな。まして自分が受け入れられたと早合点したら、もうメロメロ状態ね」

「変なこと言わないでよ」

「それじゃあ自分が磯村さんを愛してるって、はっきり言える？」

舞は返答に窮した。とっさに浮かんだのは藤野の概念だった。その面影は、彼が逃れられないと言った一枚の風景画に重なっていた。


磯村が二本目のタバコをくわえた。ライターの炎にゆれる顔には焦燥が浮いている。

「最近のキミは変だよ。いつも自分の世界にとじこもっている感じだし、気持ちが定まらなくてあやふやに見える。だからこそ僕の目の届くところにいて欲しいんだ」

「そういうのって嫌よ。縛られているみたいで」

「いったいどうしたっていうの？　車のなかじゃあずっと黙ったままだし……だいたい愛情なんて理屈じゃないだろう？　お互いに求め合っているってだけで十分じゃないか！」

磯村は煙とともに呆《あき》れと憤《いきどお》りを吐き出した。

「とにかく、きょうのキミは変だ。結婚の話はまたにしよう」

舞は目を伏せた。結婚というものを交際の条件と考えたことも、その外に置いたこともない。磯村に体を許したのも、その時点での素直な気持ちだった。

昨年の六月、舞が二十二歳の誕生日を迎えた翌週のことである。三月に綾香が郷里の広島へ戻り、もう東京へは行けないと自分に言い聞かせていた時期だった。それ以前に、二人の同棲に触れ、不明確な自分の位置を肌で感じながら総武本線に揺られて帰るたび、自分の意識を繋留《けいりゅう》する碇《いかり》のようなものが欲しいと想うことも多かった。その想いが、綾香の帰郷を機に、現実的な痛みへと成長したのかもしれない。

『いつもキミに、そばにいて欲しいんだ』

感情の歯止めがはずれた男の言葉を聞いたとき、舞はいっさいの抗力を失った。

磯村が初めての男ではない。短大へ入学した年、他の大学の男と半年ほどつきあいがあった。当初、男の達観したような物言い、そして現代を代弁するような装いは、短大生の舞を籠絡《ろうらく》するに十分だった。しかし装いの裏の稚拙な正体を知った瞬間、舞の気持ちはあっさり離れた。そのとき、呆れるくらい冷淡に初めての男を突き放せる自分に肉体と精神の隔たりを見たような気がして、舞は驚いてしまった。

磯村に体を許したときも、それまでと違う感情が芽生えたわけではない。ただ、わかっているのはそれだけで、あとは混沌とした意識の霧がたちはだかっている。それでも、その日以来、漠然とではあるが、このままいけば結婚するかもしれないと考えるようになった。しかし、かもしれないという曖昧さが磯村という男の色をぼかしている。今年になって彼から結婚の話が出るまで、ぼやけた色彩をさして苦痛に感じることもなかったが……。

舞は藤野駿一を思い浮かべた。藤野という男の概念は妙に明確だった。それは、やはり一枚の絵である。藤野はたえずその絵のなかで胡坐《あぐら》をかいているのである。

《あの手紙はなんだったのだろう？》

尾道の式場で、披露宴までのわずかな時間を狙い、綾香に藤野からの手紙を手渡したときの情景がよみがえる。彼女は封書のなかの紙片を一瞥すると、すぐに錦紗《きんしゃ》の胸もとに押し込んでしまったが、その表情からはなにも読みとれなかった。綾香は、そのときすでに、すべての感情を姑息《こそく》な虚飾に隠した花嫁の顔だった。

暗い海面《みのも》の遠く、小さな明かりがゆっくり動いている。沖に向かう釣り船だろうか。波間に浮かぶ漁火《いさりび》は舞の心をあざけるように淡々と過ぎ、水平線の闇に溶けてしまった。
《藤野はいつもあのようなものだ……》
縹渺《ひょうびょう》とした淋しさが心をなめていった。
夜の海が、そのうねりゆえに眠れず、眠れないがために、また取りとめなくうねるように、藤野の面影も、舞のなかで怪しい煩悶《はんもん》を繰り返していた。

2

曖昧さということで振り返れば、なりゆきに身を任せたここ数年の自分が、脈絡もなく断片的に浮かんでは消える。病院の栄養士という仕事も、父が勤める漁業協同組合の上役の紹介というだけで決めてしまった。それ以前に、進路選択で短期大学の栄養科を選んだのも、さしたる理由があったわけではない。しかし結果的にこうなった事実を思うとき、舞は、生活臭に縛られている自分の習性を見たような気がして、ため息をついてしまう。

舞が中学二年の夏、母親の民子がクモ膜下出血で倒れ、手当ても虚しく十日後に絶命した。その悲しみも癒えぬうち、舞を含めた四人所帯の家事が長女の舞にのしかかってきた。

それは、祖母の那恵《なえ》がとりわけ家事に疎《うと》かったからである。那恵は、炊事はおろか掃除ひとつしない女だった。

父方の一家は、戦前、名古屋近郊の大地主だった。しかし戦争で戸主を失い、続く農地改革で土地も失ってしまった。篠坂家の一人息子である忠生は、大学進学を諦め、高校を卒業すると市内の水産加工会社に職を得たが、それから十数年後、バイヤーとしてこの地へ原料調達に来たおり、民子と知り合い、そのまま住みついてしまった。そして水産加工会社も辞め、地元漁協の職員として再就職したが、名古屋で戦前からの家政婦を使っていた実母への送金に窮し、舞が三歳になった年に、那恵をこの地へ呼んだのである。

　しかし那恵は身にしみついた生活を捨てられず、名古屋の家屋敷を売り払った金で、家の隣に三十坪ばかりの土地を買い、茶室気取りの贅沢な離れ屋を建て、そこで寝起きしていた。家政婦を雇う余裕こそなかったが、この地に来ても、お茶の会だの旅行だのと、かつての暮らしにしがみつくような日々を送っていた。

　そんな祖母に家事など望むべくもない。母の生前から家事を手伝っていた舞がその役目を継ぐしかなかった。

　舞は自らの境遇を、他人が評するほどには、哀れとも偉いとも思わない。しかし高校の進路選択で、東京の短大に行こうと決めた心の底には、そうした状況から逃れたいという願望があったのかもしれない。それなのに……結果としてこの地に戻り、以前とあまり変わらない生活に戻ってしまった事実を思うと、脱《ぬ》け出すことのできない己の習性のようなものを見た気がして、一抹の悲しさに襲われるのである。


　その夜、ホテルから家へ戻ったのは十一時近くだった。舞の車の音を聞きつけた妹の麗が玄関で待ちかまえていた。

「遅かったわね。おばあちゃん、機嫌悪かったよ。でもちょうどいいタイミングね。さっき離れへ行って寝ちゃったから」

　笑うと形の良い前歯が見える。父親によく似た顔立ちである。

「どこへ行ってたの？　田代さんのところ？」

「うん、寮で話してたのよ」

　磯村とのデートで遅くなるときは、田代愛美と口裏をあわせ、その言い訳をつくった。

「お姉ちゃん、いつまでたっても色気がないのね。たまには彼氏と外泊でもして、おばあちゃんを驚かせてやればいいのに。もうすぐ二十三歳でしょう。売れ残るよ」

この春で高三になった妹は、生意気な物言いをするようになっている。磯村との関係ははまだ伏せているが、舞の頼もしい話し相手に成長している。動揺を隠して二階の自室にあがり、ベッドに腰をおろすと、祖母の顔が浮かび、心に綿ぼこりのような乾いた焦燥が湧きあがった。祖母の那恵が、生前の母・民子を嫌う姿には異常なものがあった。那恵は、一人息子の忠生がこの地で民子と出逢い、そのまま住みついてしまったことを、篠坂家の凋落《ちょうらく》の元凶と思い込んでいる。その懊悩《おうのう》のすべては民子に向かい、『世間知らずの息子をここに縛りつけた』と、ことにつけて詰《なじ》った。

那恵はなによりもまず、この地に来たのを悔いている。『名古屋におれば遠縁がないわけでもなし、まだ立つ瀬もあったのに、なんの因果でこんな潮臭いところへ来る羽目になったんだろうね』と愚痴るのが常で、そうなったのも、一人息子を得体の知れぬ女に奪われたせいだと、鬱憤《うっぷん》のすべてを民子に向けていた。

民子は気が利くタイプの女ではなかった。那恵は、なにつけてもいちいち言われねば用が足せぬ民子の愚鈍さを異様に嫌っていた。

しかし祖母の評価がどうであれ、舞は《母は利発な人だった》と思う。小学五年の夏休み、自由研究で地域の歴史を調べることになり、母に相談したところ、その知識の豊かさに驚かされた。利根川の水運史や干潟《ひがた》八万石の歴史などを、無限の知識の泉からおっとり汲みあげるように語る母の言葉をノートに書きながら、無性に嬉しかったのを覚えている。

しかし稟性《ひんせい》の派手好きで、気ばかりが先に立つ祖母にとって、感情の起伏が乏しく、動作も緩慢な母の存在そのものが疎《うと》ましかったのかもしれない。

祖母はいつも口汚く母を罵《ののし》った。そんなとき母はひたすら口を閉ざし、石人形のように暴言を浴びている。祖母はそれに腹をたて、なおも激昂《げっこう》する。しかし母は執拗に黙りこくり、祖母の感情が出つくし、目線が虚ろになったころ、ひとこと詫びて終わるのだった。

母は気働きのある性格ではなかったが、毎日おっとりと家内の用をたした。舞の脳裏に浮かぶ母は、どういうわけかいつも浴衣《ゆかた》姿である。

あれは自分が四歳か五歳のころだっただろうか。母の背に乳飲み子の妹が背負われていた記憶があるから、もっとあとのことかもしれない。

昼食をすませた祖母が近所に出かけてしまうと、母に手を引かれて浜へ行くことがたびたびあった。海が見える松林のきわに腰をおろし、妹を脇に寝かせた母は、そのあと決まったように茫洋としたまなざしで海に見入っていた。

午後の気だるい潮風がハマヒルガオの花をゆすっている。浴衣の胸もとを少しあけた母は、うっとりした表情で目を閉じる。すると、その口から、波音の合間《あいま》を縫うように幽《かす》かな唄声がもれるのである。

それがどんな唄だったのか、いまは歌詞も旋律も虚ろだが、母はたしかに唄っていた。そのかたわらに寄り添い、母の横顔を仰ぎ見ながら、舞は奇妙な寂寥感に悩まされた。母の表情には家では決して見ることのないゆとりがあった。しかし、それは舞を包むゆとりではなく、母が自らを抱擁するゆとりに思え、幼心《おさなごころ》に一抹の疎外感を覚えたからだった。

舞は思わず母を呼ぶ。母は黙って舞を抱き寄せる。淋しさを紛らわそうと懸命にすがった胸の、さらに奥底から響いてくるように、取りとめのない波音がしていた。

母を思い出すとき、決まってその情景が浮かぶ。紺地に赤い絣が入った形見の浴衣は、いまも舞の洋ダンスの奥にある。高校生になると、引っぱり出して着ることもあったが、その浴衣も四年前の些細な出来事以来、ずっとタンスの奥で眠っている。

高三の迎盆《むかえぼん》の夜だった。形見の浴衣を着て近所の幼馴染《おさななじみ》の家へ出かけたときのことである。その家の前まで行くと、垣根越しの濡れ縁で、その家の老婆が涼んでいた。道から「こんばんは」と声をかけると、老婆は舞を見るなり、「ひぇ！」と奇声を発してうずくまってしまったのである。驚いて家人が出てきたが、老婆は拝むようにてのひらを頭上で合わせ、「民子さんが……」とうなるばかりだった。折りも迎盆の夜、老婆は民子の幽霊と早合点したらしいが、笑い話のような一件以来、舞は二度と浴衣を着なくなった。

その話は、すぐに祖母の耳に届き、「それ見たことか」と高笑いをした。

那恵は孫の舞に対しても、母親の民子と同様に肌の合わないものを感じているようだった。それは、那恵がこの地に来た当初、幼い舞が少しも那恵になつかず、母親のあとばかり追っていたせいもあろうが、それ以上に、顔や性格が母親似という事実のほうが、より大きな因子だったのかもしれない。

舞は自らと重なる母の概念に慄然とすることがある。鏡に写った表情が母とうりふたつで戸惑うときもそうであるが、それよりも、浜で波音を聞くときなど身がすくんでしまう。ほんの一瞬ではあるが、波音のなかに途切れるような唄声を聞くからである。

感情を露《あらわ》にすることがなかった母は、動きのない絵画的な記憶で残っている。しかし母は、ときとして実体をもたない生々しいカタチで現われる。その幻聴こそが母の真実の意識だったような、そして、それがいまも自分のうちで息づいているような、そんな錯覚に見舞われ、脳裏に戦慄《せんりつ》が走るのである。

数日後の夜、舞はナース寮の愛美を訪ねた。

入口の管理人室に声をかけると、奥の部屋でテレビを見ていた初老の管理人がいそいそと出てきた。夫と死別してから、ここに住み込んでいる女性の管理人である。

「あれ、篠坂さんかい。田代さんのところへ来たんか？　田代さんは当直だよ」

そのあと管理人は「ちょっとあがっていきなよ」と誘ってきたが、舞は丁重に断り、病院の裏口から当直室へ向かった。

蛍光灯の白い光に照らされた病院の廊下には硬質な冷たさがあった。慣れた場所とはいえ、夜は気味が悪い。しかし舞は気味悪さよりも、その空間に『死の色』を感じてしまう。

母親の民子が亡くなったのもこの病院だった。

母の死に直面してからというもの、中学生だった舞は、病院の通路や病室などに恐怖感を抱くようになった。母が倒れてから亡くなるまでの十日間、舞は学校を休み、妹を連れて病院へ行った。当初の数日間は、集中治療室で鼻に酸素のチューブを入れられて横たわる母が、いつかは目覚めるものと微かな望みをもっていたが、それも一週間を過ぎるあたりから絶望に変わった。母は大きく息はしていても、あらゆる反応をなくした肉体だった。

泣きじゃくる妹を母から引きはがし、集中治療室から出るたび、かみ殺した嗚咽が涙となって頬をつたう。妹をかばいながら、上を向いたまま、声を出さず、頬や顎をぐっしょり濡らす舞を見て、ナース達も目をおおった。涙でぼやけた壁も通路も、すべてが白くにじんだ世界となって、現実とは思えないほど遠く感じられた。

母の死を境に『白』は死の色として意識に焼きついてしまった。それ以来、風邪などで病院に行くたび、舞は吐き気をもよおした。病院ばかりではない。学校の保健室でも独特の薬品臭がする白い壁を見ると気分が悪くなった。

こんな自分が病院の栄養士という職を選んだのは、自身のトラウマと闘わなければ、という気持ちがどこかで働いていたせいかもしれないと、舞は思う。仕事として死の色と対峙することで、忌《い》まわしい記憶にフィルターがかけられそうな気がしたのである。たしかに就職してからは、病院の白い空間や臭いへの恐怖心はうすらぎ、体の過敏な反応も影を潜めた。それでも病院の白に抱く死の色のイメージはまだ拭い去れてはいない。

当直室では、畳張りの小部屋で白衣姿の愛美が一人、炬燵《こたつ》でぼんやりしていた。彼女は舞の突然の来訪に驚く様子も見せず、「あら、舞ちゃん」と物憂げに振り返った。

「寮に行ったんだけど、当直だって聞いたものだから」

「あいにくだったわね。まあ、どうぞ」

愛美は抑揚のない声で言うと、両手を広げて伸びをした。

「きょうの午後、患者さんが二人続けて亡くなったのよ。だから疲れちゃった……」

「大変だったわね。ほかの当直員は？」

「今夜は新人二人の教育係よ。二人とも病室へ呼び出されてるわ」

愛美はこの病院に来て四年になる。以前は都内の総合病院に勤めていたが、都会を離れたくてここに来たという。そんな性格のためか人づきあいはあまりよいほうではなく、ナース仲間も『なにを考えているのかわからない』と敬遠気味である。

以前、舞がそのことをほのめかしたところ、『そのほうが煩わしくなくていい』とあっさりしたものだった。しかし舞とは不思議とウマがあった。彼女の姉御肌の雰囲気も好きだったが、なんでも遠慮なくズバッと言う話し振りが心地よかった。

「舞ちゃん、なにか用事？　磯村さんとのこと？」

愛美が物憂げな表情を向けた。

「ええ……」

「なにかあったの？」

「結婚を申し込まれたの……」

「へえ、よかったじゃない。まあ、遅かれ早かれこうなるはずだったんでしょう？」

「私、返事をしなかった」

「まさか気おくれしたわけじゃないんでしょう？」

そのあと愛美は、茶化すように乾いた声で笑った。舞は出かかった言葉をのみ込んだ。

「ごめんね……」

真顔に戻った愛美の目には疲れた悲しみがあった。

「いまの私ね、男女間のことを考えられる精神状態じゃないんだ。本当にごめんね……でもさ、目の前で人が亡くなるのを見るとね、しばらくは自棄的な気持ちになっちゃうのよ」

愛美の心情は理解できる。しかし、舞にしてみれば、不謹慎だが、人の死に触れれば触れるほど忌まわしい記憶が薄まっていく。人はいつか必ず死ぬ……そんなあたりまえの運命《さだめ》が現実味を増し、その現実味が母の死の悲しみを昇華してくれるような気がするからである。ただ、忌まわしい記憶が昇華されればされるほど母のイメージは抽象化され、波音に聞く唄声もいよいよ幽邃《ゆうすい》な響きを帯びてくる。

愛美はしばらく炬燵にうつぶしていたが、やがて気持ちをほぐすように大きく伸びをし、「お茶でも入れるわね」と、入口の脇にある給湯所へ立った。

ヤカンから湯気が立ちはじめるころ、若いナースの一人が戻ってきた。

当直室の入口から「こんばんは」と小さく会釈し、疲れた足取りで部屋にあがると、すがるように炬燵へ足を入れた。白衣の肩にかかる裾髪が細やかに輝いている。

愛美が湯をポットに移しているとき、緊急報知器のりたたましいブザーの音が響いた。ヤカンを乱暴において隣室へ走った愛美は、「315号室よ！」と点滅ランプの数字を叫び、そのまま「私が行くわ！」と言い残し、あわただしく廊下へ駆け出してしまった。

残された舞は、その場に居づらい空気を感じ、「私、帰るけど、来週にでも寮に行くって田代さんに伝えておいてね」と言って当直室を出た。

裏口の扉をあけたとき、四月にしては暖かい風が体を包んだ。

《海風だろうか？》

星のまばらな夜空を仰いでみたが、病棟の狭間《はざま》を吹き抜ける風は方向が定かでなかった。

第二章　ふたつの再会

1

海の方角がぼうっと霞んでいる。

舞は病院の二階にある栄養課の机に片ひじをつき、仕事の手を休めた。窓から見える光景には、つかみどころのない春陽が拡散していた。

焦りのようにつきまとう藤野駿一の影に、気持ちを奪われる日が続いている。

三日前の夜、愛美と約束して食事に出かけ、磯村や藤野のことをそれとなく話してみると、彼女は毅然と言った。

「舞ちゃんらしいわ。気持ちが煮えきらないのね。磯村さんとは気まぐれだったの？」

「私はただ、縛られているような気がするって言っただけよ」

「舞ちゃんて、受け入れているようでいて、本当はなにも受け入れてないのよね」

愛美は一瞬、冷淡に舞を見すえたが、すぐに目もとを和らげた。

「おかしいと思わない？　藤野って人が気がかりなのはわかるけど、舞ちゃんの友達と別れたのも、その人が捨てたのかもしれないじゃないの」

「そうじゃないのよ」

思わず返したが、否定の根拠があやふやで、あとの言葉が続かなかった。

「逢ってみればいいじゃない。そうすれば少しは気持ちがはっきりするかもよ。どうはっきりするかは、あとのお楽しみってところね」

愛美らしい容赦のない忠告だった。

藤野に逢いに行こうという気持ちは心のどこかにあったが、その踏ん切りをつかみあぐねていた。そんな舞の心を映したように、拡散する春陽は遠景を茫漠と霞ませている。

「来月のメニュー、写してくれた？」

背後で声がした。はっとして振り返ると、栄養課の課長である前田美智子《まえだみちこ》の姿があった。

「あ、もうすぐ終わります」

あわてて献立表に目を移すと、課長は金縁のメガネをすりあげた。

「あら、まだ半分もできてないじゃないの。篠坂さんの仕事は正確でいいんだけどねぇ」

レンズの奥の細い目が、この上司の面差しを柔和にしている。昨年、長男を有名私立大学へあげたのが、いまのところ彼女の自慢である。

「ところでね、来週の金曜日に栄養士の講習会があるんだけど、篠坂さん行ってくれる？　場所は東京の中野区にある××会館。時間は午前十時から午後三時までよ」

瞬時に、東京へ行けるという思いが浮かび、舞は反射的に「わかりました！」と応えた。

「あら、ずいぶんいい返事ね。大丈夫？　あとで講習のレポートを出してもらうからね」

表情をほころばせた課長は、窓の外に視線を移し、「まあ春だこと。霞がかかっているわ」と目を細めた。

講習会当日の朝、舞はアラームをセットした時刻より三十分も早く目覚めてしまった。

前夜は小雨だったが、その痕跡をとどめる庭の水たまりに、透明な朝の陽がこぼれている。庭と道路を仕切る槙《まき》の生垣も、柔らかい緑の新芽が吹きはじめ、根もとで咲き乱れるタンポポの黄色が艶やかに見えた。

早めの朝食を済ませ、父の車で総武本線の旭駅まで送ってもらった。通勤通学のラッシュ時にはまだいくらか間がある時刻のため、駅舎にはまばらな乗降客がいるだけで、乗り込んだ上り特急列車も、閑散とした車両に気だるい空気を乗せていた。

車両の中央まで歩いた舞は、空いている2列シートの窓側に座り、動きはじめた風景をぼんやりと追った。名ばかりの市街地を抜けると、疎らな家並みの甍《いらか》に映じる朝の陽光が目頭を疼かせる。次の八日市場《ようかいちば》駅から先は田植えを待つ田園が線路の両側に広がった。

車窓を流れる春の風景を追っているうちに、学生時代の感覚がよみがえり、磯村のことも仕事のこともすべてが白日夢のように感じられてくる。車窓の右手に見える低い山々は、小鳥の産毛《うぶげ》のような芽吹きの色におおわれ、水を張った田んぼの畦《あぜ》には名も知らぬ小さな花が群がり、春の朝陽を浴びて慎ましい色を放っている。そして、それらはすべて、コーツコーツと響く車輪の音とともに、学生時代の記憶の背景となって移ろっていく。

千葉市が近づくと駅ごとに人が増え、車内には都会の生活臭が漂いはじめた。舞の隣にも、整髪料の臭いと加齢臭をまとった中年のサラリーマンが座った。舞はショルダーバッグを膝に抱え、中年男性から眼をそむけて車窓に流れ去るビルや家屋に目をやった。

列車が千葉駅を発車したとき、かすかな不安が脳裏をよぎった。舞は膝のバッグの口を少しあけて、藤野から来た手紙の裏にある住所をたしかめた。綾香が尾道に帰ったことで、藤野がもとの立川市のアパートに戻ったのは聞いていたが、彼はそこも引き払ったようで、新しい住所は都内の世田谷区になっていた。ここ数日、何度も見た住所ではあるが、舞はあらためて、角ばった文字で書かれた町名と番地を心で反芻《はんすう》した。

講習会は定刻に終わった。

中野駅から新宿駅へ戻った舞は、売店で東京都の区分地図を買った。行くべき駅はわかっている。あとは番地を頼りに探せそうな気がした。

新宿から二十分、私鉄に揺られて降りたのは、こざっぱりした商店街を抱えた駅だった。近くに大学でもあるのだろうか、カジュアルな服装に身を包んだ若者の乗降客が多い。そんな若者に混じって小さな駅前広場に出たとき、不安を伴った緊張感が胸を圧迫した。

駅から五分も歩けば商店街が影をひそめる。その先は狭い小路が迷路のように入り組む住宅地だった。電柱の表示番地を頼りに二十分近く探しただろうか、欅《けやき》の大木が数本立つ小さな公園の背後の、モルタル二階建ての建物に、めざすアパート名を見つけたとき、舞の心に言い知れぬ感慨と唐突な迷いが訪れた。つい先ほどまで仄かな期待を抱いて路地を徘徊していたときには思いもよらなかった、後悔にも似た感情だった。

舞はいったん公園まで戻り、朽ちかけたベンチに座って気持ちを鎮めた。

『おかしいと思わない？』と言った愛美の顔が浮かぶ。藤野が独りで暮らしているとは限らない。それ以前に在宅しているかどうかもわからない。

たしかにおかしいかもしれないと心で自嘲したとき、母親に手を引かれた幼児が二人、はしゃぎながら公園に入ってきた。微風が起こり、芽吹いたばかりの初々しい欅の幼葉がいっせいに揺れた。思わず見あげると、幼葉に映える陽射しが目にしみた。

揺れる葉を見ながら、母子のあどけない会話を聞いているうちに心が落ちついてきた。

舞は再びアパートへ行き、足音を忍ばせて一部屋ずつ表札をたしかめた。藤野の部屋は二階の一番奥にあった。扉に『フジノ』とカタカナで書かれた紙片を見つけた瞬間、自分でも聞きとれるほど鼓動が高まった。

《いるだろうか……誰かが一緒だったらどうしよう……》

ためらいがちに二回ノックする。しかしなんの反応もない。

《いないのだろうか？》

落胆をぶつけるように、先ほどより力を込めて扉をたたいてみる。

すると、ふいに奥から低い返事が聞こえ、反射的に身を引いた舞の目前で、扉が内側へおっくうに開いた。

懐かしい藤野の顔があった。髪の毛が伸び、肩にかかった毛先が外側へカールしている。

「舞さん……」

そうつぶやいたきり、藤野は唖然と舞を見つめた。

「上京する用事があったの。それで、どうしているかと思って……」

用意してきた言葉を早口で言うと、藤野の目もとがほころんだ。

「驚いたなぁ……でも、よくここがわかったね」

「手紙に住所が書いてあったから」

「そうか……とにかく入ってくれよ。でもちょっとだけ待って……」

藤野はあわてて奥に駆けこみ、部屋を片づけはじめた。

扉の先は六畳ほどのキッチンになっており、右奥の壁にはユニットバスの扉がある。正面の奥にはガラス戸をはさんで和室が続き、一間幅の窓からは、向かいの建物をかすめて西陽が射し込んでいた。外見はさして上等には見えない木造モルタルだが、内部はバス・トイレが完備し、住みやすそうな造りだった。来てしまった、という思いとともに、自分が呆れるほど落ちついてしまったのがわかった。

部屋をざっと整理した藤野は、舞を和室に招き入れ、「久しぶりだなぁ」と感慨深そうに目を細めた。髪が伸びた以外はなにも変わっていない。体温のような表情の温さに、わずかに残っていた緊張感がすっと消えていった。

「最後に逢ったのは、綾《あや》ちゃんが広島へ帰る少し前だから、一年半ぶりぐらいかしら」

「元気だった?」

「ええ、藤野さんは?」

「相変わらずさ。それにしても驚いたなぁ。前もって報《しら》せてくれれば駅まで迎えに行ったのに」

「栄養士の講習会があって急に東京へ来ることが決まったから……突然来ちゃって迷惑じゃなかった?」

「とんでもない」

藤野は大袈裟に首を振り、

「でもさ、オレもさっき帰ってきたばかりだから、ちょうどいいタイミングだった」

「いまは、なにをしてるの?　相変わらずアルバイト?」

藤野は「まあね」と照れ笑いを浮かべた。以前と少しも変わらない人懐《ひとなつ》こい笑みである。

部屋を見まわすと、画家志望のくせに不思議と身のまわりの色にこだわらない藤野らしく、木の地色をむき出したベッドや本棚などが乱暴におかれている。三鷹の部屋でも見た記憶はあるが、そのときは綾香の家具と所帯じみた調和を保っていた。しかしいま、それだけが雑然とある部屋に、舞は混じりけのない藤野を感じた。

「独りなの?」

思わず言葉がもれた。言ってしまってから後悔した。本音を晒《さら》したような恥ずかしさでいっぱいになった。藤野にはなぜか自分を隠せない。

「えっ?」と怪訝な表情を浮かべた藤野は、

「もちろん独りだよ。部屋を見ればわかるだろう？」

「私、ここに来るまでずっと不安だった……もし誰かと一緒だったらと思って……」

「舞さんは、相変わらず、びっくりするようなことを言うね」

呆れるように笑いながら立った藤野は、キッチンでインスタントのコーヒーをつくった。

「あの手紙……綾ちゃんに渡しておきました」

熱いコーヒーをひとくち飲み、思いきって言ってみた。とたんに藤野の表情が曇った。

「つまらないお願いしちゃったね」

「綾ちゃんが結婚すること、知ってたの？」

「彼女から電話があった……少し残酷な電話だったけどね……」

「藤野さん、どうしてこうなったの？」

藤野は手にしたカップを口もとでとめ、湯気の向こうから舞を見つめた。しかしすぐに、舞の視線をはぐらかすように目を細め、「結婚式はどうだった？」と聞いてきた。

「私、綾ちゃんを祝福する気持ちにはなれなかった……ねえ、どうしてこうなったの？」

舞はもう一度口にした。藤野をまともに見ることができなかった。

「自然な成りゆきだよ」

藤野はタバコに火をつけ、おもむろに一筋の煙を吐き出した。

「彼女は、幸福感ってものを家庭に求めていたからね」

つぶやくように言い、焦点の定まらない視線を虚空に投げた。

「どうして引きとめなかったの？」

「引きとめたってうまくはいかなかったと思う。オレと彼女の別れは、長い間に積み重なっていた価値観の違いが原因だからね」

藤野は物憂げに外を見た。先ほどまで射し込んでいた斜陽は失せ、戸外は暮れ泥《なず》みの色に沈んでいた。ストッキングの足先が冷えている。

「彼女はもうオレの意識の届くところにはいないよ。それにオレだって……」

そのあと言葉をとめ、吸いかけのタバコを灰皿にもみ消した。

キッチンの隅の、何枚か重ねられたキャンバスの一番上に、忘れられない風景画を見つけたのは、カップを片づけようとする藤野を制して立ったときである。

「この絵……」

「三鷹の部屋にあったやつだよ」

「これ、綾ちゃんにあげたんじゃなかったの？」

「そうだけど……でも、おいていった」

絵を見ていると不思議な感慨が込みあげる。しかし、なぜか山間の空の色には、心に描いていたほどの生彩を感じない。生彩を翳らせたのは、目前の男の現実感かもしれない。

「舞さん、これからの予定は？」

藤野の言葉が舞を現実へと呼び戻した。

「八時ごろの総武本線で帰ろうと思っているんだけど……」

「じゃあ東京駅まで送るよ。まだ時間があるから東京駅の近くで飯でも食べよう」

藤野は勢いよく立ちあがった。

帰宅時間と重なった電車は人で膨れていた。ことに新宿で乗り換えた中央線の混雑は異常で、東京駅の改札から戸外の空気のなかへ押し出されたとき、舞は軽いめまいを覚えた。

「どうしたの、気分でも悪い？」

「疲れたのかしら」

「日帰りじゃ無理ないよ。適当なところを見つけて夕飯を食おう」

毒々しい色彩と喧騒が、夜陰の汚物となって沈殿し、流れる雑踏だけが不気味な生気を帯びている。藤野が見つけた小さなイタリアンレストランに入った瞬間、チーズとトマトを合わせたにおいが、ムッとする人いきれとともに胸を詰まらせた。

「あまり食欲がないから、コーヒーだけでいいんだけど……」

「軽くでも食べておいたほうがいいよ。それじゃあサンドイッチにしようか」

藤野は舞の返事を待たず、二人分のサンドイッチとコーヒーを注文した。

「たぶん人疲れだよ。オレも地方の旅行から帰ると二、三日は悩まされる」

運ばれてきたサンドイッチを、藤野は気どりなく頬張った。その健啖《けんたん》ぶりを見ながら、この人と二人きりで食事をするのは初めてだと思った。目の前の男には、逢わなかった歳月を一気に埋めるリアリティがあった。

「私、この一年を空白にしてしまいたい……」

思わず言葉が出てしまった。藤野は憮然《ぶぜん》と舞を見つめた。

「空白か……舞さんらしくない言い方だね」

「おかしい？」

「そうじゃなくて、舞さんには淡々《たんたん》とした印象があったからね。いつだったかな、舞さんと波音のイメージが重なって言ったことがあっただろう？　つまりはそういうことさ。九十九里浜の近くで生まれ育ったという先入観があったせいかもしれないけど」

その言葉に、舞は生身の自分を強く感じた。すくなくとも、いまの自分は藤野のイメージとは重なるべくもない……ふいに冷たい寂寥《せきりょう》が訪れ、思わず目を伏せたとき、隣の席から華やいだ笑い声が湧きあがった。

店を出るとネオンの色彩が遠く感じられた。人通りはいくらかひいていたが、隙間ができた歩道には硬質な冷たさがあった。生身の足が踏みしめる路上に無機質な足音が響き、人の温みと柔らかみを圧し込めた衣服だけが、殺伐と行き交っている。

そのせいか、東京駅の構内で藤野がつぶやいた「こんど九十九里に行きたいなぁ」という言葉が、炎のように温《あたた》かだった。

「最近は旅行をしてないから、どこかへ行きたいと思ってたんだ。五月の連休明けならバイトの休みがとれそうだし……もし舞さんの都合がついたら案内してもらえる？」

「ええ、私でよかったら……」

「それじゃあ、なるべく前に報せることにするよ。電話がいい？　手紙がいい？」

「どっちでも。でも、私の電話番号は知ってるの？」

「いま聞いておくよ」

舞は自宅と勤め先の電話番号を教えた。

「職場の内線電話はほとんど私が取るから、昼間だったら職場でも大丈夫よ」

電話番号を交換しながら、舞は藤野の言葉の実感がつかめないで戸惑った。しかし電車に乗り、ホームで見送る藤野の姿が遠ざかるにつれて、じわじわと心を占拠していく虚脱感のなかで、その言葉だけが妙にはっきりとした感触を保っていた。

車窓に映るぼやけた自分の顔の背後を、都会の明りが虚ろに流れていく。それをぼんやり追いながら、舞は何度も藤野の言葉の感触をたしかめた。

2

舞はパジャマのままベッドに座り、ぼんやりした頭で窓から庭を眺めた。日曜だというのに、いつもの時刻に目覚めてしまう自分が恨めしい。

静かな霧雨の朝である。生彩のなかった若葉が透明な息吹を取り戻し、すべての物音を覚めやらぬ明るみに吸収した朝が、母屋と離れのあいだの、ひと握りの庭に佇んでいた。

東京に行ってから一ヵ月近くが過ぎようとしている。このところ藤野の言葉の感触が薄らいでいるのは、日常のなかに紛れているからだろうかとも思うが、前夜、磯村の求めを受け入れた自分に、脱け出せないなにかを見たような気がしてやりきれなかった。

この一ヵ月、帰宅途中の公衆電話から藤野に三回連絡を入れてみたが、いずれもコール音が空しく鳴るばかり。しかし電話を切ったあと、なぜか不在だったことにほっとする。もし電話がつながったら、九十九里に来る日時の催促になっただろう。そう思うと、自分のあからさまな焦りが疎《うと》ましかった。

思いがけず綾香からの電話があったのは、そんな日曜日の朝である。

ゴールデンウィークに休みがとれなかったため、その週末を利用して夫婦で房総を旅行する予定だが、ついでに逢えないかという連絡だった。

——金曜の朝一番の新幹線に乗る予定だけど、その晩は勝浦《かつうら》に宿を予約してあるのよ。土曜と日曜は犬吠埼《いぬぼうさき》のホテルに予約してあるから、そのあたりで都合がつかない？

「そうねぇ、日曜なら大丈夫だと思うんだけど、また土曜の夜にでも電話してくれる？」

——わかった。それじゃあ犬吠埼のホテルから電話を入れるわ。

心には藤野のことが引っかかっている。もしかしたら明日にでも連絡があるかもしれないと、感触のうすれた言葉を自分に言い聞かせ、この一週間ほどを過ごしている。いつ連絡があってもよいように、土曜か日曜のどちらかはフリーにしておきたかった。


藤野から音沙汰がないまま、その週が過ぎ、金曜の午後になって磯村から電話があった。

磯村からの連絡は、いつも栄養課の内線を通じてくる。内線はほとんど舞が取っているが、それでも最初の一声は、彼の勤め先である地方銀行の名を使っている。

舞から連絡することは滅多にない。こちらがかけずとも、毎週一度は磯村から連絡が入る。その日の電話も、明日の土曜日、仕事が終わったら逢おうという誘いだった。

翌日、昼で仕事を終え、職員口から駐車場へ歩いていると、磯村の車が脇にとまった。

「いつもの喫茶店で待ち合わせじゃなかったの？」

「ちょうど客先がこの近くだったんだ。きょうは銚子へ行って旨い魚を食おう」

磯村が気に入っている生簀《いけす》料理店は、銚子市の東端に突き出た犬吠埼にある。知り合った当初はよく食べに行ったものだが、体の関係になってからは食事もそこそこにホテルの門をくぐることが多い。生簀料理に誘われるのは久しぶりだった。

市街地を抜けて飯岡町《いいおか》のバイパス国道に入ると田園地帯が広がる。田植えを終えた水田が鏡のように晩春の午後の空を映していた。

「きょうは早く帰りたいんだけど」

銚子市街の手前から犬吠埼へ向かう銚子有料道路に入ったとき、舞はさりげなく釘を刺した。磯村はちらっと舞を振り向き、怪訝な表情をした。

「夕飯のしたくなら、いつものように妹さんに頼めばいいじゃないか」

「そうじゃなくて、今晩、友達から電話がくるのよ」

舞は、綾香のことや、翌日に綾香夫婦を案内することなどを簡単に説明した。

「あした、僕も一緒じゃ、まずいかな？」

「そんなの駄目に決まってるじゃない。あなたが一緒に来る理由がないもの」

「その友達に僕を紹介してくれてもいいんじゃないかな？」

「ねえ、いい加減にしてよ。どうして私のプライベートなことに立ち入ろうとするの！」

一瞬、ギョッと振り向いた磯村は、あわてて道路に視線を戻した。

「そりゃあキミのことを大切に思ってるからだよ」

「大切に思ってるなら、私のプライベートな部分も大切にしてよ！　私、あなたが無理やり私の領分に踏み込んでくるのが嫌なの。もう食事はいいわ。帰りましょう」

感情が抑えられなかった。憮然とした磯村は、有料道路の途中のインターでおり、そこから一般道を走って犬若《いぬわか》の海岸に面した空き地に車をとめた。

「悪かったね……キミがこんなに感情的になったの、初めて見たよ」

シートを倒した磯村はタバコに火をつけながら小声で詫びた。舞は顔をそむけ、窓をあけた。潮風がすっと流れ込み、波音が迫った。

広い砂浜の先には、太平洋の荒波に削られた屏風《びょうぶ》ヶ浦がそびえている。海抜四十メートル余りの断崖が、犬吠埼の端から飯岡町の刑部《ぎょうぶ》岬まで延々と続き、あたかも屏風のように見えることからその名がついたという。中学の社会科の授業で、九十九里浜は北端の屏風ヶ浦と南端の太東《たいとう》岬が黒潮に削られ、その砂が堆積して生れたと習った覚えがある。数キロ続く屏風ヶ浦の断崖が尽きるあたり、春霞のなかに九十九里の海が渾然と消えている。

「僕たち、このままじゃ駄目だね……早くカタチを決めよう」

磯村は悄然《しょうぜん》とした様子で轍《わだち》の入り乱れた砂地にタバコを投げ捨てた。

磯村への気持ちは、つきあいはじめたころとあまり変わっていない。ひとつのカタチをつくる相手という位置に、必然性も、拒む理由もなく、しっかりと収まっている。カタチという言葉を聞いたとき、心にある磯村の位置がはっきり自覚でき、同時に、結婚という事実にすべてを収めようとする男の焦りを冷静に受け流している自分に気づいた。磯村が嫌いというわけではない。波音を間近に聞くと決まってこんな自己の不在感が訪れる。

「ねえ、帰りましょう……」

舞は目を閉じ、波音のなかに漂いはじめる自我を懸命に抑えた。


その夜、綾香から電話が入った。夕刻に犬吠埼のホテルへ着いたという連絡だった。

——私も彼も銚子は初めてだから、そのあたりを案内してほしいんだけど、都合はどう？

「大丈夫よ。ホテルまで車で迎えに行くわ。何時ごろがいい？」

――それじゃあ九時にしようか。ロビーで待ってるわ。

受話器を置いた舞の気持ちは重かった。綾香と逢えば、藤野との経緯を聞かずにはいられないという気がしたからである。

翌朝、犬吠埼に着いたのは九時少し前だった。ホテルに入ると、海を望むロビーのソファーから綾香が手を振った。

「わぁ、久しぶり！」と弾けるような表情で舞を迎えた綾香は、隣の夫を紹介した。

「広川です。よろしく」

立ち上がって会釈した夫は、結婚式で見たときより華奢に感じられた。披露宴の新郎側スピーチでは、広島市の大手メーカーに勤め、若くして設計の責任者を任されるホープだと紹介されたのを覚えている。その場にふさわしい世辞だとは思うが、こうして対面すると、順風満帆の人生を歩む自信や落ちつきが感じられる。見た目は、色白で小柄だが、三十二歳という年齢よりは老けて見える。癖のない人だと舞は思った。

「広川綾香……そうね。綾ちゃん、もう斉賀綾香じゃないのよね」

舞の言葉に、綾香は満面に幸福感を漂わせ、恥じらうように笑んだ。

綾香夫婦を車に乗せ、午前中は銚子市内の醤油醸造所などいくつかの観光スポットをめぐり、午後は、飯岡、旭、横芝など九十九里浜の沿岸を案内した。

ホテルへ戻ったのは午後四時過ぎだった。綾香は舞をロビー脇の喫茶室に誘った。喫茶室での雑談は、もっぱら新婚旅行のことだった。十分ほど話したとき、広川がトイレに立った隙をねらい、舞は「できれば二人で話したいんだけど」と切り出した。

綾香は一瞬、怪訝な顔をしたが、

「そうね。久しぶりに逢ったんだものね。どうしたらいい？」

「そのへんを散歩しながら三十分ぐらい話せない?」

「わかった……」

綾香はトイレから戻った夫にその旨を告げ、「行きましょう」と舞を促した。

傾きはじめた陽がアスファルトの路面に樹木の陰を刻んでいる。五月の陽光を終日浴びた路面にはたっぷり余熱が残り、ホテルから犬吠埼まで歩く背に汗がにじんだ。

「ねえ、いい人でしょう?」

歩きながら綾香が言った。

「広川さんのこと? 私にはまだわからないわ」

「いい人なのよ……」

綾香はそれきり黙ってしまった。

正面に白亜の灯台が見えてくる。灯台へ続く道には土産店が軒を連ね、観光客が群がっていた。その喧騒を避け、断崖に面した野芝の台地を歩き、古びたベンチに腰をおろした。

「私ね、正直に言えば、綾ちゃんの結婚を素直に祝福できないのよ。でも広川さんの良さがわからないこととは関係ないわ。誤解しないでね。本当は結婚式のときに聞こうと思ってたんだけど、時間もなかったし、綾ちゃんの顔見たらなにも言えなくなっちゃった」

すると綾香は観念したように、ため息をついた。

「駿一のことでしょう? 聞かれると思った……舞が二人きりで話したいなんて言ったとき、いよいよ来たなって、身構えちゃったわ」

綾香は膝においたハンドバッグを握りしめ、物憂げな視線を海に投げた。

凪の時刻を迎えた海原は水平線までべったりと粘り、岩場に砕ける波音も心なし穏やかに聞こえる。夕陽に追われた子供が数人、眼下の磯に続く遊歩道から駆けあがってきた。

「不思議ねぇ……」

子供たちが土産物店に消えたとき、綾香は水平線を眩しそうに見ながらつぶやいた。

「広島に帰るとき、駿一と別れるなんて考えもしなかった。でも帰ってからは親と彼との板ばさみで……その辛さがたまってたのね。離れていても、逢いたいと思えばいつでも逢えるような気がしてたし、帰ってからしばらくはそうしてた。でも駄目ね。そんなことしているうちに気持ちが離れちゃった……」

「それで別れたの？」

思いのほか単純ないきさつに舞は呆れてしまった。唇をかみしめていた綾香は、ハンカチでそっと口紅を拭い、「私が悪かったの」と吐息まじりにつぶやいた。

「私ね、好きな人ができたの……」

「広川さんのこと？」

「違うわ、彼とはお見合いだもの。もっと前のこと。広島に帰ってから高校時代の友達と市内のパブに行くようになったの。そのとき知りあった人。最初から強引な人で……二回目に逢ったとき、結婚しちゃおうか、なんて言うのよ。もちろん相手になんかしなかったけど、しつこい人なのよ……でも、タイミングね……」

綾香の言葉には自嘲めいた響きがあった。

「去年の夏、駿一と半月ぐらい連絡が取れなかったの……電話にも出ないし、彼からの連絡もないし……心配になったから、上京するって手紙を出してから一週間後に東京へ行ったのよ。でも部屋にはいなかった。私の手紙もまだ郵便受けにあった。自分の手紙を自分が受けとるなんて惨《みじ》めよね。それから三日も部屋で待ったけど彼は帰ってこなかった……」

綾香は口紅のついた面を内側にして、そっとハンカチをたたんだ。

「そのときの私の気持ち、わかる？　いろんなこと考えたわ。でも三日目には考えることにも疲れちゃって、結局、逢えずに帰ったのよ……そうしたら駿一から実家にハガキが届いていてね……北海道に行ってるんですって。私、力が抜けちゃった……」

綾香はもう一度ハンカチで唇をぬぐい、大きなため息をついた。

「タイミングよね。本当にタイミングだわ。いまから考えるとばかばかしいくらい……東京から戻った週の土曜日、その人に誘われたの。食事して、そのあと飲みに行ったとき、また同じこと言われたわ。結婚しちゃおうかって……」

綾香は鼻にかかった息を吐き、「そのままホテルに行っちゃった……」とつぶやきながら、ハンカチで目をおおった。

「落ち着きたかったのよ。それだけ。あのころはいつもいらいらして不安だったから……家を飛び出してでも駿一と一緒にいればよかった。でもできなかった。家を出た瞬間、独りになっちゃいそうで……だから駿一に手紙を書いたの。好きな人ができたって……」

「藤野さん、なにか言ってきた？」

「なにも言ってこない。そういう人だもの。もう遅かったのよ。私ね、手紙を書いたとき、妊娠してたの……」

舞は愕然と綾香を見た。

「ちょうどね……高校時代の友達が広島市にいて、その友達もすこし前に同じようなことがあったのを聞いてたから……私、その友達に聞いて広島市内の病院で中絶した……」

「相手はそのこと知ってたの？」

「そうしてくれって言われた……嫌よ、絶対に嫌……もう顔も見たくなかった」

綾香はハンカチに顔を埋め、嗚咽を噛み殺して泣いた。

《おそらく、そのあと見合いの話があり、綾香はその話にすがりついたのだろう》

夕陽をのみ込んだ太平洋は、鬱々と暮れなずんでいる。綾香とホテルの前で別れるころ、ようやく駐車場の水銀灯が灯った。

舞は、薄暮の国道を運転しながら綾香を思い浮かべた。それは、新妻の幸福感に浮かれ、忍び泣き、明暗の境が虚ろなまま脳裏を流れ去った。

心のなかで、ひとつの区切りがついたような気がした。

飯岡から海岸に沿った県道に折れ、飯岡港の脇を走っているとき、ふいに奇妙な焦燥感が訪れた。舞は浜沿いにある国民宿舎の駐車場に車を入れ、正面に広がる砂浜へ歩いた。

夕凪を過ぎた海は、忽然と生気を漲《みなぎ》らせ、幽《ほの》かな明るみに浮いた波頭が、水平線の彼方まで果てしなくうねっている。いつもなら、波音のなかに意識が漂うのに、焦燥が心の重石となっているためか、自分の実在感ばかりが露《あらわ》だった。舞は不安になった。得体の知れない影のようなものが、風に乗って波間から心に飛来してくるような、そんな錯覚に見舞われたからである。

慌てて車へ戻り、ドアを閉めると恐怖感が遠のいた。しかし、波音の代わりに訪れたのは、自らの息づかいさえも煩わしく感じられる、圧迫された静寂だった。

家では妹の麗が夕食の支度をし、祖母が父と居間で茶を飲んでいた。帰宅した舞を迎えたのは、皮肉まじりの祖母の言葉だった。

「このごろ、ふらふらと出歩くことが多いねぇ」

「広島の友達が銚子まで来たから、案内してたのよ」

それだけ応えて二階にあがろうとした舞に、父の声が追いすがった。

「お前に見合いの話があるんだが、どうだ？」

「断ってよ」

考えるより先に言葉が出た。うんうんとうなずく父を尻目に、険悪な目を向けた祖母は、

「写真も見ないで、ばかにはっきり言うねぇ。養子にはちょうどいいと思ったんだがねぇ。それとも他に好きな男でもいるのかい？　陰でコソコソするのだけはよしとくれよ」

「そういうわけじゃなくて……まだその気になれないだけよ」

舞は慌てて弁解し、二階へあがった。部屋で着替えていると妹の麗があがってきた。

「お姉ちゃん、またお見合いの話？　これで三度目ね。でも、どうせしないんでしょう？」

「そのつもりだけど……」

「お姉ちゃん、好きな人いるんでしょう？　ぜったいにそうよ」

「いないわよ。それよりなにか用事なの？」

麗は前歯を見せて笑んだ。

「うん、来年のことで相談があってさぁ。私、進学したいんだ。さっきお父さんに相談したら、大学へ行ってもいいって」

「それなら私に相談することないじゃない」

「お姉ちゃん、私がこの家にいなくなっても大丈夫？」

「どういうこと？」

「おばあちゃんとの折りあいよ」

わかってるくせにと言わんばかりに麗は口をとがらせた。

「私って、おばあちゃん子でしょう？　小さいころ、ずいぶんいろんなものを買ってもらった覚えがあるわ。そのころいつも聞かされた。おまえはお母さんやお姉ちゃんと違って性格の明るい娘《こ》だってね」

「それがどうしたの？」

「つまり私は、おばあちゃんから気に入られているってこと。お姉ちゃんがおばあちゃんとうまくいかないときだって、いつも私がおばあちゃんを宥《なだ》めているじゃない。私が家からいなくなったらどうするの？」

「別にどうもしないわ。変な心配しなくていいわよ。おばあちゃんだって、このごろは私の言うことを聞いてくれるし……そんなことより入試の心配でもしたら？」

「なによ、心配してあげてるのに他人事《ひとごと》みたいにおっとり構えてさ」

呆れるように言いながらも、麗は安心した面持ちで階下へ戻った。

その夜、舞はなかなか眠れなかった。綾香を翻弄した渇きが自分にもある……そんな思いが気持ちを昂ぶらせていた。田植えを終えた田んぼからは蛙の声が湧いている。これから真夏までのあいだ、この喧騒が夜ごと地の底をおおい、数キロ先の九十九里浜から響く海鳴りをかき消してしまう。まどろみはじめたころ、屋根を打つ雨の音が聞こえた。

《雨か……》

夢うつつに思ったとき、雨音は急に暴力的な音に変わり、蛙の声を凌駕《りょうが》してしまった。

昼間の空からは想像もできない驟雨《しゅうう》だった。

第三章　ふたりの娼婦

1

六月に入って小雨模様の日が続いていた。

庭隅では、ぼってりした紫陽花《あじさい》の花が弾け、明るい霧雨に青紫の花弁をしっとり濡らしている。本格的な梅雨にはまだ少し間があると天気予報は報じていたが、季節は確実に初夏の長雨へと移っていた。

職場の内線に藤野から連絡があったのは、二日続きの雨がようやくあがった水曜日の午後だった。いつものように内線を取り、相手の声を聞いた瞬間、舞は高鳴る鼓動を悟られまいと、思わずまわりを見まわしてしまった。

「私です。篠坂です」

——連絡が遅れてごめん。今週の土日にそっちへ行こうと思っているけど、都合はどう？

「はい、大丈夫です」

高揚する気持ちを必死に抑え、事務的な口調で応える。

——じゃあ仕事が終わったらオレの部屋まで電話をもらえる？

「はい、わかりました」

やっと藤野に逢える……舞は退社時までそのことだけに心を奪われ、仕事に集中できなかった。夕刻になると雲のきれ間から弱々しい光が射しはじめた。

帰宅の途中、舞は公衆電話から藤野に連絡を入れた。

――連絡が遅れて悪かったね。このところ土日は絵画教室のバイトが忙しくて。それで土曜日の時間だけど、十一時三十分に旭駅へ着く特急の予定なんだけど。

「じゃあ、その時間に駅まで車で迎えに行くわ」

――舞さんの車？　そりゃ豪勢だな。じゃあ週末はよろしく！

受話器を置いた瞬間、小さな惑いが芽ばえた。これまで藤野と個人的に逢うことがなかったため、どういう態度で逢ったらよいのかわからない。アパートを訪ねたときは　ふいの客を装えばすんだが、今回は長い時間をともにすることになるだろう。

夕食後、舞は自室のベランダに出た。

《綾香と会ったことや、聞いた話を伝えたほうがいいのだろうか？》

長雨に洗われた夜気は透明な冷気を含んでいる。地の底をおおう蛙の声の彼方から、ドーンドーンと巨大な槌《つち》で大地を叩くような鈍い音が大気を震わせている。太平洋の荒波が九十九里浜に砕ける海鳴りである。この時期は蛙の声に消される海鳴りも、強風などで海が荒れる日は地響きのように高まり、夜の帳《とばり》を震わせる。雲の切れ間に見える夜空には無数の星がまたたいていた。見上げていると、体が天空へ浮遊するような感覚に見舞われ、舞はとっさにベランダの手すりをつかんで体を支えた。


翌日の昼、磯村から内線が入った。退社後、いつもの喫茶店で待つという連絡だった。磯村に逢えば週末の予定を聞かれるだろう。このさいはっきり断っておいたほうがいいと思い、舞は夕食の誘いに応じた。

予想どおり、喫茶店で逢った磯村は、「この土日の予定はどう？」と聞いてきた。

「いろいろとやることがあって時間がないのよ」

「潮来《いたこ》のアヤメ祭りに行こうと思ったんだけど」

「それだったら来週でもいいいじゃない」

前回のことが頭にあるためか、磯村はそれ以上しつこく誘わず、食事の間も仕事やテレビの話題などたわいない話で場を凌いだ。話しているうちに舞は気が重くなった。アヤメ祭りが最盛期を迎える潮来町は土日の案内予定に入っている。もちろん銚子市内や犬吠埼なども考えているが、その界隈を自分の車で動いていたら磯村の目に触れる恐れがある。見られても疚《やま》しいことなんてない、とは思うが、あとの悶着を考えると、避けられるものなら、それにこしたことはない。

家に戻った舞は、父に車を貸してほしいと頼んだ。父の車は舞の車よりひとまわり大きい中型クラスである。

「おまえの車はどうしたんだ?」

「土日に短大時代の友達が銚子へ来るんだけど、私の車じゃあ狭いから」

「使うのはかまわんが、気をつけてな」

万事につけ、頼みごとを拒絶しない父である。幼いころ、そんな父親に優しさと頼りなさの両方を感じたものである。母が亡くなり、舞が家内を賄うようになってから、自分に対する父の依存心が強くなったと思うことが多い。しかし、そのぶん舞の要求をストレートに受け入れてくれるようになった。短大へ進学するときも黙って金銭を用意してくれた。高校時代などは、うるさい父親を持つ友達から羨ましがられたものである。たしかに、ある意味ではやりやすい父親ではあるが、それだけに頼りなさもますます増してしまう。

《自分がこの家を離れたらどうなるんだろう?》

磯村から結婚の話があったとき、家での立場をとっさの言い訳にしたが、避けて通れない現実でもある。もし結婚の話をすれば、父は、好きなようにしろと言うであろう。

妹の麗は進学へ向けてがんばっている。京都の私大希望と聞いたが、そのとき、妹の大学卒業までは家を離れられないと思った。しかし妹が卒業しても実家に戻る保証はないし、戻ったとしても、その性格からして、自分に代わって家事を賄うとも思えない。

いまはそこまで考えてもしょうがない……答えはいつも茫漠たる時間の彼方にあった。


土曜日の昼、舞は父親の車を借りて旭駅へ行った。薄雲を透かした陽光が湿った明るさを拡散する、静かな初夏の日和《ひより》だった。数人の客に混じって改札口に現われた藤野は、はき古したジーンズにチェック柄のシャツを着て、ディバッグを担いでいた。

「やあ、舞さん。こんにちは」

藤野の姿を見るまで、どう応対しようかと惑っていたが、人懐こい笑顔が緊張をほぐしてくれた。舞は助手席に乗り込んだ藤野に聞いた。

「このあたりで行ってみたいところはある?」

「舞さんに任せるよ。でも、まずは今夜の宿を決めなけりゃ」

舞はちょっと思案し、

「すぐ隣の飯岡《いいおか》に、海が見える国民宿舎があるけど」

「そこでいいよ」

飯岡の国民宿舎は海に沿った県道の脇にある。県道をはさんで海水浴場があり、夏場は家族連れに人気の宿である。シーズン前とはいえ週末ということを考えると部屋が取れるかどうかわからなかったが、藤野とともに簡素なフロントで問うと、すぐに部屋がとれた。

「最初は犬吠埼を案内するわ」

飯岡から銚子市へ続く国道は、照葉樹におおわれたつづら折れの登坂道である。そこを登りきると、まばらな家と畑作地が広がる平坦な道になり、しばらく走ると、市街を迂回して犬吠埼へ向かう銚子有料道路への分岐点が現れる。

「このへんは平坦な土地だと思っていたけど、けっこう森や高台があるんだね」

料金所を過ぎると、道はダイナミックな起伏を描くハイウェイになる。

「この道路は屏風ヶ浦の上を走っているから、けっこう高台なのよ」

「日本のドーバーって呼ばれている断崖だろう？　きのうの夜、ガイドブックで見たよ」

右手の台地の切れ間に、濃紺の太平洋が糊《のり》のようにべったりと見える。やがて道のまわりに一面のキャベツ畑が広がりはじめ、それが尽きるあたりから、犬吠埼まで一気にくだる激坂のヘアピンカーブが続く。陽光に輝く太平洋の大海原を背景に、海に突き出た犬吠埼や、その左手の銚子市街などが大パノラマとなって視界をうめた。

「あれが犬吠埼か」

藤野はダッシュボードに手をあて、前方に身をのり出した。

激坂をくだりきり、平坦になった畑中の道には、いかにも海辺の店といった雰囲気を漂わす鮮魚店や磯料理店が数軒ならび、その先には寂《さび》れた単線の路線が横切っている。踏切に近づいたとき、緊迫した警報音が鳴り響き、遮断機がおりた。やがて、その緊迫感を嘲笑《あざわら》うように、かわいい一両電車が右手から現われ、踏切のすぐ横にある犬吠駅《いぬぼう》に停車するため、ブレーキ音を億劫そうに軋《きし》ませながらゆっくり横切った。

「オモチャみたいな電車だなぁ。でも、のんびりしてていいね」

藤野は呆気にとられた顔で、電車が停車した犬吠駅の粗末な駅舎を見た。

「銚子電鉄っていう短い私鉄よ」

小さな踏切を越えると松林に突きあたる。そこをぐるっと迂回すると、道の両側をおおう木々の間に観光ホテルが数件ならび、前方に犬吠埼の台地と海が広がる。

本格的な観光シーズンにはまだ早い時期だが、土曜日のためか、土産物店の店先には観光客の姿が多い。拡声器から響く音楽に荒磯を砕く波の音がかぶさっていた。

「この波濤の音が犬吠埼という地名のもとになったのかな？」

灯台への歩道を歩きながら藤野がつぶやいた。二週間前に綾香と歩いた道である。舞は同じ場所を藤野と歩いていることに奇妙な感慨を抱いた。

「藤野さん……」

灯台を見あげるところまで歩いたとき、舞の感慨があふれた。

「先月、綾ちゃんが、旦那さんと一緒にここへ来たのよ」

「ふ〜ん……」

藤野は驚いた様子もなく、眼を細めて水平線を見つめた。

「そのときね……藤野さんと別れた理由を聞いたの……綾ちゃんがどうしてこうなったか知ってたの？」

「おおよそは想像できた……でも本質的なところは、前にも言ったけど、価値観の違いが原因さ。彼女にとって一番重要だったのは家庭というカタチだったんだと思う。彼女は落ち着きたかったんだろうな。故郷で結婚したのは正解だと思うよ」

藤野は笑顔を繕い、「遅くなったけど昼飯でも食べない？」と明るい声で言った。

犬吠埼から銚子港へ向かう道の途中に、黒生《くろはえ》という小さな漁港がある。舞は漁港の手前にある生簀《いけす》料理店へと藤野を案内した。以前は毎週のように磯村と来た店である。抵抗感はあったが、藤野に旨い魚を食べさせたかった。

広い店内には湿った海の香りが漂っていた。中央には大きな方形の生簀があり、それを囲んでカウンターの席がある。海に面した奥のスペースが畳敷きの広間になっており、規則正しく並んだ座卓の間を、絣模様の半被《はっぴ》を着た仲居が忙しそうに動きまわっている。正面の大きなガラス窓の先には安穏とした岩礁地帯が広がり、店から出る残飯を狙ってか、岩のうえには無数のカモメが羽を休め、上空では数羽の鳶《とび》が乱舞していた。

生簀からすくいあげた魚の活けづくりに、藤野は目を見張った。

「さすがに海辺の店だな。舞さんはよく来るの？」

「たまには……」

動揺を隠してうなずいたが、刺身をほおばる藤野に磯村の姿が重なり、ときおり上目を向ける笑顔の、やや茶色がかった瞳に、内心を見透かされてしまいそうな気がした。

食事のあと、市街の醤油醸造工場などを案内し、夕刻近く犬吠埼の西端にある漁師町の外川《とかわ》へ車を向けた。

「やっぱり黒潮の街って感じがするね。温暖で開放的なのに隙間がない。大らかで、無防備で、そのくせ肩を寄せ合ってる感じだ」

漁師町の小路を抜け、屏風ヶ浦が見える海岸に出たとき、藤野は「すごい！」と息をのんだ。海岸のあき地に駐車すると、二週間前に磯村と来たときのことが鮮明によみがえる。砂浜まで歩いた藤野は目映そうに目を細め、腕組みをして岩壁を眺めた。

銚子市の近辺はどこへ行っても磯村の影から逃れられそうにない。覚悟はしていたが、こうして藤野を案内していても、磯村に見られやしまいかと、あたりをうかがってしまう。そんな焦りが想像以上に重く心にのしかかっていた。

すでに午後の五時を過ぎていた。空をおおった薄雲が斜陽の色をぼかし、断崖も海も、ほんのり紅を溶かした鉛色に沈んでいる。

「舞さん」

ふいに藤野が振り返った。その視線に心の焦りを見られてしまったような気がして、舞は身構えた。

「お願いがあるんだけど……舞さんの家から一番近い浜へ行ってみたいんだ」

その言葉が意識の壁を巧《たく》みにすり抜け、自我へ突き刺さる。

「浜って……なんにもないし……昔のように広い浜辺もないし……」

「いいんだ。舞さんが小さいころに見ていた海を見てみたいんだ」

藤野は照れくさそうに笑んだ。

《この人はいつも心へ自然に入ってきてしまう……》

舞は藤野を直視できなかった。

舞の家からまっすぐ海に出たところにある中谷里浜は、古びた国民宿舎と簡保の宿があるだけで、あとは背の低い松林と狭い砂浜が広がる海岸である。

来た道を旭市まで戻り、海沿いの県道から国民宿舎の脇を抜け、中谷里浜《なかやり》に出る小路へと入ったとき、藤野は「ここも国民宿舎なんだ」と、歳月のシミが浮いた三階建ての建物を振り返った。駅で宿の話が出たとき、すぐに思いついたのはここだった。しかし幼少の記憶が残る場所に藤野を一晩おくことがためらわれ、飯岡の国民宿舎を勧めたのである。

夕凪の海は、松を揺する風もなく、波音だけが地の底をおおっていた。

車から降りた藤野は黙って海を見つめた。浜には人の気配がなく、流木やブイのガラス球などの漂流物が波打ちぎわに累々《るいるい》と打ちあげられ、初夏とは思えない荒涼とした空気が漂っている。暗鬱とした重さに沈む浜を、野良犬が3匹、戯《たわむ》れながら走り抜けて行った。

「なんにもないでしょう……?」

海を見つめる藤野の背後から、恐る恐る声をかけると、彼はちらっと舞を振り返った。

「たしか伊藤左千夫《さちお》の歌に『天地《あめつち》の四方《よも》の寄合《よりあい》を垣にせる　九十九里の浜に玉拾ひ居り』っていうのがあったけど、国語の教科書でこの歌を知ったとき、九十九里の風景が浮かんだよ。まさにこんなイメージだった。伊藤左千夫が生れたのは成東町《なるとう》だったよね?」

「ええ、二十キロぐらい離れてるけど……」

「この方角か……」

藤野は右手の海岸線に目をやった。波頭を無限に重ね合わせた海が、はるか彼方で夕闇に溶けこんでいる。

「こんなに茫洋として取りとめのない光景は、さすがに九十九里浜だな。海岸線を見ながら波音を聞いていると、自分の実在感が薄れるような気がする」

独《ひと》り言《ごと》のようなつぶやきを聞いた瞬間、舞の心に懐かしい感情があふれた。

この気持ち……学生時代、藤野という人間に自分が見透かされてしまったと感じた夜、心の底からあふれる感情のまま、自分のすべてを藤野の前に晒してしまいたいという衝動に駆られたあの感情がリアルによみがえった。

「藤野さん……そろそろ、行きましょう……」

藤野は不思議そうな面持ちで舞を見たが、すぐに「うん」とうなずいた。

「きょうはありがとう。舞さんの心に残る海が見られてよかった」

飯岡の国民宿舎へ着いたとき、藤野は笑顔を向けた。

「なんにもない浜だったでしょう」

しかし藤野は、それには応えず、

「オレはいつも、人にはそれぞれ意識のルーツがあると思っている。意識の源っていう感覚かな。それが感じられる人と、そうでない人がいるんだ。オレの思い込みかもしれないけど、あの浜で舞さんの意識のルーツが少し見えたような気がした」

そのあと藤野は大きな溜息をついた。

「正直に言えば、オレは自分のことを社会的な敗残者だと思ってる……早い話が現実逃避っていう感じかな」

藤野は助手席の窓をあけた。エアコンで冷えた車内に湿った風と波音が忍び込んだ。

「オレ、今年で二十七歳だよ。生活設計をきちんと立てなけりゃあならない歳さ。それなのにオレの価値観の大半は、『帰るところ』っていう概念に占領されている」

「帰るところ?」

「ああ、帰るところさ。自分はどこに帰れるんだろうってね。考えてみればオレの旅への意識も、そのあたりが源なのかもしれない。旅のあいだは、まがりなりにも帰るという概念を抱き続けていられる。それが、たとえ東京のアパートの一室でもね。そう考えると、旅先で絵を描いているときが自分にとって一番豊かな瞬間なのかもしれない。どうしようもなく淋しくて、最高に豊かな時間だって気がする」

脳裏に『山の絵』がぼんやり浮かんだ。自分自身の実在感すらぼやかす、取りとめのない感情のなかに、焦点の曖昧な山の光景が揺らめいている。

「藤野さん、変なこと聞くけど……綾ちゃんといるとき、彼女の所へ帰れるって感じた?」

すると藤野は抑揚のない声で「いや」と否定し、

「それとは別の思いだよ。この気持ちはもっと自我の奥深くにあるっていうか、決して自分自身の外には出ない本質的な孤独感……そんな感覚なんだ」

「それじゃあ、あの絵……私が見た山の絵の故郷には帰れないの？」

藤野は目を閉じ、「あの絵か……」と溜息をついた。

「木曽の実家には戻れないだろうな。びっくりするかもしれないけど、オレは八人兄弟の末っ子なんだ……オヤジはオレが高二のとき亡くなり、オフクロは大学卒業の年に亡くなっている。家を継いだ一番上の兄貴は五十歳で、もう孫がいる。故郷といってもすでに親がいない場所には、帰るっていう現実的な気持ちは抱けないな」

藤野という男の色の奥にあるものが、いくらか露《あらわ》になった気がした。掴みどころがないようでいながら、あの山の絵に確固とした意識を示す男が、すぐ隣にいる。

藤野と逢うたび心を見透かされそうだと感じた理由が、少し明らかになったと思った。しかし明らかになったぶん、それまで抑制できていた感情の歯止めが緩んでしまった。

舞はあふれる感情に身をまかせた。

「中学生のときに母が亡くなったの……母の記憶が、みんな、さっき見た浜にあるの……小さいころ、浜まで連れて行かれたとき、母が唄っていたのを覚えてる。だから、いまでも波音を聞くと、自分がどこかへ漂ってしまいそうで……」

この想いを他人に話したのは初めてだった。しかし舞は、あふれる感情を言葉に表しきれないもどかしさに、あらためて混沌とした感情の濫觴《らんしょう》を見たような気がした。

藤野の目に優しい哀しさが浮かんだ。

「オレ、舞さんの心から波音が聞こえるって言ったよね。あのときはなんの根拠もなかったけど、舞さんにはやっぱり脱け出せない意識のルーツがあったんだな。脱け出せないというのが適切なたとえかどうかはわからないけど」

その言葉に、意識が弛緩していくのがわかった。

《この人が自分を求めたら、抵抗できない》

恋や愛とはどこか異質な感情だった。得体の知れない霧のなかで、やっとめぐり逢った相手と必死に手をたずさえるような安堵感が心に満ちている。

ふいに陽気な声がした。

「明日は午後三時過ぎの列車で帰ろうと思ってるんだ。それまで、また案内してくれる？」

藤野はゆっくりドアをあけた。

「朝の九時ごろがいいかな。この駐車場まで出てるよ」

ディバッグをつかんで車から降りた藤野は、静かにドアを閉め、国民宿舎の入口に早足で歩いて行った。舞は藤野が消えたエントランスのあたりを呆然と見ていた。

開け放した窓から波の音が響いてくる。その音を断ち切ろうとエンジンをかけ、ヘッドライトを灯すと、意識がすっと現実に戻った。

2

翌朝、藤野は国民宿舎の駐車場で待っていた。梅雨前線は去り、雲間からは初夏の強靭な陽射しが照りつけている。助手席に乗り込んだ藤野の額には大粒の汗が浮いていた。

「きょうは佐原《さわら》を案内しようと思うんだけど」

「伊能忠敬《いのうただたか》で有名なところだね。それじゃあ出発しよう！」

藤野は足もとのディバッグからサングラスを取り出した。

飯岡から佐原市への県道は、里山の集落をいくつか抜ける農村道である。関東ローム層の肥沃な黒土が露出する斜面には、サツマ芋や落花生が植えられ、小川に沿った低層地には水田が広がっている。佐原は、かつて利根川の水運で栄えた街である。市内の駐車場に車を入れ、水郷の面影を残す小野《おの》川べりの道を歩いた。古《いにしえ》の水運を支えた小野川は、石積みで囲われた水路で、柳の並木が続く両岸には格子の家や漆喰《しっくい》の土蔵がならんでいる。

「水の匂いがする街だね。そういえば水郷で有名な潮来《いたこ》はこの近くだよね？」

「利根川を越えれば潮来よ。時間があればアヤメ祭りへ案内したかったんだけど……」

心には数日前の磯村の言葉が泥《なず》んでいる。磯村が一人でアヤメ祭りに行くはずはないとは思うが、そこを案内するのは憚《はばか》られた。

「ここでも水郷の雰囲気が十分味わえるよ」

藤野は舞の屈託を庇《かば》うように柔和な笑顔を返した。

川べりを散策したあと、市内の鰻屋で蒲焼を食べ、旭市まで戻ったのは午後三時過ぎだった。駅で時刻表を確認すると十五分後に出る上り特急があった。

ドライブのあいだ、藤野は昨夕のことには触れず、車窓の景色の感想や、これまで旅行したときに見た風景の話など、あたりさわりのない話ばかりしていたが、改札口の手前まで歩いたとき、ふいに真顔で舞を凝視した。

「ここへ来てよかったと思う。舞さんの意識の源が少しだけど見られたからね」

虚をつかれて舞は戸惑った。それを見た藤野は、「いろいろありがとう」と笑顔で手を差し出した。

ためらいながらその手を握る。細い体からは想像もできない逞しさだった。

「それじゃあ元気で」

手を離した藤野は、こちらを向いたままの姿勢で改札口を抜けた。

「藤野さんも……」

そう返したとき、上り列車の入線を告げるアナウンスが鳴り響き、『今度はいつ逢える？』という言葉をかき消してしまった。

藤野を乗せた列車がホームを離れる。遠ざかる列車を見送っているうちに、舞は、この小さな駅舎に自分一人が取り残されてしまったような淋しさを抱いた。

緊張感がゆるみ、動く気力が萎えていく。やがて淋しさは虚脱感に変わり、取り残された自分がひどく小さく感じられた。舞はしばらく駅舎の椅子に呆然と座っていた。


家に戻ると、エプロンをつけた麗が玄関へ出てきた。

「お姉ちゃん、さっき田代さんから電話があったよ。またあとでかけるって」

その言葉どおり、夕食を終えるころ愛美から電話が入った。

――舞ちゃん、きのうの昼ごろ私とすれ違ったの知ってた？

「え？　どこで？」

――駅前よ。舞ちゃんが男の人と車のなかで話してるのを見たわ。横を通ったのに気がつかなかったでしょう？　あの男の人、舞ちゃんがいつも話している恋人？

「え？　違うけど……」

──へえ～新しい恋人の出現ってわけか。もしかして、いつか話してた東京の恋人？

「恋人じゃないけど……」

愛美の邪推《じゃすい》を否定したが、心に蟠《わだかま》るものがあった。それは藤野を見送ったあと忽然と身を包んだ虚脱感の底で、微かに蠢《うごめ》いていた鬱屈である。

《藤野はどういうつもりでここへ来たのだろう？》

愛美にそのことを話してみようと思った。

「田代さん、話したいことがあるんだけど、あしたの夜、寮に行ってもいい？」

──恋の告白ってわけ？　いいわよ。美味しいハーブティを用意して待ってるわ。

磯村や藤野のことを話したら、愛美は冷めた視野から自分の曖昧さを指摘するだろう。しかしいまの自分には、愛美らしい冷静で容赦のない見立てが必要だという気がした。

翌日の夜、舞はナース寮の二階にある愛美の部屋を訪ねた。

六畳の個室には絨毯《じゅうたん》が敷かれ、窓際にベッドが置いてある。絨毯やカーテンは緑色で統一されているが、ほかの家具や調度品の色にはあまり気をつかっていない。本棚は雑多な本で埋まっているが、ぬいぐるみや装飾小物などのたぐいは見あたらず、女性の部屋らしくない無機質なイメージが漂っている。

小柄で細身なのに、仕事をテキパキとこなす愛美は、一見するとしっかり者の明るい女性という印象だが、それと部屋の雰囲気がまるで重ならない。しかし愛美の性格を知るようになって、むしろ彼女らしいと思えるようになった。

簡素で飾り気がない部屋の在りようが愛美の内面をよく表わしている。

愛美はショートパンツにTシャツ姿で舞を迎えた。

「レモンバーベラよ」と出された薄黄色のお茶は、透明な柑橘系の香りがした。舞はカップの芳香を味わいながら、思いつくままに心の鬱屈を話した。

「ふ～ん、それで舞ちゃんは藤野って人が気になるんだ。つまり愛してるってこと？」

「わからない。藤野さんのイメージは、いつも親友と重なっているんだもの」

「それってさ、舞ちゃんと藤野って人が同じ種類の人間だってことじゃないかな」

神妙に言った愛美は、ふいに口もとをほころばせた。

「娼婦《しょうふ》ってわかるでしょう？　私さあ、女には心の娼婦と体の娼婦があると思うんだ。心の娼婦は関係を持った男を愛していると思ってしまうタイプ、体の娼婦は男と関係ができても心は別ってタイプ……そんなイメージかな。もちろん誰もが両方を持ってるんだけど、要はどちらが強く現われるかってこと。話を聞く限り、広島のお友達は心の娼婦ね」

「どうして？」

「言い方は悪いけど、好きでもない人と結婚して、その人を愛していると自分に言い聞かせているんでしょう？」

「それは……私がそう感じただけで、本当のところはわからないわ」

戸惑う舞を愛美はじっと見つめた。

「舞ちゃんは結婚する相手にどんな必然性を抱く？　結婚なんて形式にすぎないけど、もし舞ちゃんが相手と一緒にいたいって思うなら、それなりの理由があるでしょう！」

「……」

「それじゃあ舞ちゃんは、磯村さんをどこまで受け入れている？　たぶん体は受け入れていても意識は受け入れてないでしょう？　つまり舞ちゃんは体の娼婦っていうタイプなのよ。でもそれってけっこうヤバイよ」

「田代さんは自分のことをどっちだと思ってるの？」

愛美は、「え？」と目を開いたが、すぐに「あははは」と笑い、

「私は強烈なる体の娼婦だわ。だからいまもこんな状態なのよ。三十路《みそじ》を目前にして、いまだ独身、相手もなし、その気もなしってね」

「でも田代さんの歳でも独身の女性はけっこういると思うけど」

愛美は「そうかなぁ」と虚空を見あげ、「舞ちゃんになら話してもいいか……」と独り言のようにつぶやいた。

「私ね、心から人を好きになったことが二回あったのよ。でも二人とも死んじゃった……両方とも患者さんよ。俗に言うナイチンゲール症候群ってやつかもしれないけど……私の場合はちょっと違うんだな……」

愛美は、『死を意識した人は、生きることに素直に対峙《たいじ》し、自分が生きた意味を、本質的なところで考えるようになる』と言う。これまで愛した二人は白血病と心臓病で入院していた二十代と三十代の男だった。

「私ね、看護学校時代に寮の近くの喫茶店でバイトしてたのよ。そこで知り合った大学生とつきあうようになったんだけど……そいつがひどいヤツでね。私に飽きると仲間に私を押しつけたのよ。よくある話だけどね。コンパのあと、お酒に酔った勢いで、そいつの仲間に強姦《ごうかん》された……それ以来、男の人と素直に話せなくなった……」

愛美はハーブティをひとくち飲んだ。

「でも二人は違っていた。私をどうこうする気持ちなんてないし、人間として本音で触れ合いたいって気持ちが伝わってきた。人間ってさ、欲望をはずすと本質的なものが見えてくるのかな。本当のこと言うと……最初のときにね、その人が死んだら私も死のうって思ってたのよ。仕事がら睡眠薬ぐらい簡単に手に入るし、苦しまないで死ねる方法も知ってるしね。自殺を考えたら便利な職業だわ。でもダメ、その人に釘をさされたわ。自分のぶんも生きてくれってね」

愛美は乾いた声で笑った。

「ありがちなセリフだけど、どうしようもないよね。その三年後に同じようなことがあって、いまに至ってるってわけ。だからね、藤野っていう人を私に逢わせちゃあダメだよ」

「どうして？」

「もしかしたら好きになっちゃうかもしれないよ。だって藤野さんは、舞ちゃんの意識のルーツが知りたかったんでしょう？　二回目に好きになった人が、同じことを言っていたんだ。だから藤野さんの話を聞いたとき、死を意識した人でもないのに、そんなことという男の人がいたのかって、がぜん興味が湧いてきちゃった」

愛美は一瞬、舞を睨んだが、すぐに「えへへ」と表情をくずした。

「舞ちゃん、迷うことないじゃない。早く藤野さんに抱かれることね。もう実質的には同じような状況なんだから」

「握手ぐらいしかしてないわ……」

「肉体的なことじゃなくて、舞ちゃんは体の娼婦なんだから、肉体関係があってもなくても、たいした意味はないんじゃない？　思うんだけど、相手の意識の源を知りたいって気持ち、それが舞ちゃんにとって絶対的な愛の在り方なんじゃないかな？　じつは、それがヤバイんだけど……」

愛美はなにかを考えるような面持ちで目を伏せた。

「現実問題として、生きていくにはお金もいるし、生活だって豊かなほうがいいに決まってる。でも藤野って人は現実面には疎《うと》い人のようね。あなたのお友達と別れたのも必然的な結果だわ。お友達は現実がすべてってタイプらしいから」

「綾ちゃんはお金とか名誉にこだわる人じゃないけど……」

「そうじゃなくて、カタチを優先して人生を決めるタイプってこと。時期が来たら結婚して、それなりにまともなカタチを築くタイプ。でも軽蔑して言っているんじゃないのよ」

カタチという言葉を聞いた瞬間、中谷里浜で聞いた藤野の言葉が重なった。

「それは女性だけのことじゃなくて、男もそうよ。いい大学を出て、安定した職場を得る。つまりは社会的・経済的な生活力が価値の基準なのよ。でもしょうがないわね。人間って親とか親戚とか、いろんなしがらみのなかで生きているんだものね。だから藤野さんや舞ちゃんのようなタイプは厄介なのよ」

「私だって、まわりの人のことを考えて生きてるけど」

脳裏に父の姿が浮かぶ。居間で一人、黙々と新聞に見入る姿だった。しかし愛美はそんな心情にはおかまいなく、

「つまりは相手を選ぶ必然性の問題なのよ」

「でも相手が好きだから結婚するんでしょう?」

舞には納得がいかなかった。すると愛美は、

「自分がどういう人間かなんて、深く考える人は少ないわ。そういう人は相手にも深いものを望まないでしょう? その程度でいいのよ。カタチにさえ収まれば、あとは情も湧くし、その情や経済的な打算、それと子供ができれば親としての情や義務感でなんとなくやっていけるものよ。ほら、昔から『子は鎹《かすがい》』なんて言うじゃない。」

舞が言葉に窮していると、愛美は悄然とつぶやいた。

「だから……両親は離婚したのよ」

「え? 両親って、田代さんの?」

「うん、私が看護学校を卒業した年。原因は母親の浮気。四十六歳の主婦の浮気ってわけ。両親は見合い結婚だけど、母は父の生き方や価値観が嫌だったのね。だから私が社会人になるのを見届けてさっさと離婚。そのときの母親の言葉、けっこう衝撃的だったな。結婚相手を選ぶときは自分との二元関係で選ぶなって言われたのよ」

「おたがいの親のことも考えろっていうこと？」

また父の姿が浮かぶ。すると愛美は「へぇ？」と呆れ顔をした。

「その反対よ。親のことじゃなくて子供のこと。つまり自分にとってどうかじゃなくて、相手が自分の子供の父親としてどうかという見方をしろってこと。そのときね、さっきも話したけど、ちょうど男の人に絶望していたから、妙にすんなり納得できちゃってね。たしかに子供を意識しないなら結婚なんて形式にこだわる必要もないし、法的な財産の始末方法だけ考えとけば、戸籍なんて大した問題じゃないしね。だから私、離婚を決意した母親を誉めちゃった」

「でもお父さんの気持ちはどうなの？」

舞の頭からは父親の姿が離れなかった。

「気にする必要ないと思うな。だって、そうなった責任の半分は父親にあるんだもの。最近は、子供の自立や夫の定年退職を機に離婚する女性もけっこういるらしいわ。それに、夫と同じ墓に入りたくないって女性も増えているそうだしね」

愛美は妙に穏やかな表情でカップの湯気に鼻をよせ、目を閉じた。


部屋の前で愛美と別れ、寮の外へ出ると、湿気が肌にまとわりついた。駐車場の水銀灯には、夜陰から湧いた無数の小虫が群がっている。明かりに浮いた一握の空間だけが、重たるい夏の夜を謳歌する旺盛な生命感にあふれていた。

初めて愛美の過去に触れ、彼女がしばしば見せる虚無感や、妥協のない辛辣な言葉のゆえんなど、その精神の色が見えたような気がしたが……心と体の娼婦の喩《たと》えだけはどうしても釈然としなかった。

駐車場から車を出したとき、犬吠埼での綾香が浮かんだ。自身を納得させるようにいい人と繰り返して夫を評した表情だった。

《あの言い方が心の娼婦なのだろうか？》
愛美の喩《たと》えの範疇《はんちゅう》にうまうまと嵌《は》まる綾香を見たような気がした。

第四章　記憶との邂逅《かいこう》

1

週があけてから三日間、はっきりしない天気が続いた。それが昨夜から崩れ、朝には大粒の雨に変わった。午後になると強風が暴れはじめ、外が暗幕をひいたような闇に包まれ、突然、閃光と轟音が大気を切り裂いた。しばらく建物を震わせた雷鳴は、やがて濃密な雲と激しい雨を従えて遠ざかった。

内線電話に磯村から連絡が入ったのは、まだ遠雷が聞こえる夕刻のことである。

――きょう仕事が終わったら逢えない？　三十分ぐらいでいいんだけど。

その思わせぶりな言葉に、舞はある予感を抱いた。

仕事を終え、約束した喫茶店に行くと、奥の席から磯村が手をあげた。外渉先から直接来たらしく、脇には業務用の大きな黒鞄がある。

舞が向かいのイスに座ると、磯村は真紅のリボンをあしらった紙袋をテーブルにおいた。

「一日早いけど、誕生日おめでとう！」

《やっぱりそうだった》

いかにも磯村らしいやり方である。こうした行為だけでなく、普段の身なりや話しかたにもソツがない。銀行員という仕事柄もあろうが、それよりも、教育熱心で躾《しつけ》に厳しい家庭によって育まれたものだと思う。

彼の父親は大手建設会社の千葉支社長を務め、一昨年に定年を迎えた。磯村は長男だが二人の姉を持つ末っ子である。県でも有数の進学校から東京の国立大学に進み、卒業後は県内の地銀に就職した。入行から三年は県北の柏支店に勤め、二年前に現在の匝瑳《そうさ》支店へ異動した。異動後は旭市に隣接する八日市場《ようかいちば》市の親戚の家に寄宿し、支店へ通っている。

家庭環境や職業はもとより、癖がなく誠実な人柄、中肉中背の現代的な容貌など、一般的に評すれば結婚相手として申し分ない男性であり、誰もが納得して祝福する相手だろうと思う。ただ、さしたる不満もないかわりに必然性も見出せない。

《ちょうど一年か……》

舞は昨年の同じころを思い浮かべた。磯村といまの関係になったきっかけも、これと同じ演出だった。さりげなく誕生日を聞き、一日早くプレゼントを贈る。その行為をキザに感じさせないのは、彼の気取らない人柄のせいだろう。ちょうど綾香が広島へ戻り、もう東京へは行けないという諦めで、気持ちが揺れていた時期でもある。それから一年、今年も同じ演出を忘れない磯村は、やはり結婚相手として申し分ない男である。

紙袋には艶《あで》やかな包装紙の箱があった。包装紙を解くと、著名なブランドマークが誇らしく印刷された靴箱があり、乳白色の夏用サンダルが入っていた。

舞はサンダルを一瞥《いちべつ》し、「ありがとう」と言って、包装紙ごと紙袋に戻した。

それに満足したのか、磯村は日曜のアヤメ祭りの約束だけを再確認すると、舞が紅茶を飲み終えるのを待って「支店に戻らなけりゃならないんだ」と店を出た。

夏至を間近に控えた空は、陽が没したあとも鬱々と暮れなずみ、切れ切れの雲の端が薄紅色に染まっている。磯村の車を見送り、自分の車のドアをあけたとき、雨あがりの湿った涼風が、アスファルトの水溜りに鋭い波紋を描いて吹き抜けた。

家に戻ると、居間でタバコを吸っていた父が舞を呼びとめた。

「おまえの写真を何枚か貸してくれないか？」

父は新聞から顔をあげ、老眼鏡を鼻に乗せたまま上目づかいで舞を見た。

父は今年で五十七歳を迎える。舞の年齢から逆算すると父の結婚年齢は三十三歳であり、その年代の男としては決して早いほうではない。しかし母親の民子はそれよりさらに二歳年長だった。当時としては周囲が危ぶむほどの高齢初出産だったに違いない。

母は四十八歳という短命だったが、父は若いころに剣道で体を鍛えたためか、いまも頑健であり、背筋がしゃんとした姿勢やシワが目立たない顔立ちは実年齢より五、六歳は若く見えるが、もともと強度の乱視だったために視力の衰えは早く、母が亡くなるころには、すでに老眼鏡のお世話になっていたのを覚えている。

「写真って、またお見合いの話なの？」

「まあ、そんなところだ」

「お父さんの関係なの？」

「いや、おばあちゃんからの話だ」

「それじゃあ、また、お茶会仲間の知り合いの人？」

「いや、今度は名古屋時代の知人からの話らしい。おばあちゃんは、お見合い用の写真を撮れって言ってるが、とりあえずスナップでもいいじゃないかって言っておいた」

「お父さんから断ってもらえないかな」

「今回はおばあちゃんもかなり乗り気で進めているようだ。相手は千葉市内の大きな病院の次男で、もう三十歳に近いが、本人も医学部を出て病院の内科に勤めてるってことだ」

「そんな立派な経歴なら他にも花嫁候補がいるでしょう？」

「相手の祖父は名古屋大学の医学部時代に、おばあちゃんの女学校時代の親友を見初めて結婚したってことだ。千葉の出身で、こちらに戻って開業したらしい」

「おばあちゃんの友達のお孫さんか……でも気が進まないな……お父さんから断ってくれない？」

父親は「まあ」と口ごもったが、

「あの気の入れようだと、写真だけは渡したほうがいい」

いつもなら舞の意向を優先してくれる父が、今回は頑固に譲らない。見合いの話が名古屋時代の友人からのもので、もし舞が断ったら、祖母の感情はいつもより激しく揺れ動くだろう。場合によっては逆上して舞を口汚く罵倒するかもしれない。父は、そんな状況を懸念しているのかもしれない。

「お父さんは、どう思う？　私がその相手と結婚したほうがいいと思う？」

「そうだな、おまえが相手を気に入れば悪い話じゃないと思う」

「私が嫁いだら家のことはどうするの？」

「どうするって……そんなことはどうにでもなる。麗もいるしな」

「麗は京都の大学へ行きたいって言ってるじゃない。それに卒業してもここへ帰ってくるかどうかわからないわ」

「そんなことを心配しなくてもいい。おまえは自分の一番いい道を選べばいいんだ」

「わかった……適当な写真を探してみる」

状況がどうであれ、最終的に自分が断ればすむという気がした。断固とした意志を示せば、父は必ず自分の防波堤になってくれるという確信がある。

自室に戻ろうと立ちあがったとき、父がおずおずと呼びとめた。

「おまえ……つきあってる相手は、いないのか？」

「そこまでの人はいないわ」

自室に戻った舞は、着替えもせずにベッドへ身を投げた。父から異性のことを聞かれたのは初めてである。一瞬、藤野の面影が浮かんだが、そのイメージは次第にぼやけ、先ほど逢った磯村が脳裏を占領していった。とっさに「いない」と応えたが、そこには、場の繕いというだけでなく、磯村への本音が色濃くにじんでいるような気がする。

藤野の輪郭がもうすこし明瞭ならば、写真の件も断固として断ることができたかもしれない。しかし、そう考えれば考えるほど、自分の曖昧さばかりが浮き彫りになり、それをつき詰めていくと、自分のずるさに行き着いてしまう。そして、ずるさの背後では殺伐とした自己への嫌悪感が陥穽《かんせい》をあけて待ちかまえていた。

愛美は『受け入れてるようで、受け入れていない』と言うが、どんなに否定しても、意識の実体はそうなのかもしれないと、観念するほかはなさそうだった。

疲れた頭へ祖母の顔が浮かんだ。

《次男坊とはいえ、大病院の息子に孫を嫁がせることで、祖母は、かつて抱いていたプライドが少しでも取り戻せると考えているのだろうか？》

嬉々《きき》としてこの話を進めていく祖母の姿が思い浮かび、そのイメージが疲労感のなかに蠢《うごめ》いていた。

その週の日曜、いつものように病院の駐車場で磯村の車に乗り換え、潮来町へ行った。乾燥した風がそよぐ日だった。磯村は、前週に藤野と走ったコースで佐原に向かった。

佐原から利根川本流の水郷大橋を渡れば茨城県に入る。霞ヶ浦の河口に広がる豊かな田園風景のなかをしばらく走り、霞ヶ浦から流れ出る常陸利根川を北利根橋で越え、霞ヶ浦の豊かな水に潤された牛堀《うしぼり》町を抜ければ潮来町はもう指呼の間である。

花の見ごろが終盤に入ったアヤメ園は、家族連れや団体客など駆けこみの観光客で混雑していた。人波をかきわけるように園内をひとまわりしたとき、磯村が提案した。

「早めに佐原へ戻って鰻でも食べようか？」

プレゼントされたサンダルを履いて行ったせいか、いつもより陽気だった。しかし先週のことが脳裏をかすめ、舞は「ええ……」と曖昧に応えた。

「なんだか元気ないなぁ、疲れた？」

「新しいサンダルだから……まだ足に馴染まなくて」

「じゃあ佐原で歩くのも大変だな。それなら銚子まで行って生簀《いけす》料理を食べようか？」

また返答に詰まってしまった。

《どうしてこうなってしまうんだろう……》

自嘲にも似た思いが心を突き刺す。

しかし、考えてみれば佐原も銚子も磯村とのデートコースなのだから、彼が佐原の鰻屋や銚子の生簀割烹の名をあげても、戸惑うほどの偶然ではない。

車のなかで舞は次第に冷静になった。

銚子市へは、利根川に沿った茨城県側の国道124号線を利用し、海側の波崎《はさき》町から銚子大橋を渡るのが最短距離である。この国道は対岸の千葉県側を利根川沿いに走る国道356号線よりも過疎の道であり、水田と小規模の集落と雑木林が続く平坦な道路である。

潮来町の街路を抜け、田園をまっすぐ国道まで続く県道に入ったとき、舞は思いきって聞いてみた。

「ねえ、磯村さん。あなたは自分の価値観がどこにあると思う？　仕事とか将来とか……」

言いながら、こんな言葉しか思いつかない自分がもどかしかった。これでは求婚への好意的な意思と勘違いされそうである。本心では『自分がどこに帰れると思う？』と聞きたかったのだが、即座に『キミがいるところ』と言われそうな気がした。

案じた通り、磯村は舞の言葉を結婚への建設的な気持ちと受け取ったらしく、嬉しそうな表情に変わった。

「そうだな、まず仕事に関しては、経営に参画し、組織を動かせるポジションにつきたいと思う。これは将来についても同じ答えかな」

「お金のためなの？」

「いや、僕は金融業だから、一般の人よりも金銭の価値が抽象的なものだって認識がある。金銭は実力に応じてついてくると思ってる。お金のための仕事じゃないよ」

「銀行の仕事、楽しい？」

「変なこと聞くね。楽しさもそれ自体が優先するものじゃなくて、ついてくるものだと思う。金融業は産業を動かすエネルギーでもあり、円滑な動きを生み出すオイルのようなものでもあるんだ。金融業の在りかたひとつで経済の動きが変わるからね、影響も大きいし、責任も大きい。だからヤリガイのある仕事だよ」

「小さいころからいまの職業を考えていたの？」

磯村は「う～ん」と楽しそうな面持ちで考え、

「金融業を本気で考えたのは就職を意識してからかな。地銀を選んだのは、大手銀行じゃあ経営に携わるチャンスが少ないと思ったからだ。地銀なら業務の全体がつかめるしね」

そこまで言うと、磯村はしばらく前方を見てなにかを考えていたが、

「それに、これからの日本経済は地方の活性化が鍵だと思う。いま千葉市の沿岸部では埋立地に企業を誘致し、新都心をつくる計画が進んでいるし、内陸部では大規模なニュータウンの建設計画もある。地銀はそれに関連する地域の企業に資金や経営ノウハウを提供するのが本来の業務だと思うんだ。だから自分が生まれ育った千葉県で、本当の意味での金融マンの仕事がしたくていまの銀行を選んだのさ」

言い終わったあと、磯村は照れたように「まあ、そんなところかな」と笑みを浮かべた。

普通に結婚相手と考えれば、申し分ない身上と展望である。しかし舞の心には苛立ちばかりが湧いた。

「私のこと、どう思っている？」

思わず出た言葉に、磯村は「え？」と怪訝な表情をした。

「どうって……好きだよ。大切な人だと思ってる」

「どこが好き？」

磯村は「う〜ん」と唸ったが、すぐに、

「優しさかな。他人のことをしっかり考えてあげられる優しさがあると思う。それと他人に自分を押しつけない謙虚さがある。もっとも僕に関して言えば、最近はちょっと冷たいって感じるところがあるけどね」

精神的な余裕があるためか、このところの舞の態度に対する皮肉も忘れない。

「でも、本当は主体性がなく、曖昧なだけの人間だったでしょう？」

「逆に人間らしい弱さが見えてホッとしたよ。キミにそういう曖昧な部分があるからこそ自分が必要なんだって、自分の存在意義が明確になって、かえってよかったと思う」

「それが私と結婚する理由なの？」

「それだけじゃないけど……」

そのあと磯村はなにかを思案するまなざしで車を運転した。車はすでに波崎町へ入っている。交通量がぐっと増えた。やがて磯村はためらいがちに口を開いた。

「僕の家庭は厳しい家庭だったと思う。その反動かもしれないけど、僕は温かい家庭をつくりたい。キミとならそれができると思う。それも大きな理由さ」

「それだったら、私じゃなくて、もっとふさわしい人がいるような気がする……」

「なに言ってるんだ。キミはいま僕の目の前にいるんだよ。その人を愛し、その人と理想の家庭を築こうとするのは当然じゃないか」

言い終わった磯村は、満足気な表情でウインドーをあけ、タバコに火をつけた。

《この人からはカタチしか見えない……》

舞は妙に殺伐とした気持ちになった。恋人や結婚相手として、磯村が示すカタチは、どこからついても及第点だとわかる。しかし、わかるという感じかたがすでに磯村という男のカタチの外にあるような気がした。

波崎町から銚子大橋を渡ると銚子市街になる。銚子魚港脇の裏道を犬吠埼に向かえば、生簀料理店がある。舞は磯村への質問をやめ、差し障りのない話で時間をしのいだ。

食事のあと、磯村は旭市に車を向けた。しかし市街も迂回するバイパスを走り、続く八日市場市も通過した。舞は、どこに向かっているのかわかっていた。やがて車は、国道から海沿いの県道に折れ、松林の奥にひっそりたたずむホテルの駐車場へ入った。

「七時前には帰りたいんだけど……」

「わかってるよ」

磯村は時間を確認し、「まだ三時間以上ある」と言いながらドアをあけた。

二時間後、ホテルから旭市まで戻り、病院の駐車場で磯村と別れたとき、舞は体の芯が弛緩しているのを感じた。薄明りのなかに乾いた微風が漂っている。

客観的に見れば、磯村は理想的な結婚相手と言える。確固としたアウトラインを持ち、そのラインもかなりの高レベルにランクされるだろう。しかし舞には、アウトラインのなかの色が見えなかった。それに折り合うとしたら自身の曖昧なそれを重ねるしかない。磯村の車が視界から消えたとき、藤野の顔が浮かんだ。淋しそうに自分を見つめる顔だった。

先日、愛美は『同じ種類の人間』と言ったが、藤野には明瞭なカタチを感じたことがない。カタチは見えないが、塗りつぶした色が見える。その色の広がりが朧《おぼろ》なアウトラインとなって藤野という男の全体像を描いているような気もする。しかし確固としたカタチがないから、いつも不安定で危うげに見える。実際には握手する程度しか触れていないが、藤野の前で、舞の意識は裸に近い状態になってしまう。その裸体は、磯村には決して見せない意識の最深部の、じくじくと赤く腫れた恥部であるような気がする。

市街の交差点を抜けるとき、人ごみのなかに藤野とよく似たシルエットの人を見たような気がして、舞は思わず振り返った。その拍子にハンドルが右にきれ、車がセンターラインを割った。対向車から激しいクラクションを鳴らされ、ハッとしてハンドルを戻したが、しばらく動悸がおさまらなかった。

《藤野の概念をしばらく心から遠ざけよう》

磯村の感触を残す体で藤野のことを考える自分が、急に淫らで汚らしく感じられた。

2

朝、出勤の用意をしていると、夏用制服のベストを脇に抱えた妹の麗が部屋に来た。

「きょうは七夕だね」

二本の前歯を見せ、含み笑いをした。

「そうね。でも、こんな天気じゃだめね。それに七夕祭は一ヵ月先の八月七日でしょう？」

朝から重い雲がたれ込め、いつ雨になってもおかしくない空模様である。

「お姉ちゃん、今夜さぁ、ちょっと帰りが遅くなるけどいいかな？　友達と外で食事をしようって約束したのよ」

「女の友達？」

「ええ……まあ……」

「とぼけてもだめよ。本当は男の友達でしょう？」

麗は観念したように苦笑いをした。

「でも、女二人、男二人の四人グループだよ」

「食事をするだけなの？」

「変な想像しないでよ。食事のあと椎名内《しいなうち》の海岸で天の川を見ようってイベントなのよ。お姉ちゃんが遅くなるときには、私が陰ながらサポートしてるじゃない。だからお願い」

「こんな天気じゃあ星は出ないわよ」

「そうなのよ。去年も晴れなかったし……天の神様は嫉妬深いってわけね。もし夜になっても曇っていたら、そのときは食事だけで解散するわ」

「何時ごろまで？」

「十時前には戻ってくる。だからお父さんにもうまく言っておいてくれる？」

「自分で言ったらいいじゃない」

「それじゃあ心配するじゃない。だからお姉ちゃんが了解しているって言えば大丈夫だと思うんだ」

「わかったわ。十時までには戻ってきてね」

「ありがとう、お願いね。それじゃあ行ってきま〜す」

麗は嬉しそうに階段をおりていった。

舞は七夕という行事があまり好きではない。それは、母親の記憶と重なるからである。

出勤の車のなかで、脳裏に小学生だったころの記憶が浮かんだ。

八月七日が近づくと、母はいつも近所の竹薮《やぶ》から手ごろな枝を切ってきた。母と妹の三人で、その枝が一杯になるまで、夢中になって折り紙や短冊を飾ったものである。母は、何十枚もの短冊に、すべて『家族がみんな、健康でありますように』と同じ言葉を書いた。

「お母さんのお願いはみんな一緒だね」

ある年、舞がたずねると、『二人が大きくなってお嫁さんに行くのを見るのが楽しみなんだよ』という言葉が返ってきたのを覚えている。しかし、あれほど健康を願いながら、母はそれから数年後にこの世を去った。それ以来、舞にとって、母の記憶と重なるすべてのものが、母の死の色……色彩のない白い空虚な悲しみに染まっている。

しかし母が亡くなったとき、小学三年生だった妹には、自分ほどのダメージはなかったようで、七夕の行事をダシにしてグループ交際のイベントを企画している。

《でも今夜は晴れそうにないな》
病院の駐車場で車を降りて見上げた空は、家を出たころよりは明るみを増したようだが、依然、幾層もの雲を敷きつめている。『天の神様は嫉妬深い』と麗は言ったが、たしかにここ数年、七月の七夕の夜に晴れた記憶がない。
《織姫《おりひめ》・彦星《ひこぼし》は何年も逢えないのか》
そう思ったとき藤野の顔が浮かんだ。
先々週から藤野の部屋に二回電話を入れてみたが、不在だった。そんな焦燥感のせいか、ここ二週続けて磯村の誘いに応じてしまった。磯村を受け入れるたび、舞は『休の娼婦』という愛美の言葉を思い浮かべ、淫靡《いんび》な快感に溺れる自分を慰めていた。

「篠坂さん、課長の家って、知ってる？」

舞の出勤を待っていたように先輩の栄養士が声をかけてきた。

「さっき課長から電話があってね。きょうは風邪気味で休むけど、来週のシフト表を確認したいから届けて欲しいって連絡があったのよ。昼過ぎでいいんだけど届けてもらえる？」

「わかりました」

「お願いね。これが課長の住所。持っていく書類は昼までに用意しておくわ」

先輩はホッとした顔で住所と電話番号が書かれた紙片を渡した。

昼食後、舞は病院を出た。出る前に電話で課長の家の場所を確認すると、県道沿いのスーパーマーケットの駐車場に車を入れ、裏手の住宅地へ入ればすぐにわかるということだった。教えられた県道は何回か通ったことがあり、おおよその見当はつく。

平日の国道は順調に流れていた。銚子市街の手前から海に向かう県道へ折れ、しばらく行くと目指す店が現われた。スーパーマーケットとは名ばかりの古びた店舗で、駐車場の舗装もひび割れている。

電話では店の裏手と聞いたが、店舗を囲むように住宅地が広がっており、どちらの裏手かわからない。町名と番地で探そうにも付近の電柱には番地表示が見当たらない。

公衆電話で再確認しようとも考えたが、適当に住宅地に入って家の住所表示を見ればわかるだろうと思い、舞は車からおり、近くの小路へ入ってみた。

かつての漁師町の風情を色濃く残す小路だった。色褪せた板壁の民家や長屋のような平屋が軒を連ね、気だるい昼餉《ひるげ》の空気だけが、誰もいない道に漂っている。

しばらく歩くと、ふいに板塀の陰から小型の犬が吠えかかってきた。びっくりして足をとめると、ランニングシャツ姿の老人が家内から飛び出し、犬をあやしながら舞に詫びた。

舞は老人に町名を確認してみた。

すると課長の家の町名は、スーパーマーケットをはさんだ反対側の新興住宅地だという。

お礼を言って道を戻ろうとすると、老人は舞を呼びとめ、少し先にある小路を曲がってスーパーマーケットを迂回したほうが早いと教えてくれた。

その言葉に従って、教えられた小路に折れたときである。

あらゆる感覚が麻痺してしまう衝撃が舞を襲った。異様な戦慄が体の芯で暴発し、その圧迫で全身の血が動かなくなってしまったような衝撃だった。

幽《かす》かな唄声が聞こえたのである。

《あの唄だ！》

めまいのような衝撃のあと、異様な虚脱感が全身に満ちていった。呼吸が苦しくなり、懸命に吐き出す息はすべて「あぁ……」という喘ぎに変わってしまう。

霊界から響く呪文のように、抑揚に乏しいシワがれた小声だった。しかしその節回しは、まぎれもなく中谷里浜で母の胸に聞いた旋律である。

シワがれた声は、すぐ横の朽ちかけた板塀の奥から聞こえてくる。その板塀にすがった舞は、陽光に蒸された大気に溶けていく意識を必死にかき集め、ささくれた板と板の隙間から声の方角をうかがった。

板塀のすぐ背後にはトタン屋根の古びた木造長屋があり、その一室、半開きのガラス窓から破れた襖が見えた。襖の向こうの部屋には明るい縁側があり、ガラス窓と襖の開放部分が重なった素通しの空間に老婆の半身が見えた。

縁側に足を投げ、しどけない格好で座る老婆のうしろ姿だった。団扇《うちわ》で胸元に風を送っているのだろうか、右手の肘のあたりがゆっくり動いている。顔はわからないが、声はその老婆から聞こえてくるようだった。小路にやっと這い出るような低い唄声である。昼餉の気だるい静寂がなかったら気がつかなかったかもしれない。

塀に顔を寄せ、不自然な格好で神経を集中させていると、先ほどの小路の奥から子供の嬌声が聞こえた。ハッと我に返り、板塀から身を離すと、曲がり角から幼児の手を引いた主婦が現われた。主婦は訝しげに舞を一瞥し、軽く頭をさげて脇を通り過ぎた。

《帰りに訪ねてみよう》

そう心に決め、舞は主婦と幼児から適当な距離をおいて歩きはじめた。

歩くにしたがって意識が現実に戻ってくる。首筋の血管が大きく波を打っているのがわかった。

課長の用事は三十分ほどで終わった。玄関から送り出された舞は、先ほどの小路へ足を向けた。

長屋が近づくにつれて鼓動が早くなる。舞は板塀の端にある、ゆるんだ蝶番の門扉を押して敷地に身を入れた。入ったところに狭い通路があり、三つの扉が等間隔で並んでいる。老婆を見たのは一番奥の窓であるが、その窓はすでに閉じられている。

舞は足音を忍ばせ、一番奥の部屋の玄関らしき合板の扉に近づいた。扉の上には、薄汚れた樹脂製の表札があり、剥げかけた黒文字は、かろうじて『真行寺すゑ』と読めた。

独居宅のようである。舞は粗末な合板の扉をおずおずとノックしてみた。しかし何度ノックしても人の気配は感じられない。

「ごめんください」

まわりを憚《はばか》りながら声をかけてみたがなんの反応もない。課長の家にいた三十分の間で老婆は外出してしまったようである。

拍子抜けして小路へ戻った舞は、また機会をみて訪ねてみようと自分に言い聞かせ、気持ちを奮いたたせた。

その週の土曜日、半日の勤務を終えて家に戻ると、先に帰宅していた妹が部屋に来た。

「これ、お姉ちゃん宛のハガキ。絵の展覧会の案内みたいよ」

「どうしてあなたが持っているの?」

「男の人からのハガキだったから……読もうとしたわけじゃないけど、おばあちゃんやお父さんには要注意でしょ? だから私が保管しておいてあげたのよ」

麗はハガキを渡すと、「ちょっと出かけてくるね」と残し、そそくさと外出した。

藤野からのハガキだった。『三人展』と題された絵画個展の案内で、印刷部分の余白に、『過日は九十九里を案内してもらってありがとう。もし都合がついたら来てください。待っています』と添え書きがあった。

藤野は仲間と共同で個展を開くらしい。期日は二週間後の七月最終の土日、場所は東京・南青山で、ハガキには所在と簡単な地図が印刷されていた。

着替えをすませた舞は、父の帰宅時間を気にしながら藤野に電話を入れてみた。

先週と同様、しばらくはコール音が繰り返されるばかりだったが、諦めて受話器を戻そうとしたとき、ガチャっと鈍い音がして『はい藤野です！』とあわただしい応答があった。

――舞さん？　よかった。いま帰って来たんだ！

藤野は荒い息を吐いた。

「個展のハガキ、ありがとう」

――届いた？　電話でもよかったんだけど、自宅や職場にかけるのも悪いと思ったからハガキにしたんだけど、都合はどう？

「土曜日に行こうと思ってる」

――小さいスペースだから、地図でわからないようだったら、ハガキの電話番号へかけてくれれば駅まで迎えに行くよ。それじゃあ逢えるのを楽しみにしてるね。

「私も楽しみにしてる。それじゃあ」

受話器をおいた舞はしばらくその場に佇み、こみあげてくる自嘲に耐えていた。連絡がつかないとき、藤野の概念が遠く感じられた。ここ二週続いた磯村との逢瀬が、その距離をさらに広げている。磯村とは明日の日曜も約束しているが、電話で藤野の声を聞いたとたん、磯村との約束が疎《うと》ましく感じられてきた。

ふいに銚子の漁師町で聞いた唄声がよみがえった。

《あの家をもう一度訪ねてみよう》
藤野と逢う前に、意識の奥底に潜む茫漠とした部分を少しでもハッキリさせておきたいと、そんな思いが湧きあがった。

その週の木曜日、職員食堂で昼食を食べていると愛美が近寄ってきた。

「舞ちゃん、今夜食事につきあってくれない？」

妙に悄然とした面持ちだった。

「妹に夕食の支度を頼めれば大丈夫だけど……どうしたの？」

「あとで話すわ。もしだめだったらナースステーションへそう伝えてね。ＯＫだったら連絡なしってことでいいわ。それじゃあね」

愛美はそう残して職場へ戻った。

妹の帰宅時間に合わせ、自宅へ電話を入れると、「受験生は大変なんだから」と不満を言いながらも了解してくれた。

定時で仕事を終え、ナース寮へ行くと、入口のところで外出着の愛美が待ち構えていた。

「きょうは私がおごるから、バイパスのところに先月開店した中華料理店へ行かない？」

「でも高いんじゃない？」

「遠慮しなくていいよ。それじゃあ行こうか」

中華料理店の内部は朱色の絨毯が敷かれ、乳白色の丸テーブルが余裕をもって配置されていた。愛美は奥にある個室のようなスペースを見つけ、その場所をリクエストした。

テーブルに着き、差しだされたメニューを見ると、思っていた通りの値段が表示されている。愛美は高額な飲茶のコース料理を二人分注文し、「遠慮しないでね。きょうは特別よ」と、屈託のない表情で微笑んだ。

運ばれてきた料理はどれも美味しかった。

「舞ちゃんは栄養士なんだから、たまにはいいもの食べてメニューの勉強しなけりゃね」

愛美は料理を口に運びながら、味が濃いだの薄いだのと批評し、その合間にたわいもない仕事の話題などをしていたが、デザートのあとのジャスミン茶が運ばれると、

「ああ、おなかいっぱいになった。料理もすんだから、そろそろ重い話でもいいわね」

目尻をさげ、柔和な表情で舞を見た。

「重い話って？」

「私ね……八月いっぱいで病院を辞めるのよ」

「え！？」

硬直した舞を、「まあまあ」と両手で押さえ込むポーズをした愛美は、ジャスミン茶をひとくちすすった。

「今年の四月にね、父親が体をこわして入院したのよ。それで実家へ帰ったら、たまたま父親の担当医が中学時代の同級生でね。そのときに、こっちへ戻ってこの病院に勤めないかって誘われたんだ。最初は本気で考えてなかったんだけど……精密検査をしたら、父親の具合が思ったより悪くて……母親はもう他所で家庭を持っているし、私しか面倒を見る人がいないのよ。いろいろ迷ったんだけど、きのう院長に話したんだ」

「そうだったの……」

「院長と婦長以外に話すのは舞ちゃんが初めて。これまでいろいろとキツイこと言っちゃったけどごめんね」

「そんなこと……私のほうこそ田代さんのアドバイスにずいぶん助けられたわ……」

すると愛美は重い空気を払うように、いきなり話題を変えた。

「そうそう、その後、彼氏たちとはどうなったの？」

「私……自分がわからなくなっちゃった」

「どっちにしようか迷ってるの？」

「そうじゃなくて……」

舞が言い惑っていると、

「ここじゃあ話にくいかな。そうだ矢指《やさし》ケ浦の海を見ない？　そこで聞かせて」

愛美は伝票をつかんで立ちあがった。

食事の時刻が早かったせいか、海にはかろうじて明るみが残り、椎名内地区の外れにある矢指ケ浦の駐車場には、数台の車がひっそりと息を潜めていた。

「この時刻の海って、けっこう幻想的よね」

シートを少し倒した愛美は顔を横にして海を見た。

「田代さんの実家は山に囲まれてるの？」

「ええ、すぐ後ろは戸隠《とがくし》や飯綱《いいづな》に続く山脈よ」

「だったら意識のなかに山への想いがあるんじゃないの？」

「山への想いか……ないこともないかな。そうか、藤野って人も木曽の出身だったよね。でも女と男ではちょっと違うかな」

そのあと愛美は視線を返した。

「今回の件だって、私が男だったら長野に帰らなかったような気がする。それに、もし父親が違う土地に越していたら帰らなかったと思う。あんな父親でもさ、私が生まれ育った場所で、私を必要としていたら、帰らないわけにはいかないじゃない。脱け出せないって、そんな感覚かな。私たちみたいな価値観の人間は、似たような感覚をもっているんじゃないのかな。だから舞ちゃんも海って概念から脱け出すには相当の覚悟がいるわよ」

その言葉に、藤野の顔が浮かぶ。

「藤野さんも、私が波音から脱け出せないって言ってた……」

すると愛美は「へぇっ」と驚いたようすで、

「この言葉もね、実はこの前話した二番目の彼から言われたことなのよ。そうかぁ、藤野さんて、やっぱりそういう人だったんだ。こりゃ本気で好きになりそうだな」

舞の心に奇妙な納得と反発が駆け抜ける。

藤野なら愛美の意識のルーツをしっかりつかむかもしれない。愛美はすべてをかけて藤野の生き方をフォローするだろう。しかし、そう思う反面で、愛美の衒《てら》いのない直線的な気持ちと、藤野の危うげな輪郭が噛み合わないような気もする。

舞は意を決し、母親のこと、最近の磯村や藤野とのこと、そして先週、偶然耳にした唄声のことなどを、それとなく話してみた。

「そうか、舞ちゃんの場合、亡くなったお母さんから引き継いだものを持ってるから、それから脱け出すのはもっと厄介よね」

「厄介かなぁ」

舞がつぶやくと、愛美はふいに深刻な表情を向けた。

「舞ちゃんが波音の記憶から脱け出すのは大変だと思うよ。だから先のことを考えず、藤野さんに向かってまっすぐに進むのがいいと思うんだ。舞ちゃんの家庭の事情もわかるけど、それから脱け出すより、トラウマから脱け出すほうがずっとしんどいって気がする。もしそうでなかったら、全部を自分で背負って、磯村さんと幸福な家庭を持つことね。どっちにしても、その前に銚子で聞いた唄のゆえんをはっきりさせるのは正解だと思うわ」

いつの間にか夜の帳がおりていた。駐車場の車も散々と消え、舞の車のほかには、水銀灯の光を避けた薄暗い隅に白い車が一台、忘れ去られたようにぽつんと残るばかりだった。

3

その週の土曜日の午後、半日の勤めを終えた舞は、銚子の漁師町へ車を向けた。

昨日から安定した太平洋高気圧が関東地方をおおい、目映い夏の空が広がっている。週末ということもあり、国道の交通量は平日よりやや多く、サーフボードを積んだ車もちらほらと走っている。強い太陽光に焼かれたアスファルトからは陽炎がゆらめいていた。

途中の和菓子屋で適当な土産を買い、スーパーマーケットの駐車場に車を入れた。先日とほぼ同じ時刻だったが、店頭には簡易のテントが張られ、山積みにされた野菜には多くの買い物客が群がっている。駐車場は満車状態で、空きスペースを待つのに時間がかかってしまった。

漁師町の小路にも、先週来たときより生活臭に満ちた活気が漂っていた。真上から照りつける陽射しが軒の影をくっきりと刻み、買い物袋をさげた中年の主婦が数人、日陰を選んで億劫そうに歩いている。どこからか甲高い子供の泣き声や母親の宥《なだ》める声が響き、小路に沈殿した熱気を震わせていた。

歩いているうち、上半身に汗が吹き出した。舞は長屋の手前の日陰に足をとめ、額や首筋に浮き出た汗をぬぐった。

あれから十日が過ぎている。耳にした唄や窓越しに見えた老婆が、真昼の幻聴や幻想ではなかったのだろうかと、そんな不安が脳裏をかすめる。

それをおしのけるように粗末な木の門をくぐり、一呼吸してから扉をノックした。

前回と同様に、なんの応答もない。

再び扉を叩き、しばらく反応を待った。しかし緊張する舞の心を嘲るように、死んだような静寂だけが返ってくる。

もう一度ノックし、今度は「ごめんください」と声をかけてみた。

そのとき、ふいに背後から「あのぉ」と間のびした声がした。びっくりして振り返ると、板塀の隙から不安げな顔でうかがう五十年配の女性がいた。

「あんたぁ、真行寺《しんぎょうじ》さんを訪ねてきたんですか？」

「そうですけど……」

「真行寺さんなら入院してますよ」

「あ、ちょっとすみません」

舞は慌てて小路まで戻った。

「入院って、いつからなんでしょうか？」

すると女性は怪訝な目で舞の素性を探ってきた。

「おたく……真行寺さんの身内の方かい？」

「いえ、身内ではありませんが、その……先週、真行寺さんを見て、昔知っていた人に似ていたものですから、訪ねてみたんです」

「そうかぁ」

女性は警戒を解いたらしく、目に安堵の色を浮かべ、地元訛《なま》りの口調に変わった。

「すゑさん、おととい倒れてなぁ、ほれ、この先にスーパーがあるっぺや、そこで買い物しているとき、いきなりな」

「そうでしたか……それで、どこの病院に入院したんですか？」

「市内の総合病院だと思うけど、救急車で運ばれたもんで、私らもよくわかんねえだよ」中年女性はちょっと思案し、

「うちのじいちゃんなら知ってっかもしんねえな。救急車で運ばれたあと、すゑさんのことを聞きにきた病院の人にも、なんか話してたみてえだからよ。聞いてみっか？」

「はい、お願いします」

案内されたのは、先日、犬に吠えられた家だった。白い小型犬は違う場所に繋がれているらしく姿がなかった。

中年女性はこの家の嫁のようである。玄関をあけると、いきなり「じいちゃん！　じいちゃん！」と奥に向かって大声を張りあげた。

すぐに「あんだよ」とのんびりした返事があり、先日の老人が顔をのぞかせた。頭を短く刈り込み、赤銅色に日焼けした老人は、この前と同じようにランニングシャツと作業ズボン姿だった。

老人は舞を見ると目を大きくひらき、「あれ、先日の……この前はどうも」とゴマシオ頭をペコリとさげた。

「あれま、じいちゃんの知った人か？」

「いやぁ、この前シロが吠えかかってな」

「そうかぁ」

事情を飲み込んだ女性は舞を連れてきた理由を伝えた。それを聞いた老人は、

「あんだ、すゑさんのことかぁ。オレもよく知んねえけどなぁ」

「あの……真行寺さんはどういう人なんでしょうか？」

「どうゆうったって、そりゃあよぉ……」

老人は口ごもりながら中年女性と目を合わせた。

「いいから教えてやんなよ」

女性がせきたてると、老人は困惑した目で舞を見つめ、

「M町におった人だ」

「M町って、銚子市のM町ですか？　身内の方はいらっしゃらないんですか？」

「ああ……」

言葉につまった老人に、女性が助け舟を出した。

「あんたぐらいの歳じゃあ、知らねえのも無理ねえけど……M町ったら、昔は廓《くるわ》があったところだよ」

「クルワ？」

意味がわからずに聞き返すと、老人がポツリと言った。

「色街だぁ。色街っても、わかんねえかな？」

「いえ……わかります……」

一瞬にして淫靡なニュアンスが脳裏に広がる。

「そっかぁ。そんなら言ってもいいっぺ。オレも漁師仲間からのまた聞きだけどな」

老人は言葉を選びながら老婆の素性を語りはじめた。

銚子漁港は昔からイワシ、サンマなどの水揚高では国内1、2を争う漁港だった。かつて市内には豊漁で懐中《ふところ》が温かくなった海の男を迎える色街があり、M町はその中心だった。昭和三十三年に売春防止法が施行され、いわゆる赤線や青線などの遊郭が廃止される以前は、夜の明りが尽きぬと言われるほど賑わった場所だったという。

真行寺すゑは、M町でも名を馳《は》せた娼妓《しょうぎ》であり、一娼妓から身を興し、小さな妓楼《ぎろう》をもつまでになった。赤線廃止

後の消息は不明だが、十年ほど前にふらっとこの地に現われ、現在の長屋に住みついたらしい。長屋の大家はかつて網元だった人で、M町時代の真行寺すゑを知っており、そのころからの縁もあって、タダ同然で住まわせているという。

老人の話がひと段落したとき、舞は恐る恐る聞いてみた。

「真行寺さんの唄っていた歌のこと……知っていますか？」

老人は一瞬、ぽっかりと口をあけたが、すぐに「ああ」とうなずき、

「すゑさんが歌ってるやつか。ありゃ廓の女郎の唄だぁ。オラも昔、何回か廓で……」

老人は言葉を飲み込み、隣の女性に「えへへ」と照れ笑いを送った。

「まったく、じいちゃんも若い時分はお世話になったくちだっぺや」

中年女性も笑いながら老人をたしなめた。

舞は二人のやり取りを虚ろに見ていた。

頭のなかを幻聴のような母の唄声が流れていく。頬に残る浴衣の感触、肌の温もり、奇妙な孤独感、そして、それらすべてをおおう波音……深く切り裂かれた意識の底から、とめる術《すべ》のない血液のように模糊とした記憶が次々にあふれ出る。

舞のようすに気づいた中年女性が、「なかでお茶でもどうかね？」と神妙に声をかけてきた。老人も「んだな、そうすっぺ」と相槌《あいづち》を打つ。しかし舞はそれを丁重に断り、老婆が入院した病院名だけを確認し、礼を言ってその場を辞した。

病院にいる老婆を訪ねる気力は残っていない。

戻り道を運転しながら、白日夢のような茫洋とした情景に引き込まれそうになる自分を、舞は懸命に連れ戻した。

たしか、こんな午後だった。気だるい熱気が淀む夏の午後、母に連れられて浜に行った情景は、抽象的で絵画的な

母の概念として焼きついている。その情景の輪郭は、はたして現実にあったのだろうかと訝《いぶか》るほど不鮮明ではあるが、自分と母が触れ合う点景の色だけは、しっかりと塗られ、茫漠とした波音と、波音の抑揚に乗った幽かな唄声が流れている。

その光景はこれまでずっと平面的だった。しかしいま、母の過去という深遠で虚ろな時間軸の奥行きが立体感を醸している。

母が生まれたのは茨城県だと聞いている。しかし、その後の生いたちや娘時代のこと、父とめぐり逢った経緯などは、模糊とした時間軸の背後にあった。

《母の印象が絵画的だったのは、母の過去が曖昧だったせいかもしれない》

そう思ったとき、ふいに愛美の顔が浮かんだ。毎週金曜に夜勤が入っている愛美は、土曜のこの時間には寮にいるはずである。

舞は病院の看護師寮に向けて車を走らせた。

「疲れがぬけなくて……」

寝起き顔で舞を迎えた愛美は、だるそうにインスタントのコーヒーをつくった。

「きょう、銚子まであのお婆さんを訪ねて行ったんだけど……」

舞はその日の出来事を思いつくままに話した。コーヒーを舐めるようにして聞いていた愛美は、話が終わると、「でも、舞ちゃんのお母さんがそのM町にいた人だとは限らないじゃない」とたしなめるように言い、

「もう二年前に辞めちゃった人だけど、私がこの病院に来たころ面倒を見てくれた潮来町出身の先輩がいるのね。休みの日には何回か実家に招待してくれたのよ。その実家で先輩のお父さんから潮来節《いたこぶし》っていうのを聞かされたわ」

そのあと愛美は上目づかいで記憶を探りながら小声で口ずさんだ。

『潮来出島の真菰《まこも》のなかに、菖蒲《あやめ》咲《さ》くとはしおらしや、並ぶ灯《あかり》は潮来《いたこ》の曲輪《くるわ》、月はおぼろの十二橋』

唄い終わった愛美は柔和な目を向けた。

「この唄に出てくるクルワは、元禄時代から利根川べりにあったらしいわ。出島女郎っていう娼婦がいっぱいいて、利根川に映る廓の灯火が消えないほど賑わったそうよ。この潮来節も廓で歌われた弦歌《げんか》……廓の座敷唄だって、そこのお父さんが言っていたわ」

「……」

「潮来節はたまたまアヤメ踊りの地歌として残ったけど、地方にはそれぞれ、いまは忘れ去られたけど、当時はその地方の多くの人が知っていた地元の歌があるってことよ。舞ちゃんのお母さんが唄っていたのだって、そんな歌のひとつかもしれないじゃない」

「そうかな……」

舞が目を伏せたままでいると、愛美は「舞ちゃん」と念を押すように言い、

「それじゃあ、入院しているお婆さんを訪ねるつもり？　この前、唄のわけを知るべきだなんて言っちゃった手前、とめないけど……たとえ訪ねても無駄だと思うわ。舞ちゃんのお母さんの過去なんて、どうでもいいことじゃない」

諫《いさ》めたあと、「ああ、そうか！」と一人合点し、

「私が娼婦なんて喩《たと》えを言ったのがいけなかったわね。でも、あれは言葉のあやに過ぎないわ。わかりやすく言っただけよ」

深い溜息をつき、とってつけたような笑みを浮かべた。

「話は変わるけどさ、藤野さんの個展は来週だったよね？」

突然の話題に戸惑いながら、舞は「ええ……」とだけ返した。すると彼女はニヤッと目じりをさげ、うつむく舞をからかうような視線で覗き込んだ。

「さぁて、どうなることやら……もしかしたらできちゃうかもね」

そう言ってから下卑た薄笑いを浮かべた。

「変なこと言わないで」

「わからないわよ。そうなると、もう一人の彼氏は、哀れなる失意の身ってわけね」

舞は、自分を慰めようとして茶化した言いかたする愛美の気遣いがわかった。しかし、翌日の日曜も磯村と逢う約束をしている自分を思うと、それを甘んじて受ける資格がないような気がしてやりきれなかった。

「私、あしたも磯村さんと逢う約束をしてるの」

自戒の気持ちが言わせた言葉だった。「へぇ～！」と驚いた愛美は、

「いいじゃない。磯村さんの位置を確認したうえで、藤野さんに逢うのもひとつの方法よ」

「私ってどうしてこうなのかな……」

「このごにおよんで、なにを殊勝なこと言ってるの。それでいいのよ。そうかぁ、篠坂舞の心の海は、二人の男を溺れさせ、さらに淡々とうねるってわけかぁ」

愛美は大口をあけて笑った。

翌日、レストランで食事をしたあと、いつものホテルへ車を向ける磯村を、舞は制した。

この三週間、毎週続いた行為を拒まれ、磯村はあからさまに不満を浮かべた。男の生理的な欲求は理解できる。自分にも同じ身の渇きがある。しかし舞は頑迷に拒んだ。

漁師町で知った母の唄のゆえんが心に重くのしかかり、女郎唄という事実が、自分の生理的な欲求を淫靡《いんび》な色に染めてしまう。舞は「体がだるくて熱っぽい」と嘘を言い、そのまま自分の車が停めてある病院の駐車場まで直行してもらい、不承不承の磯村と別れた。

家に戻ってしばらくすると、庭に車の音がして父親の忠生が帰ってきた。

「漁協の集会で喋らされて喉が変だ。茶を入れてくれ」

父は食卓のイスにどっかり座り、舞が入れた茶を旨そうに飲んだ。舞は父の向かいに座り、母のことを切り出すチャンスをうかがった。

「ねえお父さん。来月はお母さんの命日ね」

「ああ、そうだな」

乾いた声が返ってくる。

「お父さんは、お母さんとどこで知り合ったの？」

「なんだ、いきなり」

ぶっきらぼうに言った父は、湯飲みを掲げ、喉を鳴らして茶を飲んだ。

「だって、お母さんは茨城県で生まれたってことぐらいしか知らないし、結婚する前のことだって聞いたことがなかったもの」

「そうだったかな……」

舞の視線から逃げるように、父はタオルで額の汗をぬぐった。

「お母さんの生まれたのは、茨城県のどのあたりなの？」

「旭村《あさひ》だって聞いている。この旭市と同じ字を書くが、大洗《おおあらい》の少し手前にある漁村だ」

初耳である。旭村生まれの母が同じ漢字の旭市にきたのはなにかの因縁だろうか。

銚子市から鹿島灘に沿って大洗《おおあらい》町へ向かう国道51号線は、これまで何度か通ったことはある。右手に海を望む畑中の国道であり、起伏もカーブもほとんどなく、関東ローム層の豊穣な土のにおいと、鹿島灘をなめて訪れる潮風の香りが漂う、のどかで閑散とした道である。舞の脳裏に、ひなびた漁村の浜に佇む母の幻影が浮かんだ。

「お母さん、どうしてこっちへ来たのかな？」

「両親に死別したからだろう」

「でもお母さんの親の位牌もないし、親戚なんかの話も聞いたことないわ」

「親はそこの生まれじゃあなかったようだ。まあ……戦争のせいだな。戦前戦後の混乱で大事なものを失った人も多かったからな」

「お父さんとは、どこで知り合ったの？」

「どこだったかなぁ」

馴《な》れ初《そ》めの話になると、父は暖簾《のれん》に腕押しである。

「でも私が生まれたから、結婚したんでしょう？　結婚の年と私が生まれた年が一緒だもの」

「役所への届けが遅れただけだ。あの時代は、誰もが食うのに精一杯で、役所の手続きなんぞいい加減だったからな……そんなことより、お茶をもう一杯くれ」

まるで取りあう様子がない父を尻目に、舞は新しい茶を入れた。

「結婚する前、お母さんはどんな仕事をしてたの？」

湯飲みを父の前に置きながら、舞は一番聞きたかったことをさりげなく切り出した。

父は一瞬顔をしかめ、そのあと舞から視線をはずした。

「母さんは、たしか……漁港で清掃員をしていたんだっけかな」

遠くを見つめるような目でぼそっと言い、そのあと「たしか、そうだった」と念をおし、「それより、早めに風呂へ入りたいからつくってくれ」と会話を打ち切った。

その夜、高校時代の友人から一年ぶりで電話が入った。卒業と同時に千葉市の企業へ就職し、市内のマンションに暮らす友人である。短大時代には帰郷のついでに一度だけ泊めてもらったこともある。

「久しぶりね。突然どうしたの？」

――驚かないでね。私ね、結婚することになったのよ。

「え？　本当？　もしかして、前に一度紹介してもらった例の高校の先輩？」

――えへへ、ザッツライト。式は十一月の予定なんだけど、舞も出席してくれる？

「おめでとう！　もちろん行かせてもらうわ」

――それじゃあ招待状を送るね。ところで舞もたまには千葉へ出てこない？

とっさに藤野の個展が脳裏を過ぎる。

「今週の土曜に東京へ行く用事があるけど……」

――それならついでに寄ってよ。土曜の夜なら泊まれるでしょう？

《千葉市で泊まった方が東京での時間に余裕ができる》

舞は瞬時に計算し、友人の申し出を受けることにした。

その夜、風呂あがりの濡れた髪をタオルで拭いながら、舞は自室のベランダに出た。

厚雲を一面にはびこらせた夜空が不気味な質量で視界を圧し、いつもなら夜気の底を震わすカエルの声も、暗鬱とした夜の重さに精気をそがれている。ただ濡れた海風だけが、大地と雲とに狭められた闇を奔放に駆けめぐり、幽かな海鳴りを運んでいた。

目を閉じて、しばらく凪の息を感じていると、遠雷のような海鳴りにあの唄の幻聴が混じった。母の声か、漁師町の老婆の声かは混沌としていたが、旋律は以前よりはっきりしていた。

もうすぐ藤野と逢える……虚空へ漂いはじめる意識を引きとめようと、舞は自分に言い聞かせた。

第五章　透明な壁

1

日曜日から三日間、安定した夏型の気圧配置が続き、梅雨明けの宣言が出された。

庭から見える田の稲も、葉先に小さな穂を携え、高三の夏休みをひかえた妹の麗は、学校を終えた夕刻から、市内の進学塾に通いはじめていた。

その日、勤めを終えて家に戻ると、塾へ行く麗と玄関で顔を合わせた。麗は半開きの扉から庭隅の離れをうかがい、早く閉めるよう身ぶりで示した。

「さっきおばあちゃんが帰ってきてね、お姉ちゃんはいないかって聞くのよ。でも様子が変でさぁ。なんだか怒っているみたいだった。お姉ちゃんが帰ったら報《しら》せてくれって言ってたけど、たぶん車の音で気づいてると思うから、早く離れに行ったほうがいいよ」

《祖母の感情を害するようなことをしただろうか？》

自室で着替えながら昨日のことを思い起こしてみた。しかし昨日は夕食のときにしか顔を合わせていない。舞は釈然としないまま祖母の離れへ行き、「おばあちゃん、ただいま」と、座敷の祖母へ声をかけた。

しかし祖母はこちらを一瞥したきり、そっぽを向いてしまった。

「おばあちゃん」

もう一度声をかけたとき、祖母は「おまえには、がっかりしたよ」と低い声を発し、こちらに向き直った。目線が空ろで、怒りの感情が自制できないときの表情である。

「おまえ、男がいるそうじゃあないか。とんだ恥をかいたもんだ！」

「おばあちゃん……なにがあったの？」

「自分の胸に手をあてて考えてみな！」

息づかいが荒い。こんなときはへたに逆らわず、爆発した感情が自然に鎮まるのを待つほうがいい。幼いころ何度も目《ま》のあたりにした祖母と母の諍《いさか》いの記憶が教えている。

「まったくおまえって娘《こ》は……ワタシがどんな気持ちで先方から帰ってきたかわかるかい。先方が望んでいた縁談なのに……やっぱり血は争えないもんだよ！」

《父に写真を渡したときの縁談だろうか？》

舞はうつむいたまま祖母の激怒の理由を考えた。

「母親と一緒だよ！　まったく情けない。陰でこそこそ男と逢引しながら、返す顔で見合いができるんだからね。おまえは母親と同じ手の女だよ。もう出てっておくれ！」

荒い息づかいだけを残し、祖母はそれきり黙ってしまった。

自室へ戻った舞はベッドに横になって考えた。

《お母さんと同じってどういうことだろう？》

漁師町で聞いた唄が色街の弦歌《げんか》だと知ってから、心にはたえず母の過去への邪推がある。祖母の怨言《えんげん》は、その邪推にしっかり収まっていた。

《体の娼婦か……》

愛美は『言葉のあや』と言い繕ったが、舞には平然と聞き流せない屈託がある。祖母が言う逢引の相手とは、おそらく磯村のことだろう。ここ一ヵ月、毎週のように逢っていたから、自分を知る誰かがそれを目撃し、祖母に讒言《ざんげん》したのかもしれない。

しかし、そのことよりも心を騒がせたのは、祖母が結婚前の母の素性を知っている口ぶりで、『男にだらしない女』と言ったことである。

その夜、祖母は夕食に来なかった。怪しんだ父が離れまで祖母を呼びに行ったが、しばらくすると苦々しい面持ちで戻って来た。

「出前を頼んだようだ。麗もまだ塾から帰らないんだろう？　俺たちだけで食おう」

父と二人だけで食事をするのは久しぶりである。早食いの父はいつも真っ先に食事をすませ、湯飲みを持って居間へ行ってしまう。しかしその夜の父は、舞の食事が終わるのを待つように、食卓で茶を飲んでいた。なにかを言いたそうな父に、舞は呼び水をまいた。

「おばあちゃん、どうだった？」

「おまえ、おばあちゃんから……なんか言われたか？」

「お見合いがだめになったって……」

言葉を濁すと、しばらく思案していた父は、言いづらそうに口を開いた。

「おまえ、つきあってる相手がいるのか？」

「おばあちゃんが言ってたの？」

「まあ、それはいいんだが……このまま放っておくこともできんからな」

物憂げな父の視線に、舞はこれ以上隠しておけないと覚悟を決めた。

「私、おつきあいしてる人がいるの……K銀行の匝瑳《そうさ》支店に勤めている二十七歳の人。実家は千葉市だって……それで、この前、結婚を申し込まれたの……」

しかし父は表情を変えず、「ふむ」とうなずいて茶をすすった。

「それで、おまえの気持ちはどうなんだ？」

「まだ踏ん切りがつかないから、お父さんにも話せないでいたのよ」

父は「わかった」とつぶやき、「その件は俺からおばあちゃんに話しておく。おまえもひとこと謝っておけ」と残してイスから立ちあがった。舞は、居間へ行こうとする父を呼びとめ、週末に東京へ行くことを告げた。学生時代の友達が絵の個展を開き、それに招待されており、ついでに結婚が決まった千葉市の友人の家に一泊してくることを伝えた。

土曜日は朝から真夏日を予感させる暑さだった。旭駅の駅舎では、年代物の扇風機が華奢な唸り音をたてて懸命に首を振っていた。

総武本線の特急で約二時間、東京駅から地下鉄を乗り継いで表参道《おもてさんどう》の駅へ着いたのは、十一時近い時刻だった。地下鉄の構内から青山通りに出ると、暴力的な陽光が目頭を襲い、車と人の喧騒に攪拌《かくはん》された熱気が全身を包んだ。

展覧会場の建物はすぐにわかった。『小さいところ』という藤野の言葉どおり、注意していなければ見過ごしてしまうほど慎ましい袖看板が、ベージュの壁面にかかっている。

緊張して扉を押すと、タバコの臭いを含んだ冷気が這い出した。入ったところに小さなロビーがあり、奥にしつらえた受付で小柄な女性が「いらっしゃいませ」と笑顔で迎えた。女性は舞が出した招待状を見ると、「少々お待ちください」と残し、受付の脇にある扉へと消えた。すぐに藤野が現われた。ベージュのスラックスに濃緑のポロシャツを着た藤野は、大袈裟に目を開いた。

「舞さん！　この場所、すぐにわかった？」

「ええ、ハガキに地図があったから」

「よかった。とにかく絵を見てくれよ！」

案内された展示室は白いパーテーションで区切られた三十坪ほどの空間だった。

「三人の共同個展だけど、絵のジャンルがそれぞれ違うんだ」

パーテーションに並ぶ絵の題字の横には数千円から数万円の価格が表示されている。

「この場で買えるのね」

「少しは生活の足しにしなけりゃね。ほら、この奥がオレのコーナーだよ」

藤野は頭をかきながら正面のパーテーションの背後へ案内した。


その絵を見た瞬間、全身から力が失せてしまった。隅にかけられた油彩の絵だった。タイトルはなく、十五号ほどの額縁に『非売品』と書いた紙片がある。

海の絵だった。松林のきわから奥行きのある砂浜が続き、波が描かれている。手前の砂地にハマヒルガオの花が咲き、そこだけにピントが合った写真のように、奥の波や海、そして、周囲の風景はすべてキャンバスの外へ消え込むように混沌としている。

あきらかに中谷里浜の風景である。心象風景のように周辺部のディティールが曖昧で、輪郭のない絵だった。くっきりとした繊細な陰影に浮かびあがる海岸の砂地と、群れ咲くハマヒルガオの花、そして、その背景には、大気から湧くような波頭が幾層にも描かれ、水平線のない虚空に消えている。放埒な波が夏の陽盛りを謳歌する海にも見えるし、荒涼として冷たい海にも見える。ただ、背景の波が不気味に迫り、その波に乗って絵の奥から亡霊が這い出てくるような、そんな戦慄を覚える絵だった。

「これって……」

舞は藤野を振り返った。

「わかった？　舞さんにあのあたりを案内してもらった翌週に行って描《か》いたんだ」

「次の週って……もしかしたら日曜もあそこにいた？」

「ああ、金曜から次の月曜まで居たよ。すぐ横にある簡保の宿に泊まっていたんだ」

《それじゃあ日曜の夜に市内で見たのは……》

磯村との逢瀬の帰り、市街地の交差点で藤野らしい人影を見た記憶がよみがえる。誕生日のプレゼントをもらい、磯村とホテルで過ごしているとき、この人はあの浜で絵を描いていた……やりきれない思いが胸に渦巻いた。

「あのとき舞さんから聞いた意識のルーツが描きたかったんだ。舞さんの意識の奥に残る光景とお母さんの唄の幻聴を、どう表現したらいいか悩んだけどね」

「そのことなんだけど……」

そう言いかけたとき眩暈《めまい》に襲われた。

「ちょっと疲れたみたい……」

「この陽気じゃあ無理ないな。ロビーで休もう」

藤野に促されてロビーの椅子に座ると、受付の女性が冷たい麦茶を用意してくれた。

「しばらくここで休むといいよ。ところで、きょうの予定は？」

「今夜は千葉市の友達の家に泊めてもらうつもりだけど」

「それじゃあ時間はあるな。じつは、ちょっと話したいことがあってね。午後は早めにきりあげるけど、つきあってもらえるかな？」

「ここはいいの？」

「ほかにもメンバーがいるからね。それより気分が落ちついたら昼飯を食いに行こう」

藤野は目を細めて笑んだ。

昼食後、舞はゆっくりと展示室の絵を見た。三人がそれぞれ十数点の絵を出展し、そのうち数枚には売約済の札が貼られている。

ほかの絵を見ていても、舞の意識はたえずあの絵にいってしまう。

会場をひとまわりし、藤野のコーナーに戻ると、あの絵の前で藤野が上品な紳士と話をしていた。海の絵の売買交渉のようである。藤野が非売品であることを説明すると、紳士はようやく諦め、ほかの絵を買い求めた。『売約済』の紙片を売れた絵の額に貼った藤野は、他のコーナーへ向かう紳士に深々と頭をさげ、舞に目配せした。

「一枚売れたよ」

「この海の絵が欲しかったみたいね」

「五万円でどうだって言われた」

「売らないの？」

すると藤野は奇異な目を向けた。

「当然さ。舞さんにプレゼントする絵だからね。誕生日のプレゼントだよ。たしか舞さんの誕生日は、オレがこれを描いたちょっと前だったよね」

早口で言った藤野は、「きょうはこれで終了。それじゃあ行こう」と舞を促した。

午後の四時に近い時刻だが、まだ高い太陽がアスファルトを焼いている。

「喫茶店にでも入ろうか？」

人ごみのなかで立ちどまった藤野は額の汗をぬぐった。

「藤野さんの部屋じゃ、だめ？」

舞は先ほどから用意していた言葉で応えた。絵をプレゼントすると聞かされたときから、誰にも邪魔されずに藤野と話したいと思っていた。

「俺のアパート？」

「お店じゃゆっくり話せないでしょう？　私も聞いて欲しいことがあるから……」

藤野は一瞬なにかを考えるように視線をはずしたが、すぐに向き直り、「じゃあ行こう」と表参道駅へ歩きはじめた。


アパートの部屋には重い熱気と絵の具のニオイが澱んでいた。

「ちょっと待ってて」

上がり口に舞を待たせた藤野は部屋に駆け込み、あわただしくなかを片づけた。キッチンにはイーゼルなど画材が乱雑に置かれ、その横には数個の段ボール箱が重ねてある。

バタバタと動いていた藤野は、最後に部屋の窓を全開にした。

「コーヒーでも淹《い》れるから座っていてくれ。レギュラーがあるんだ」

藤野は湯を沸かし、手動のミルでコーヒー豆を挽いた。キッチンの小窓から忍び込む風が香ばしい匂いを運んでくる。やがて、湯気が立ちのぼるカップをテーブルにおいた藤野はぽつりと小声を発した。

「先週、綾香さんから電話があった……」

「綾ちゃんから？」

「子供ができたそうだ……舞さんには連絡なかった？」

「ううん、なかった。でも綾ちゃん、どうして藤野さんに報せたのかしら？」

「想像だけど、オレに連絡することで、自分の現状を自分自身に納得させたいんだと思う。でも、オレのことは忘れるべきだよ。だから、舞さんに手紙を頼んだのに……」

披露宴の直前、綾香へ手紙を渡したときの記憶が克明によみがえる。

「オレね、あの手紙に『がんばれ』って書いたんだよ。がんばれ、がんばれってね。それだけさ。オレは応援者になることぐらいしかできなかったからね」

その応援を、綾香がどう受けとめたのかはわからないが、披露宴の壇上で終始目を伏せる彼女は、花嫁という役を見事に演じていた。その収まりのよさを、あざとい演技だと感じたのは自分だけだろうか？

「私……あのとき綾ちゃんを祝福できなかった」

「この前も同じことを言ったね。でも、もうこだわるのはよそう。彼女も子供ができて、これまでより家庭というカタチがしっかりすれば、そこに幸福感を見つけていけるはずさ」

藤野は悄然とコーヒーカップを口に運んだ。その姿に、犬吠埼で咽《むせ》び泣いた綾香の姿が重なる。彼女は三年の歳月を染める男の色と決別するため、身籠ったことを報せたのではないか……綾香の意図が藤野の推測よりはるかに独善的で姑息な気がした。かつての恋人から妊娠を報された男も哀れだが、家庭というカタチに自らを収めるため、藤野という男の概念を利用せねばならなかった綾香の心情が無性に哀しかった。

「綾ちゃんから電話があったとき、私と逢ったこと、話した？」

「いや話してない。彼女には関係ないことだからね」

藤野は湿った空気を払うように唐突な笑みを浮かべた。

「ちょっと早いけど夕飯を食べようか？」

窓を染めていた西陽は向かいの建物の後に失せ、戸外には重苦しい夏の宵が佇んでいた。

案内されたのは、商店街の裏路地にある小さな割烹だった。

「銚子で食べた生簀《いけす》料理にはかなわないけど、案外と旨い魚が安く食える店なんだ」

奥の座敷に席を取った藤野は、生ビールと数品の料理を注文した。

「千葉の友達のところへは何時までに行く予定？」

ビールで乾杯をしたあと、口の泡を拭いながら藤野が口を開いた。

「ハッキリとは決めてないけど」

それを聞いた藤野は、ジョッキをゆっくりとテーブルに戻した。

「舞さん、オレが本当に話したかったのは綾香さんの電話のことじゃないんだ……」

その目に浮いた逡巡《しゅんじゅん》が、舞の心にあるためらいと素直に共鳴した。

「藤野さん、今夜ゆっくりその話を聞かせてもらってもいい？」

「え？」

顎を引いて目を開いた藤野は、すぐに、どぎまぎとした口調で、

「ああ……こっちからお願いしようと思っていたんだ　でも舞さんの予定は？」

「友達には行けないって伝えるわ。私も藤野さんに聞いてもらいたいことがあるから……」

「じゃあ今夜は久しぶりに徹夜の話になりそうだな」

藤野は複雑な表情で笑みを繕った。

店を出ると、商店街の街灯に明かりが点り、駅から吐き出される人が増えていた。舞は途中の公衆電話で友人に電話を入れ、翌日の昼過ぎに行くことを伝えた。

アパートの部屋に戻り扉を開けたとき、小さな蛾が一匹、ひらひらと部屋へ舞い込んだ。

藤野はまたコーヒー豆を挽きはじめた。

「舞さん、オレ、八月いっぱいで長野へ引っ越すんだ」

カリカリというミルの音に混じり、思いがけない言葉が聞こえた。一瞬、郷里へ戻る愛美と藤野のイメージが重なった。

「長野って……実家へ戻るの？」

「いや、松本市の近くのアサヒ村ってところだ。舞さんの旭市とは違い、昇る朝日のアサヒって書くんだけど、そこで大学の先輩が絵画教室をやっていてね。四十過ぎの大先輩だけど、美術史関連の本も執筆してる人で、その人が、この九月から松本に新設された美術館の館長になることが決まってね。それで、絵画教室の生徒の面倒を見てほしいって打診されてたんだ。ははは、オレってアサヒっていう地名に縁があるんだな」

しかし舞には、母の故郷と因縁する呪縛的な地名に聞こえた。

「生徒は都会から移住したシルバー層の人が多いんだ。教えるのは週四日で、オレも講師の合間に絵の勉強ができる。生活できる程度の収入もあるしね」

「その先輩の家に住むの？」

「いや、住むのはキソ村だ。先輩がキソ村の集落に別荘のような家を持っていてね。しばらくタダで使わせてもらうことになった」

「木曽って……藤野さんの実家があるところじゃないの？」

木曽と松本の位置関係がわからずに戸惑っていると、藤野は本棚からドライブマップを取り出し、松本市近辺のページを開いた。

「朝日村までは車で三十分ぐらいの距離だよ。ほら、朝日村は松本盆地でも木曽寄りにあるだろう？　オレが住むのは、そこから国道１９号線を下ったところにある木祖《きそ》村だよ。オレの実家の上松《あげまつ》町からも二十キロぐらいしか離れていない」

地図を見て、キソ村が木祖村と書くことを知った。地図の雰囲気では山に囲まれた土地という感じがする。藤野の絵に描かれた山里の風景が浮かんだ。

国道に沿って電車の路線が走っている。木祖村には薮原《やぶはら》駅があり、ひとつ松本寄りの駅には、観光名所を示す赤文字で奈良井《ならい》宿とマーキングされていた。

「山の近くなの？」

「そうだな、秋の終わりには畑にクマが出ることもあるかな」

藤野は笑いながらタバコをくわえた。

《この人はあの絵のなかに帰ってしまう》

やりきれない淋しさが意識を包む。夏という季節が、自分のまわりから大切なものを連れ去ってしまうような気がした。

「藤野さんも行っちゃうのね……」

すると藤野は慌てて弁解した。

「でもオレは綾香さんの場合とは違うよ」

「ううん、そうじゃないの……」

舞は、田代愛美のことや、彼女が言った『心と体の娼婦』の喩《たと》え、そして自分と綾香との対比、さらには、その愛美も郷里の長野市へ帰ってしまうことなどを話した。

黙って聞いていた藤野は、感慨深そうな表情で天井を仰いだ。

「舞さんはいい友達を持っているんだなぁ。でも娼婦っていう表現はちょっと過激だよ」

「藤野さんはどう思う？」

「そうだなぁ、客観的に舞さんと綾香さんを見た場合、意識の方向が違うって感じる。理屈っぽく言えば、生き方のベクトルって感じかなぁ。ベクトルっていうのは過去から現在に至る生き方の延長線だから、自分の意識の原点が見えない限り、描けないと思う」

「それが藤野さんの言う意識のルーツってことなの？」

「理屈っぽく言えばね」

藤野はとってつけたような笑みを浮かべた。舞の心には素顔を晒してしまったような気恥ずかしさがあった。その心情を見透かしたように藤野が神妙な目を向けた。

「舞さん、綾香さんの概念がいまもオレの近くにあるって感じる？」

舞は目を伏せたまま首を振った。

「オレもそうさ。彼女はもうオレの意識の届くところにいないし、オレも彼女の意識が届くところにはいない。本当のことを言えば、彼女と交際しているころから、オレはある種の諦めを抱いていた。自分の意識の源にあるモノは彼女には伝わらないってね」

「綾ちゃんと結婚するつもりはなかったの？」

「あったよ。他人には伝わらないモノだっていう諦めもあったしね。でも、三鷹の部屋で初めて舞さんと話をしたとき、この人とは自分の意識の奥底にあるモノが共感できそうだって驚いた。誤解しないでほしいんだけど、だからといって彼女と別れようとは思わなかった。あのときは、経済力がついたら彼女と結婚しようと思っていた」

「その予定がなくなったから、信州へ行こうって決めたんでしょう？」

去ろうとしている男への恨みがあふれてしまった。

「それと今回のことは関係ないよ。絵画教室の話があったのは半年くらい前だからね」

藤野は悲しそうな目で舞を見た。

藤野が言う『生き方のベクトル』という概念は、舞にも感覚的には理解できる。ただ、その概念に自分を重ねてみると、過去の一点が明瞭なだけで、そこから現在へ続く線も未来への方向も、すべてが曖昧である。その曖昧さに行き惑う自分を嘲るように、藤野や愛美が遠くへ去ってしまう。

舞の心には取り残された寂寥感のような感情が縹渺《ひょうびょう》とさまよっていた。

「疲れているみたいだね。よかったらシャワーを使わない？」

キッチンへ行き、ボイラーに点火した藤野は、部屋の押入れをゴソゴソあさり、濃紺のジャージとタオルを舞に手渡した。

「よかったら着てくれよ。ははは、洗濯してあるからきれいだよ」

藤野は明るく笑い、仕切りになっているガラス戸を閉じた。

シャワーを終え、ガラス戸を開くと、藤野はまじましと舞を見た。

「けっこう似合うよ。ちょっと大きいけど、そのほうが楽だろう？」

ジャージの襟元からうっすらと匂いがする。洗剤では消せない持ち主の体臭だった。

「オレもシャワーを浴びるよ。よかったらテレビでも見ていてくれ」

藤野は着替えの衣類を抱えてキッチンへ行った。

藤野がシャワーを使っているあいだ、舞は綾香のことを考えていた。かつて自分と藤野が同じ場所に居る必然性の軸となる存在だった。しかし、それが失せたいま、粘膜のように敏感な意識の襞《ひだ》を生々しい必然性が刺激している。

ふいに磯村の顔が浮かんだ。はっきりした輪郭をもった概念ではあるが、いつもよりずっと空疎に感じられた。

「ところで舞さんが話したいことってなに？」

シャワーを終え、短パンとTシャツに着替えた藤野が、さっぱりした表情で言った。

なにから話せばいいんだろう……様々な想いが押し寄せる。舞はそれらを整理しながら、記憶に残る母の唄を銚子の裏町で聞いたことや、その唄のゆえんなど、言葉を選んで藤野に語った。話しているうちに母の記憶が心に満ち、涙となってあふれてきた。

藤野はタオルで目をぬぐう舞に、

「お母さんの心にも波音があったのかもしれないね。でも、お母さんの過去を詮索する必要なんかない。オレには舞さんの在りようが、お母さんの生き方を認めていると思う」

舞の脳裏に体の娼婦という言葉がよみがえり、淫靡《いんび》な響きが自虐的な意識を刺激した。

「私……つきあっている人がいるの……この前、結婚を申し込まれた……でも、その人には、うまく言えないけど……カタチしか見えないの……」

磯村のことを吐露してしまうと、感情の堰《せき》が崩壊してしまった。舞はあふれる感情のままタオルに顔をうめた。

「舞さん」

背後から藤野の手が肩にかかった。

温かい……その体温を感じた瞬間、舞は藤野の胸にすがりついた。藤野のにおいが胸に満ち、不思議な安堵感が全身を包む。

「舞さん……いつも感じていたことだけど、おそらく、舞さんと結婚した男は幸福感を抱けるはずだ。でも、だからと言って舞さんが幸せになれるとは限らない」

密着した胸に共鳴する言葉を聞きながら、舞は藤野の懐に身を預けた。


「舞さん」

低い声がする。朦朧とした意識を深い充足感が包んでいる。やっとの思いで目を開けると、カーテンを透過した外の明りが薄暗い天井にぼんやりした光の帯を描いていた。

身の恍惚と意識の恍惚があることを初めて知った。十日といから低温期に入っており、たぶん大丈夫だろう、という思いはあったが、途中から避妊の気遣いすら忘れてしまうほど、ふたつの恍惚の連鎖は、意識のすべてを果てしない絶頂感へ吸いあげてしまった。

「舞さん、起きてる?」

ふたたび声がした。「うん……」とつぶやくと、藤野は天井を見つめたまま、

「舞さん、今年の夏休みはどのくらいとれる?」

吐息のような声が聞き取れず、舞は「えっ?」と聞き返した。

「引っ越す前に旅をするつもりなんだ。能登《のと》半島だけど、舞さんは行ったことある?」

「ううん」

「オレは十六歳のときから、ほとんど毎年行っている。よかったら一緒に行かないか?」

迷いはなかった。藤野がいつもふらっと出かける旅への、衒《てら》いのない好奇心が疼いた。

「いつごろの予定?」

「舞さんの夏休みにあわせるよ。日程は四泊ぐらいの予定だけど」

舞は旧盆と母の命日のあいだの日を選んだ。

「そうしよう。金沢までは列車で行き、そこからはレンタカーだ」

「それなら、最初から私の車を使えばいいわ。藤野さんが運転してくれればだけど……」

藤野はしばらく思案したが、

「それじゃあ、それに甘えるかな。でも、ほかの費用はオレが持つからね」

藤野の言葉を聞いているうちに睡魔が襲ってきた。朦朧とする意識に、まだ見たことのない北陸の光景が幻想的に浮かびあがった。

2

テーブルから腕時計をとって、カーテン越しの光で見ると、八時に近い時刻だった。

背後から「おはよう」と低い声がした。

「おはよう……」と口ごもり、ベッドの脇に転がっていたジャージをまとい、化粧ポーチを抱えてベッドをおりた。

以前、綾香の部屋で起きぬけの顔を晒したことはあったが、そのときとは違う羞恥があり、一刻も早く寝顔を直したかった。

洗面から戻ると、ベッドにあぐらをかいた藤野が、ちょっと腫れた目で微笑んだ。

「きょうは何時ごろまでに千葉へ行けばいいの？」

「昼ぐらいまでに行けばいいわ」

「まだ時間があるな。途中の喫茶店で朝飯を食べよう。東京駅から総武本線に乗るの？」

「ううん、新宿から総武線で錦糸町へ行って、快速に乗り換えるつもり」

「じゃあ新宿駅まで送るよ」

部屋を出るまでのあいだ、藤野は昨夜のことには触れず、ドライブマップを開いて旅行のコースを示しながら、能登半島の海や町のことなどを思いつくままに話してくれた。

部屋を出て、駅前の喫茶店でモーニングセットを食べているあいだも、そして、電車のなかでも、藤野には昨夜までと違う空気は感じられなかった。

新宿駅で藤野と別れ、総武線の各駅停車に揺られているうちに、磯村との関係に対する現実的な不安が頭をもたげてきた。

舞は磯村とこうなったころを思い起こした。それまでの『篠坂さん』が『キミ』に変わり、態度や接し方からも遠慮が消えた。それに比べて藤野はなんの変化も表わさず、『舞さん』と呼び、唐突に旅へ誘った。彼はこの先も自分を同じように呼ぶだろう。それは男女という感覚以前に、人間という部分を優先して接する意識なのかもしれない。

千葉市内の友人宅で数時間を過ごし、旭の駅からタクシーで家に戻ったのは夜の八時近い時刻だった。幸福そうな友人の話を聞くあいだも、総武本線の列車に揺られているあいだも、舞の脳裏には磯村が重く居座っていた。

タクシーを降り、生垣から庭に入ると玄関の扉があき、麗の悄然とした顔が迎えた。

「お姉ちゃんだったの、お帰り……」

「どうしたの？」

「お父さんの車かと思って……お姉ちゃん、おばあちゃんが倒れたのよ。さっき病院のお父さんから電話があって、貧血だって……」

「いつごろ倒れたの？」

「二時間ぐらい前。夕飯の支度をしていたら、お風呂から出たおばあちゃんが廊下で倒れて、すぐ救急車を呼んだけど……お父さんの電話があるまでずっと足が震えていたんだ。今夜は入院するらしいけど、お父さんから着替えを取りに戻るって電話があった」

玄関のたたきには着替えを詰めた紙袋がおかれている。

靴を脱いであがろうとしたときヘッドライトの明りが庭に入ってきた。車から降りた父は、玄関の扉をあけるなり、そこに立つ舞に驚いて腰を引いた。

「帰っていたのか。おばあちゃんのこと聞いたか？」

「うん、麗から聞いた」

「夏風邪からくる貧血らしい。大事をとって入院になったから、着替えを届けてくる」

父は額の汗を手で拭うと、麗が差し出した紙袋をつかんだ。

「お父さん、夕飯は？」

麗の呼びかけに、暗がりで振り返った父は、「病院前の中華屋で食う」と残して車に乗り込んだ。父が行ってしまうと、麗はほっとしたようすで、いつもの明るい表情に戻った。

「お姉ちゃん、夕飯まだでしょう？　麻婆豆腐を作ったから一緒に食べようよ。安心したら急におなか空いてきちゃった」

千葉市の友人宅で遅い昼食をご馳走になったせいか、さほど空腹感はなかったが、快活さを取り戻した麗につきあい、ちょっと辛めの麻婆豆腐を半分ほど食べた。

風呂から出たとき父が戻ってきた。父は疲れた表情でキッチンの椅子に腰をおろした。

「おばあちゃん、どんな様子？」

「点滴が効いたせいか落ちついて眠っている」

舞が入れた茶を、父は無表情にひとくち飲んだ。額には大粒の汗が浮いている。

「入院は長引きそうなの？」

「医者の話だと二、三日で退院できるってことだ。舞もあした病室を見舞ってやれ」

そのあと父は、「風呂へ入るか」とつぶやいて立ちあがった。

翌日の月曜日、舞は夏期休暇の希望を申請した。地方出身の職員が郷里へ戻るお盆時期をはずした日程のため、課長の前田美智子は上機嫌で了承した。

午後、昼食の配膳が終わった時間を見はからい、舞は祖母の病室へ行ってみた。祖母は四人部屋の一番奥のベッドにいた。他の入院患者は昼食をとっていたが、祖母は叩っているようで、配膳係のおばさんが困ったようにベッドの脇で立っていた。

「あれ？　篠坂さん、どうした？」

おばさんが訝《いぶか》しげに振り返った。

「その人、私の祖母なんです」

「そうかぁ。苗字が同じだもんな。でも、いまぐっすり寝てるよ」

「朝食は食べたんですか？」

「あんまし食べねぇようだったよ。でも、もうすこししたら、私が起こしてお昼ご飯を食べさせっから心配すんなぁ」

屈託なく笑うベテランのおばさんに後をまかせ、舞は職員食堂へ行き、愛美を探した。愛美は一番窓ぎわの席にぽつんと座り、背を丸めて昼食をとっていたが、舞が向かいに立つと、口をもぐもぐさせながら目であいさつを送ってきた。

「田代さん、きょうはどんなシフト？」

「早番だから、早めにあがるわよ。でもどうしたの？」

「相談したいことがあるんだけど、仕事が終わったら寮に行ってもいい？」

「いいけど……」

愛美はそう言いかけたが、すぐに「そうかぁ、行ってきたのね。その話か。はいはい、お待ちしてますよ」と意味ありげな笑みを浮かべた。

藤野との旅を決めたときから、家人や磯村に対しては、愛美と一緒ということにしてもらおうと考えていた。そのことをお願いするからには東京での事実を隠せない。

退社時間が近づき、時計を気にしはじめたとき、目の前の電話が鳴った。

はっと我に返り、一呼吸おいて受話器を取った瞬間、気持ちが乱れた。磯村の声が聞こえたからである。

その日の夕食の誘いだった。愛美との約束を理由に断ると、週末の予定を聞いてきた。職場の電話では立ちいったことが話せない。困惑した舞は『土曜の午後、いつもの喫茶店で』という磯村の一方的な誘いに「はい」と応えるしかなかった。

仕事が終わり、ナース寮を訪ねると、愛美はグレーのジャージ姿で舞を迎えた。部屋の隅には医療メーカーのマークが入った段ボール箱が積み重ねてある。

「引越しの用意？」

「たいしたモノはないんだけど、とりあえず準備だけけしておこうと思って」

「田代さん、本当にいなくなっちゃうのね。でも実感が湧かないな」

「あはは、本人にも実感がないんだ」

足を投げ出した愛美は、ふう～と口をとがらせて吐息した。

「田代さん、夏休みの予定は決まった？」

「いきなりどうしたの？」

ナースには一般企業のような一斉の夏期休暇はない。病院の規定では八月中に三日間の夏期休暇が認められているが、旧盆の時期に取るのは遠方に実家がある者ばかりで、近隣から通勤している者は盆時期を外して取るのが慣例化している。

「お盆の時期？」

やつぎばやの質問に、愛美は唖然と舞を見た。

「送り盆が終わった月曜から取ったけど……私の休みの予定がどうかしたの？」

舞は盆明けのカレンダーを頭に描いた。幸いにも愛美の休みは能登旅行の予定とほぼ重なっている。ただ、旅行は日曜から五日間の日程なので前後の一日だけが重ならない。

「舞ちゃんの休みはどうなの？」

「お盆明けの日曜から五日間取る予定なんだけど……」

「さては、お盆休みが終わって世間が忙しくなったころ、人けがひいた観光地を彼と一緒に旅行でもするつもりでしよう」

「……」

「あら図星だったの？　それで、どっちの彼？　もしかして東京の画家志望の彼？」

「ええ……」

ちょっとの間、あんぐりと口をあけて舞を見た愛美は、「そうかぁ！」と目を開いた。

「やっぱりできちゃったか！」

「やだ、そんな言い方しないで」

「それで、こっちの彼氏の手前、私と旅行していることにしてもらいたいってわけね？」

舞の腹を読んだ愛美はしたり顔に変わった。

「いいわよ。旅行じゃなくて私の長野の実家まで引越しの手伝いに行くことにすればいいじゃない」

「でも初日の日曜と最後の木曜が重ならないんだけど」

「ははは、そんなのわかりっこないから大丈夫だよ。まったく羨ましいわね」

愛美は勢いよく立ちあがり、茶の用意をはじめた。

お茶を飲みながら舞は東京でのことを告げた。かいつまんでの話だったが、一泊したという事実で愛美はすべてを了解したようである。

「それでいいのよ」

達観したような口調だった。先のことには触れず、事実だけをしっかり納得し、それでいて、なにか重要な示唆を秘めている、彼女らしい反応だった。

寮からの帰り道、途中の公衆電話で藤野の部屋に連絡を入れてみた。

数回のコールのあと、『はい』という声が聞こえた。きのう別れたばかりなのに不思議な懐かしさと気恥ずかしさが込みあげる。

——やあ舞さん、無事に着いた？

「ええ、きのうはありがとう。休みが決まったから報せようと思って。お盆明けの日曜から五日間取れたわ」

——わかった、それで予定を組むよ。それから、東京まで車で来るのは大変だから、当日はオレが朝一番でそっちへ行くよ。待ち合わせは旭駅でいいかな？

とっさに磯村の顔が浮かぶ。磯村でなくとも知った人に見られたくはなかった。

「旭駅より成東《なるとう》駅にしない？」

舞の心を読んだのか、藤野は詮索することなく了解した。

——それじゃあ成東駅で待ち合わせよう。くわしい時間は追って連絡するよ。

電話のあと舞はやりきれない気持ちになった。旅への浮かれと背中合わせに索漠とした憂慮がある。

《藤野にはなんの屈託もないのだろうか》

舞は海沿いの県道へ車を向けた。このところ海を見ることがほとんどなかった。気持ちが不安定に揺れるのはそのせいかもしれない。

厚い雲が重苦しい闇をはびこらせていた。国民宿舎の脇を抜け、松林の砂道に折れると、ヘッドライトの明りに、風紋を描く砂浜と蠢《うごめ》く波が浮かびあがった。

舞はライトを消して車外に出た。薄暮を残す空と、闇に沈む海が、くっきりと水平線を描いている。ふいに露《あらわ》になった波音に、舞は奔放な意思のようなものを感じた。

昼間は強靭な紫外線に主役の座を譲り、のどかな表情と緩慢な動作で人々の愉楽を悠長に迎える九十九里の海も、昼の舞台がひいた夜は、正体を気ままにさらけ出している。
放埒に浜を噛む波音が、自分を拒絶しているような気がしてならなかった。
《藤野とのことを、自分の意識のなにかが受け入れていないせいかもしれない……》
舞は身震いして車に戻った。

その週の土曜の午後、舞は約束した喫茶店で磯村と逢った。

「久しぶりって感じだなぁ」

磯村は日焼けした顔をほころばせた。磯村と逢うまで、まともに顔を見られるだろうかと不安だったが、逢った瞬間、不安は霧散し、不思議な冷静さが残った。

アイスコーヒーを二つ注文した磯村は、嬉しそうに聞いてきた。

「夏休みのこと、どうなった?」

銀行の夏休暇は旧盆期間の一週間だと聞かされている。暗に、その日程にあわせて夏休みを取ってくれという彼の気持ちはわかっていた。

「お盆は無理なのよ」

「僕の予定とは合わないってこと? なんとかならないの?」

磯村は目もとへ非難をにじませた。

「遠方の職員が帰省するから、自宅通いの職員は休みが取りにくいのよ。それに……」

愛美と口裏を合わせた予定を伝えたが、それがかえって彼の感情に触ったようである。

「僕だってまとまった休みが取れるのは年に何回もないんだよ。わかってるの?」

「でも田代さんには、いつもお世話になっているもの……」

「だからって、せっかくの夏休みをあてなくたって……」

「田代さんの予定だから仕方ないわ。それに八月の終わりには母の法要もあるし……」

磯村は舞から顔を背け、苛立った視線を窓の外へ投げた。

昨年の夏休みは、那須《なす》高原への一泊旅行ではじまり、旅行後の数日は房総の御宿《おんじゅく》海岸や茨城県の波崎《はさき》海岸などに出かけた。つい先刻まで磯村の心は、昨年を凌ぐ愉悦の予感であふれていたに違いない。表情に浮いたあからさまな落胆が、こちらの嘘を子供じみた純粋さで責めたてている。

ふと、藤野だったらどうだろうと、他愛もない想像がよぎる。おそらく落胆を内に隠し、優しい笑顔を返したかもしれない。

《そんなとき、藤野は自分のルーツという不明瞭な自我の源に帰っているのだろうか》

そう思ったとき自虐的な感情が湧いた。

「ねえ、もし私の休みがお盆に取れたら、なにか計画してたことあったの？」

言いながら《もっと自分を責めてほしい》と舞は心で叫んだ。

「へぇ？」と間の抜けた声を発した磯村は、唖然と舞を見た。

「銀行が契約している阿字《あじ》ケ浦《うら》の保養所に一泊で申し込んである。それと、館山の旅館にも一泊で予約を入れてあるんだ。ねえ、どっちかへ行けないかな？」

舞はため息をもらした。もっと恨みの感情をぶつけてほしかったのに、返ってきたのはカタチに収めようとする磯村の資質そのままの、輪郭のはっきりした懇願だった。

藤野は己《おのれ》の旅に舞を誘った。たとえ舞が行かなくても独りで旅立ったであろう。

《あのとき心を誘《いざな》ったのは藤野の旅を染める色への好奇心だった》

東京での夜が浮かぶ。すると自虐的な気持ちがスッと鎮まり、目前の男への憐憫《れんびん》だけが残滓《ざんし》のように残った。

「私のシフトもわからないのに、そんなことまで決めてたの？」

自分でも呆れるぐらい優艶な語調だった。

「キミなら絶対にお盆に取ってくれると思ったからね。でも……実家には帰らないって伝えた手前、お盆はこっちにいるよ。いくら忙しくても逢うことぐらいできるだろう？」

「ねえ、お願いだからそんなことしないで実家に帰ってあげて」

「僕がこっちにいたら迷惑なの？」

「あなたは長男でしょう。お盆ぐらいは実家に帰ってあげてよ」

「それは去年だって同じことじゃないか。去年のキミはこんなこと言わなかった」

「私だって家のことがあるもの」

「普段だってそうだろう？　お盆だからって特別なことはないじゃないか」

「どうしてわかってくれないの」

「キミこそ、どうして僕の気持ちがわからないの」

磯村はこちらを睨み、押し殺した声で言った。感情を必死に抑えているのがわかる。その眼を逃れ、つい先ほど磯村が視線を投げていた窓の外へ気持ちを避難させた。

道路の向こうには槇《まき》の生垣をめぐらせた民家が二軒ならんでいる。生垣のあいだにはモッコクの大木が二本、乾いた濃緑の葉をぎっしり茂らせ、午後の陽が、木々や軒下に気だるい影を刻んでいる。生垣とアスファルトに挟まれた狭い地面に、ヒョロリと数本あるヒマワリの花が、鮮やかな色彩を誇らしげに放っていた。

舞は顔を背けたままつぶやいた。

「考える時間をくれない?」

「考えるって、休みの予定のこと?」

「ううん、あなたとのおつきあいのこと」

「ちょっと待ってくれよ。怒ったの?」

「怒ってなんかいない。あなたの気持ちもわかるから」

「それじゃあ、なんでそんなこと言うの?」

「だって一生の問題でしょう? この八月はいろいろあって精神的な余裕がないのよ。田代さんも実家へ帰るし、母の命日もあるし……だからお盆ぐらいは家族とゆっくり話もしたいし、自分でもいろいろと考えたいの。でも、あしたは予定がないから逢えるわ」

磯村の表情がいくらか和らいだ。

「それじゃあ筑波山のあたりまでドライブしないか?」

「ええ……」

曖昧に応え、ふたたび窓の外を見たとき藤野の面影が浮かんだ。その顔にヒマワリの鮮やかな黄色が重なり、ただそれだけが生気に満ちた真実のように、頼りなく艶《あで》やかだった。

磯村には「一生の問題」と言ってしまったが、それは藤野にも共通する問題である。

《あんな言葉が出たのは、藤野との関係の曖昧さに戸惑っているせいだろうか……》

そう考えると、その場しのぎの嘘に呆気なく翻弄された磯村の、カタチの明快さが妙に哀れに思える。その意識は、翌日の日曜日もずっとつきまとい、筑波山からの戻り道、銚子市にさしかかる国道脇のホテルへ車を入れる磯村を拒めなかった。しかも、一旦その状況を許してしまうと贖罪めいた意識が心に広がり、磯村を能動的に受けいれてしまった。

弛緩した体で、車を置いた病院の駐車場に戻ったのは九時近い時刻だった。

「また連絡するよ」と言い残して車を発進させた磯村を見送り、自分の車のドアをあけようとしたとき、後方から自分の名前を呼ぶ声がした。ハッとして振り返ると、駐車場と国道を隔てる歩道で愛美が手を振っていた。

「やっぱり舞ちゃんだったのね」

サンダルの音を響かせ、小走りでやってきた愛美に、舞は身構えてしまった。磯村を見られたということより、体に残っている男の体臭を嗅ぎとられそうな気がしたからである。しかし愛美は、こちらの焦りなど意に介さない磊落《らいらく》さで、「デートだったの？　いいなぁ」と、ゆったりしたTシャツの胸元をつかんで、熱気を払うように数回あおった。

「田代さんこそ、いまごろどうしたの？」

「さっき実家に送る荷物を運送屋が取りに来たのよ。ところでさぁ、さっきの人、磯村さんでしょう？」

「ええ、やっぱり見られちゃった？」

「まあね。でも彼を見たのは初めてじゃないわよ。黙っていたけど、前も舞ちゃんと一緒の車にいるのを見たわ」

「ほんと？」

すると愛美は「あはは」と表情をくずした。

「舞ちゃんて、まわりのことを細かく詮索しない人だものね。世間の人はもっと鵜《う》の目鷹《たか》の目でゴシップを探してるわよ。たぶん舞ちゃんのデート現場だって、けっこう職場の人に目撃されてさ、井戸端会議や酒のツマミにされてるかもしれないわよ」

「そうなの？」

「その可能性があるってこと。世間はあんがい狭いのよ」

愛美は二の腕で額の汗をぬぐい、「寮の部屋でお茶でも飲んでいかない？」と誘った。

そうしたい気分だったが、ホテルで費やした時間だけ、妹に告げておいた帰宅予定が遅れている。

「ううん、もうこんな時間だから……また平日の夜にでも寄らせてもらっていい？」

「私は明日から三日連続で平常シフト。木曜はお休みよ」

「うん、わかった」

愛美と別れ、いつもの国道で市街地に差しかかったとき、ときならぬ渋滞にぶつかった。数十台先の路上で赤色灯が回っている。事故か緊急工事のようだった。舞はすぐ先の小路に入り、市街地を迂回する裏通りへと車を向けた。

何回か通ったことがある抜け道ではあるが、家や商店が密集した数百メートルの路地は、車の通行を拒む小さな蛇行が何ヵ所もあり、神経をすり減らす道である。せり出た電柱、路上にまで積まれた商店の棚、人や犬・猫の飛び出しなどに気をつかいながら路地を抜け、視界が一気に開ける農道に出たとき、前方に大きな月が見えた。

低い空に浮かぶ満月を視界の端におさめ、水田に囲まれたまっすぐな農道を運転していると、怪しい焦りが唐突に湧きあがった。

《磯村と逢うのはもうやめよう》

自戒にも似た焦燥感だった。

第六章　海の異郷と山の異郷

1

迎え盆の日、舞は早めに退社した。家では父と妹が迎え火の用意をして待っていた。祖母の離れにはいつものお客が来ているとみえ、華やかな声が庭にもれている。退院してからの祖母は、食事以外は離れにこもり、寝具をあげる気配すらない。

祖母が外出しない代わりに、お茶会仲間が連日のように訪れ、日中の離れは老人の集会所と化している。夕食時まで居座る仲間がいると、祖母はお気に入りの鰻屋から特上の出前をとり、大盤振る舞いしているようである。もっとも、訪れる仲間も経済的には豊かな老人ばかりとみえて、来るも帰るもタクシーである。

舞は祖母とともに迎え火をした記憶がない。母が亡くなった翌年の新盆《あらぼん》から、祖母はお茶会へ逃げて留守だった。新盆どころか葬儀のときですら頭痛を理由に離れから出てこなかった。そんな実母を父は諫めようとはしない。生前の母と祖母の確執を見続けてきた舞は、祖母の不実を、母に対する怨嗟《えんさ》の残り火と諦めた。いつのまにか『母の供養は祖母ぬき』が家族の了解になっている。

門前の砂利道で父が麦ワラに火をつけた。パチパチと弾けて全体に火がまわったとき、離れで下卑た笑い声が湧きあがった。父は一瞬顔をしかめて離れを睨んだが、そのまま無言で合掌した。その脳裏にどんな感情や情景があるのだろう？　舞は、一心に頭《こうべ》を垂れる横顔に、父としてではなく、一人の男としての孤独さを見たような気がした。

その夜、舞は夏の休暇の予定を父に告げた。「お世話になった田代さんの荷物を少しでも積んでいってあげたいから車で行く」という苦しい言い訳に、父は「え!?」と驚いたが、すぐに穏やかな顔に戻った。

「長野までの道はわかるのか? ここからだと三百キロぐらいある。無理しないで行けよ」

「時間は気にしなくていいの。だからゆっくり行くわ」

長野市まで三百キロと聞いたとき、距離の実感はあまりなかったが、自分の部屋に戻って地図帳を開くと、能登半島の突端までは長野市までの倍近い距離があり、その隔たりが心へ重くのしかかった。

《本当に能登半島へたどりつけるのだろうか……》

能登への旅が遠い世界への夢想のように感じられた。


盆のあいだ、舞は藤野からの連絡を待った。こちらからかけてみようとも思ったが、『連絡するよ』という藤野の言葉を心で念じ、焦る気持ちを鎮めた。

代わりに磯村から職場の内線に二度電話が入った。度目は迎え盆の翌日、『夕方に時間がつくれないか』という誘いだった。舞は頑《かたく》なに断った。二度目は能登旅行へ出発する前日の夕刻、西陽が栄養課室の床に窓枠の影をくっきり刻む時間にかかってきた。磯村は舞とのデートを諦めたらしく、千葉市の家に戻っていた。実家の電話を使っているためか、立入った内容には踏み込まず、最後は『とにかく長野までは長距離だから気をつけて行ってきてね』とあっさり電話を切った。藤野から連絡が入ったのはその直後である。

——連絡が遅れてごめん。明日の朝は八時ごろの待ち合わせで大丈夫?

藤野はいきなり時間を指定した。

「そんなに早くて大丈夫なの?」

――いま千葉市のビジネスホテルにいるんだ。ここからなら七時過ぎの電車に乗ればいいから大丈夫だよ。

舞は息をのんだ。藤野が磯村と同じ千葉市にいることが妙に因縁めいていて、胸が締めつけられたのである。

その夜、旅の用意をすませた舞は、いつもより早めにベッドへ入り、明日からの旅行のことを夢想した。これまで首都圏より西へ行ったのは四回しかない。小学生のころ、一度だけ父に連れられて名古屋の遠縁まわりをしたが、旅行と呼べるのは高校の修学旅行の奈良・京都と、短大の夏休みに綾香と二人で行った静岡県の寸又峡《すまたきょう》ぐらいである。そして四度目は……今年の三月、綾香の挙式に臨んだ尾道市である。しかし、尾道のホテルから夜の瀬戸内海を見ていた自分と、いま藤野と二人で旅に出ようとしている自分がどうしても重ならない。それほど、ここ数ヵ月の意識の変化は大きかった。

綾香と藤野の顔を交互に思い浮かべながら、舞は眠りにおちていった。

翌朝、舞は七時過ぎに家を出た。服装はどうしようかと迷ったが、下は細身のジーンズ、上は黒のタンクトップに、青地のストライプが入ったブラウスを選んだ。藤野はおそらくジーンズ姿であろう。この服装ならバランスが取れると思った。

天気予報では真夏の気圧配置が暫く続くと報じていたが、昨夜の澄んだ夜空が嘘のように厚い雲が空一面にはびこっている。

成東駅へは約束の時刻より二十分ほど早く着いた。藤野の到着を待とうと、駅舎の横の空き地へ車をまわそうとしたとき、思いがけず駅舎からバッグを抱えた藤野が、手を振りながら出てきた。

「あら、もう着いていたの?」

「千葉駅を六時五十分に出る電車に乗れたんだ」

運転席に座った藤野はシート位置やルームミラーを調節した。整髪料の微香が漂ってくる。舞は、自分の車の助手席に座る違和感と、藤野が隣にいる安堵感とを同時に抱いた。

「行きは高速道路で諏訪《すわ》まで行き、そこからは一般道で松本、大町を通過し、日本海までくだるコースだよ。今夜は金沢市内のビジネスホテルを予約した」

藤野はアクセルの調子を確認しながら車を発進させた。

東金《とうがね》道路から京葉道路を経由し、首都高速に入ると車の数が増えた。渋滞の列に混じって都心を抜け、中央道へ入ったのは十一時に近い時刻だった。それまで藤野は、舞の仕事のことや、六月に銚子周辺をドライブしたときのことなど、他愛もない話ばかりしていたが、ようやく車列が流れはじめたとき、ふいに神妙な口調に変わった。

「じつはさ、旅行の帰りに木祖村へ寄ろうと思ってるんだけど……いいかな?」

「え? 木祖村って、藤野さんが引っ越すところ?」

「ああ、せっかく近くを通るから、舞さんにもぜひ見てほしいし、それに、ちょっと寄って部屋をかたづけておきたいし……」

《藤野の心にある山の風景に出逢える》

舞は即座に藤野の山の絵を思い浮かべた。

「ええ、もちろんいいけど……帰りは近くを通るの?」

「帰りは富山市から岐阜県の高山市《たかやま》へ行き、そこから松本市へ抜ける県境の峠を通るコースを考えてるんだけど、その途中に木祖村へくだる道があるんだ」

地理は理解できなかったが、アルプスの深い森にかこまれた林道のようなイメージが脳裏に浮かんだ。

諏訪湖のサービスエリアで遅い昼食をとり、しばらく諏訪湖の湖面を眺めながら休息をとった。関東にはびこっていた雲は南アルプスの山脈にはばまれ、信州の高地にまでは追ってはこない。真上からの透明な直射日光に暖められた肌を乾燥した微風が冷ましていく。俯瞰《ふかん》する湖面には、反射光が巨大な光の輪となって白く煌《きら》めいていた。

諏訪湖のすぐ先にある岡谷インターからは、国道19号線の峠道を越えて松本平《まつもとだいら》に入った。広い盆地を濃緑の山塊が囲み、正面には紺青の山脈が蜃気楼のように浮かんでいる。

「北アルプスだよ。あと二ヵ月もすれば、頂上付近は雪で白くなる。そのころのほうが綺麗なんだけどね。これからあの山脈の脇を抜けて海までくだるんだ」

松本市の外れから大町方面への国道に折れると、藤野はエアコンを切って窓をあけた。山のにおいを孕《はら》んだ涼風とともに、北アルプスの山塊が威圧感を剥き出して迫ってくる。

舞は奇妙な息苦しさを覚えた。

白馬《はくば》町から先は、深い谷に沿って点在する小さな集落のあいだを蛇行するくだり道になった。太陽は屹立《きつりつ》する山の稜線に没し、頭上の雲が淡い紅色に染まっている。日本海が近づき、道路の傾斜がゆるくなるにつれて空の藍色が深まっていく。外気温があがり、肌にまとわりつく湿気が粘着力を増していった。

藤野は窓を閉め、再びエアコンをつけた。

糸魚川《いといがわ》市で日本海に沿った国道8号線に入ると、ドライブインや土産物屋の看板が、気だるい薄暮のなかにバタ臭い原色を輝かし、右手の眼下に海が現われた。

初めて見る日本海である。水平線に漆黒の雲をたずさえ、わずかに残った空の色を鏡のように映じる海には、仄かな漁火が点々と浮いている。実在感さえ怪しい絵のような夜の海、そのしじまの底に、舞は縹渺と漂う冷気を感じた。たえず波が騒ぐ九十九里の海にはない、寂然とした秘めごとのような翳りだった。

金沢市へ入り、市内のレストランで食事を済ませ、兼六園近くのビジネスホテルに着いたのは八時過ぎだった。藤野はシングルルームを二部屋予約していた。フロントで渡された宿泊票に、舞は学生時代の寮の住所と愛美の名前を書いた。旅への後ろめたさもあったが、シングルを予約した藤野への恨みもあった。

藤野は舞の手もとを無表情で見ていたが、エレベーターに乗ったとき、

「初日は疲れていると思ってシングルを予約したけど、明日の輪島市のホテルは二名で予約してある。荷物を置いたら明日の予定を相談しにそっちの部屋に行くよ」

藤野らしい気遣いだとは思ったが、異郷の地へ置き去りにされたような淋しさがあった。

荷物をおいて舞の部屋に来た藤野は、ベッドにドライブマップを広げ、コースを手短に話した。それを聞いているうちに、舞の心には藤野の旅情への好奇心がうずいてきた。

「藤野さん、独りで旅行してるとき、どんな気持ちなの？」

「そうだな……淋しさと豊かさの両方を抱いてるって感じかな」

「いまも、そう？」

窓の夜景に視線を投げた藤野の横顔には、柔らかい笑みがあった。

「ちょっと理屈っぽい話をしてもいい？　この前、舞さんから心の娼婦と体の娼婦っていう喩《たと》えを聞いたけど、それをオレなりに解釈すれば、自己の絶対化と相対化ってことだと思うんだ。簡単に言えば、自分の価値観を絶対視し、同時にその価値観を客観的にワン・ノブ・ゼムとしてとらえるってことかな。つまり心の娼婦って概念は自己の絶対化も相対化もできずに現実に流されるか、もしくは現実に迎合していくことのような気がする」

「体の娼婦はその反対なの？」

「ははは、そう短絡もできないな。倫理感が欠如しているだけかもしれないしね。ただ自分が自分であるための価値基準っていうか、つまりは意識のルーツをなんらかの形で認識している人間は、自分を相対化できると思うんだ……

独りで旅行しているとき、オレのなかには意識のルーツを真剣に見つめる自分と、それを客観的に冷めた目で突き放す自分の両方がなんの矛盾もなく同居している。だから淋しくて豊かなのかもしれない」

「淋しくて豊か……」

「独りが淋しいくせに、独りになってしまう、と言うより積極的に独りになることができてしまう、そんな厄介な性分だよ。われながら理屈っぽい話で嫌になっちゃうんだけどね」

目じりにシワを寄せた藤野は、舞の肩に手をあて、「それじゃあ、おやすみ！」と明るく言って自室に引きあげた。

窓ガラスの背後の夜陰には、市街の明かりが沈んでいる。夜景に重なる自分の鏡像を見ているうちに、尾道のホテルの記憶や磯村と過ごしたホテルの記憶がよみがえり、窓に映る自分が遠く感じられた。

海のない夜景に浮かぶ表情があまりにも頼りなく見えたせいかもしれない。

2

翌朝、八時前にホテルを出たが、旧盆明けの市街地は通勤の車であふれていた。

「最初は羽咋《はくい》へ向かうよ。じつはね、オレが初めて親以外と旅行したのが羽咋なんだ。高校一年の夏に友達と二人で各駅列車を乗り継いで来たんだ」

海岸に沿った国道を北上しながら、藤野は初めて能登半島を旅したときの話をした。

「そのとき不思議な気持ちがしたんだ。ここにいる自分はなんなのだろうって、そんな感覚だった。山のなかで育ったせいか、波の音を聞くだけで異郷や旅情を感じるんだ。その理由をつきつめると、自分の感性や価値観のルーツが見えたような気がしてね」

意識のルーツを自覚して以来、藤野は毎年のようにこの半島を訪れているという。

途中、『なぎさドライブウェイ』という案内看板がある脇道へ入ると、正面に青い日本海が現われた。広い浜の砂が踏み固められ、波打ちぎわに沿って轍《わだち》が入り乱れている。

「車で砂浜を走れるめずらしい道だよ。この風景って九十九里に似てると思わない？」

しかし舞は、初めて見る白昼の日本海に九十九里の海とは異質なものを感じた。そのあやふやな違和感が焦点を結んだのは、浜の終点で車をとめ、外に出たときである。

「波が弱い……それに海の色が濃いような感じ……」

舞のつぶやきに、藤野は「うん」とうなずいた。

「太陽の方角かな。太平洋は太陽を正面にするけど、日本海は背後からの光だからね」

たしかに海の反射光が違う。盛りあがった波に太陽の順光が透過し、色が深く感じられるのかもしれない。

しかし、一番の違いは波の力だった。浜を蹂躙するように強大な力で迫る太平洋の波に比べ、まるで湖のように穏やかで慎ましく感じられる。

「舞さんを誘ったのは、この海の感想を聞きたいって理由もあったんだ。九十九里で絵を描いてるとき、オレの頭にはこの日本海のイメージが漠然と浮かんだ。でも、波音が違うんだ。ほら、この海の波音は浜で砕ける音だろう？でも九十九里の波音は、ずっと遠くから響いてくるような感じっていうのかな……だから舞さんが感じる違いのなかに、もしかしたら舞さんの意識の奥にあるものが見えるかもしれないって気がしてね」

その言葉に、思わず目を伏せたとき、足元に影が迫り、強い力で抱きしめられた。男の体臭と海の香りに包まれ、目頭が熱くなった。悲喜の理由が定かでない涙だった。

羽咋から先は岩礁の海になった。昨夜、藤野が地図を見ながら能登金剛《こんごう》海と教えてくれた海である。藤野は『ヤセの断崖《だんがい》』と書かれた名所看板がある道へ車を入れた。

「日本海は男性的だって言われるだろう？　でも、オレには女性的に感じるんだ」

海を見おろす岸壁に出たとき藤野が言った。

眼下の磯では波が砕け、暑く湿った風を吹きあげている。足がすくんだ舞は、藤野の手を握り、「どんなところが？」と声を震わせた。

「夏の日本海はこんなに穏やかでキメ細かいのに、冬は猛々《たけだけ》しく荒れる。その変貌ぶりがね、女性の感情に似てる感じがするんだ」

「そんな女性観を持ってたの？」

舞は藤野の肩に頰をよせた。

「舞さんは、やっぱり九十九里の海だな」

「それって男性的ってこと？」

「ははは、冗談、冗談。日本海が繊細に見えるのは太陽光を透過する波のせいさ。でも、感情的っていう表現も面白い。たしかに日本海のほうが太平洋より感情の起伏が激しいって感じはする。そう考えると日本海のほうが女性的かな」

「私って感情の起伏が乏しいのかな？」

「それは違う。舞さんの意識の源には九十九里の波の音がある。舞さんの感情は、外へ出るより先に、その波音に帰って行くんだと思う。オレは九十九里で絵を描いてるとき、太陽光を反射する海がなにかを秘めていて、そのなにかが波音と一緒に遠くから自分を呼んでいるような感じがした。その印象があの絵になったんだ」

藤野の個展で中谷里浜の絵を見たとき、幾層もの波が水平線のない虚空に消えながら不気味にうねり、その波にのって絵の奥底から亡霊が迫ってくるような気がしたのを覚えている。そのイメージに白昼の能登金剛海を重ねてみると、海面の輝きや岩の造形が細やかであり、鋭角的であり、風景全体が繊細に感じられた。
門前町《もんぜん》から内陸部に入ると、国道のまわりは、柔和な稜線を描く山々の針葉樹におおわれた。緑の濃淡で塗られた光景の底から蝉時雨が湧いている。閑散とした集落の黒っぽい壁板と、饐《す》えたオレンジ色の甍《いらか》だけが、不思議に艶っぽく午後の光を映じていた。

輪島市へ着いたのは午後一時だった。

藤野が予約した宿は、市街地から外れた川沿いにある和風の建物だった。案内された部屋は十畳ほどの和室で、歳月を感じさせる木枠の窓からは、海が遠望できた。小砂利の浜には朽ちた小船やボートが雑然と放置されていた。

「袖ケ浜《そでがはま》っていう海岸があるんだけど、行ってみないか？」

フロントに鍵を預け、板壁の商店が軒を連ねる街へ出た。目についた食堂で遅い昼食をとったあと、街を歩きながら藤野は輪島市のことをあれこれと話してくれた。

初めて見る輪島市は、輪島川の河口にひっそり傅《かしず》く、柔らかい輪郭の街だった。

「輪島塗《わじまぬり》って聞いたことがあるだろう？　千年以上の伝統をもった漆器だってことだよ。それと、御陣乗太鼓《ごじんじょ》っていう無形文化財の太鼓は十六世紀ごろから伝わっているらしい。この時期は観光客のために市内でも開催してるから今晩見に行こう」

舞の脳裏に、ホテルの帳場の横にあった観光ポスターが浮かぶ。篝火《かがりび》のなか、鬼のような面をつけた白装束の男たちがバチを両手に掲げて見得《みえ》を切る写真だった。

橋を渡った先には神社があり、その手前を海の方角へ折れると、格子窓の木造家屋が軒を連ねる通りになった。黒塗りの木肌をむき出した家並みは、そこに忍ぶ年月よりも、この地の風土にしっくり融けあった生活の息づきを感じさせる。軒々に疲労した陰影を刻む午後の光のなか、その息づきだけがしっとり漂っている。

その道を五分ほど歩き、小高い丘陵の広葉樹の林を抜けると眼下に浜が見えた。海へせり出た左右の台地に抱かれたような慎ましい浜だった。浜沿いに弧を描くアスファルトの道路があり、それが、右手の台地にぽっかり口を開いた狭いトンネルへと続いている。

藤野は浜にはおりず、トンネルの方角へ歩いた。わずか数メートルのいびつな空洞の先には、滑らかな岩が一面に露出する海が広がった。岩の間にはセメントで小道が造られ、数十メートル先の磯までくねくねと続いている。

「滑るから気をつけて」

藤野は舞の手を引き、藻が浮いた歩道をゆっくり歩いた。船虫《ふなむし》の大群が足元から岩陰へ散っていく。歩道の終点はコンクリートの狭い平地になっていた。木の柵があり、直下の深い磯では透明な海が息をするようにゆったり上下している。

藤野は柵に手をかけて水平線を見た。

「オレね、十六のときから毎年ここへ来てるんだ。毎年同じ時期に同じ風景を見ながら、去年の自分がどんな気持ちで見ていたかを振り返ると、一年の自分の変化がよくわかる」

その言葉が心にしみた。舞も母の法要のあと必ず中谷里浜に出る。母の記憶を追慕しながら前年の同じ日の記憶を漠然とたどるのである。

《本当に大きな変化だった》

そう思ったとき藤野が物憂い目で振り返った。

「一昨年《おととし》の夏、綾香さんとここに来た。でも去年の夏は彼女の都合がつかなくて、独りで来たけど、そのあと東京には戻らず北海道の友達のところへ行ったんだ。十勝平野の奥で牧場を経営してる友達でね。そこで仕事を手伝いながら三週間ぐらい滞在した」

その言葉の真意がわからず、舞は戸惑った。

「去年、ここで、彼女と自分の将来が見えなくて悩んだのを覚えている。だからそのまま北海道へ行きたくなったのかもしれない」

藤野は照れくさそうな笑みを浮かべた。

「そんなオレが舞さんと一緒にこの海を見てるなんて、なんだか不思議な気分だよ。去年まで、自分はこの光景の異物だって感じがしてたのに、いまはぜんぜん感じないんだ。もしかしたら舞さんが横にいるせいかなって思って、それでこんな話をしたのさ」

「綾ちゃんと一緒のときは、どんな感じだった？」

「危なっかしい気持ちだったというのが正直なところかな。さっき歩道で舞さんの手を引いてるときのように、自分の世界に彼女を案内してるようでね」

「私だって案内されているわ」

「精神的な問題だよ」

そのあと藤野は、思いつめた目で海を見つめたが、

「そんなことより、今夜の食事が楽しみだな。銚子で食べた魚も旨かったけど、日本海の魚もけっこういけるよ」

振り返った顔には少年のような素直さがあった。

夕食のあと、早目の風呂をすませ、御陣乗太鼓の実演会を見に行った。昼間の街では観光客の姿をあまり見なかったが、実演会場は人で埋まっていた。

簡単なアナウンスに続き、暗い舞台の中央にすえられた太鼓に照明が射した。

鬼を模した面をかぶり、腹にさらしを巻き、白装束の裾をたくしあげた打ち手が、大岩や波を描いた小道具の陰から代わる代わる現われ、ドロドロと腹に響くリズムに乗って太鼓を乱打する。怒りの面には怒涛の強さ、悲しみの面には幽玄なたおやかさ、それぞれの面が個性的な動きをしながら、唸り声のような呻《うめ》きをあげてバチをふるう。静と動の鮮やかな変化に、獣のような敵への怯《おび》えと威嚇の虚勢がみなぎり、見ているうちに人智を超えた物の怪《け》たちの、不気味で幽玄な世界へ誘われていく。

開演前のアナウンスでは、戦国時代にこの地へ攻め入った上杉謙信勢を、村人達が鬼面や海草をつけ、陣太鼓を打ち鳴らして追い払ったのが起源だと聞いたが、この不気味さが戦国武将の覇気を殺《そ》いだのかもしれない。

乱舞する打ち手の数が二人、三人と次第に増えていく。交互に打つ間隔も狭まり、太鼓の音が、遠くからおし寄せる波のようにじわじわと盛りあがり、迫ってくる。やがて五人の打ち手全員が舞台に現われ、先を争うような乱打がはじまった。狂気の怒涛が最高潮に達したとき、突然、物の怪が動きをとめた。ふいに訪れた静寂に息をのんだ次の瞬間、全員が『うぉー！』と威嚇の雄叫びをあげ、乱舞の終焉を告げる見得を切った。

会場を出たあとも、体内のどこかに太鼓の響きが残り、脳細胞の一部が虚ろな世界をさまよっている気分だった。

「けっこうよかっただろう？」

宿の近くまで歩いたとき、藤野が舞の耳もとに顔を寄せた。

「美大の二年の夏、独りでここへ来て御陣乗太鼓を見たんだ。そのとき不思議な気分になってね。しばらく自分の感情が無くなって、宿へ戻ってからも、ボーっと天井を見ていた。そのうち、家に帰りたくてしょうがない気持ちになってね。だから次の日の奥能登をキャンセルして、そのまま木曽の実家に帰ったんだ。もしかしたら、あの太鼓の音が波音に重なって、独りで過ごす異郷の夜には刺激が強すぎたのかもしれない。強烈な旅情に圧倒されて、この地にいる自分がどうしようもないほど頼りなく感じた。そのとき抱いた『帰りたい』っていう気持ちが、それ以後も心から離れなくなった」

海から逃げて帰る藤野の姿が浮かび、舞は哀しくなった。

「その年の秋に、自由課題の授業で描いたのが、あの山の絵だよ」

舞は思わず藤野の手を握った。自分をこの地に置いたまま、藤野が旅立ってしまうような錯覚に見舞われたのである。

「でも不思議だよ。きょうは帰りたいって気持ちが起きないんだ」

握り返す手に力がこもる。触れた二の腕の、夜気に冷やされた筋肉質の感触に、舞は藤野の存在感を強く感じた。その思いはずっと続き、ホテルの部屋に戻ったとき、扉を閉める藤野の背に、舞は顔を密着させた。

豆電球が灯された部屋の中央には一対のフトンが敷かれている。壁の電灯のスイッチをつけようとした藤野の手を制したとき、その手が舞の背を抱きよせた。


「眠ったの？」

耳元で藤野の声がした。白い世界を漂っていた舞の意識が現実に戻った。藤野はテーブルのコップから、ひとくち水を飲むと、窓を少しあけてタバコに火をつけた。遠くの砂利浜で遊ぶ子供らの花火の音がリアルになった。

舞は弛緩した体を起こし、藤野が飲み残したコップの水を飲んだ。

「舞さん、さっきの話しだけど……大学二年のときに独りで輪島に来たって話さ。本当は、その年の夏前に、交際していた女《ひと》と別れたんだ……こんな話、聞きたくないかな？」

「ううん、聞かせて」

「高校生のときからのつきあいだったけど、彼女は大阪の大学に進学し、一年ぐらい遠距離恋愛を続けた。でも夏前に、その人から別れの連絡が来て、それで終わった。理由は言わなかったけど、たぶん、あっちで好きな人ができたんだと思う。よくある話さ」

綾香の顔が脳裏をよぎる。綾香との前に藤野は同じ別れを経験していた。

「二十歳《はたち》前の恋愛だったから純粋だったんだな。ショックで眠れない日が続いた。講義にでる気力もなくて、オレ、大阪まで行ったんだ。でもその人から、私よりすてきな女《ひと》がきっと現われるって冷静に言われた。きつい最後通牒だったよ。だから、そのあとの能登旅行は、センチメンタルジャーニーってわけ。ははは、綾香さんのときと同じだろう？」

藤野は自嘲気味に笑った。

「それまで、オレは教職か学芸員に就こうと思っていた。高校の美術教師か、美術館の職員か……堅実な未来だよ。でも、そのときを境に人生観が変わった。一生、絵を描き続けていこうと思ったんだ。誰にも媚びず、自分が納得できる絵を描き続けようってね。それ以外のことは、しちゃあいけないんだって思った。考えてみれば、本当はそうしたかったんだと思う。でも大学を卒業して結婚するなら、生活を考えなけりゃならないし、それで無理やり妥協点を見つけていたんだってことに気がついた」

「それで、あの山の絵を描いたの？」

「ああ、だから記念すべき絵というわけさ」

藤野は灰皿にタバコをもみ消し、ポットからコップに水を注いだ。

「綾香さんから広島へ戻るって聞かされたとき、もうだめかもしれないと思った。前のトラウマのせいかもしれないけど、女性は目の前の現実が一番重いんだって諦めていたからね。だから結果としてああなったときも、それほど予想外のことじゃなかったんだ」

舞は、犬吠埼で綾香から聞いた別れの実情を話してみたくなった。しかし体内に藤野の感触を残しながら、その話をするのは生々しすぎた。

「舞さん、初めてオレと話したときのこと覚えている？」

《忘れるはずがない。あなたが私の意識の源を暴《あば》き、そこに入り込んだ日よ》

そう言いたい気持ちを抑え、舞は「ええ、綾ちゃんの部屋でしょう？」と応えた。

「あのとき、この女《ひと》は違うって思った。たとえ離れていても、何年でも待っている女《ひと》だって直感的に感じたんだ。それが波の音のイメージだったのかもしれない。舞さんの意識の源には、脱け出すことのできない絶対化されたなにかがあるってね、そう感じて嬉しかった。こんな女《ひと》もいるんだなぁって驚いたよ。そのとき、この女《ひと》はいずれ心に波音を宿した子供を産むんだろうって、そんなことまで想像しちゃった。変だろう？」

藤野がそっと舞の手を握った。舞は生身の自分を抱きしめるように、その手を胸元に引き寄せた。

「私……そんなに強くない……」

裸の自分をぶつけたかった。心をすべて晒してしまいたかった。

「強い弱いじゃない。舞さんは、自覚しているかどうかわからないけど、たしかにそれを感じているんだと思う。それが舞さんの淡々としたイメージをつくり、その内側で舞さん自身を孤独にしている」

そのあと藤野は、「オレの勝手な思い込みかもしれないけど」と柔和につぶやいた。

生身の自分と意識に残る波音が、ひとつの空間に同居している。波音のなかには母の唄声の幻聴が漂っている。しかし意識は漂うことなく、生身の自分にしっかりと残っている。

舞は藤野の胸元に顔を埋めた。

あからさまに男を求める自分がいる。これほど赤裸々な欲求を抱いたことがない。意識の核にある自我が弾け、自分自身にも明かしたことのない恥部がむき出しになっている。

かすかな波音が聞こえた。遠い世界でパンパンと鈍い花火の音がしている。子供らの嬌声も、はるか彼方の遠い遠い現実から虚ろに響いていた。


翌朝、起きぬけの藤野に、舞は「おはよう」と素直な親近感を込めて声をかけた。

彼の眠そうな瞼には覚めやらぬ重さがあった。

「七時か、そろそろ朝市がはじまるなぁ」

床の間の置時計を見ながら起き上がった藤野は、バッグからドライブマップを出した。

「きょうは輪島名物の朝市を見てから奥能登へ行く予定だ。そこから内海《うちうみ》の珠洲《すず》市へ出て、内海沿いに走れば、夕方までに七尾《ななお》か氷見《ひみ》に着ける。宿の予約はしてないけど、あの辺はそれほど観光地でもないし、この時期なら予約なしでも大丈夫だと思うんだ」

「泊まらずに走ったら、夜のうちに木曽へ着ける？」

「え？」

「藤野さん、独りでここへ来たとき、ここからまっすぐ木曽へ帰ったんでしょう？」

藤野は呆気にとられた顔で舞を見たが、すぐに「うん」と吹っ切れた表情に変わった。

「奥能登をまわってそのまま行けば、あしたの夜明けごろには着けると思うよ」

「でも運転は大変よね……」

するとと藤野はにっこり笑い、

「朝市や奥能登をキャンセルすれば、たぶんディナーの時間にはゴールできるかもね」

「いいの？」

「もちろん。じゃあ、そうしよう！」

藤野は勢いよく起きあがり、着替えをはじめた。

輪島市から半島を横断して内海の穴水町《あなみずまち》へ抜ける県道は、昨日の内陸より裏日本のイメージが濃密だった。花曇りのせいか翌檜《あすなろ》の森も家々の甍《いらか》もひっそりと濡れたように見える。

穴水から七尾市への国道は、海に沿った道になった。朝の海は薄雲を透過した柔らかい光をこまやかに反射していた。

「内海《うちうみ》だよ。むこうに見えるのは能登島。でも、こんな静かな内海は初めて見たな」

緑に包まれた能登島が近づいてくる。朝雲がすこしずつ大気に溶け消え、真夏の光が射しはじめてきた。島を大きく迂回する海岸線を回りこむと、『和倉温泉《わくらおんせん》』と書かれた道路標識が目に入った。

「和倉温泉って名前は聞いたことがあるけど、ここだったのね」

「本当は、ここらあたりの高級な宿を予約できればよかったんだけどね」

「それでも、やっぱりキャンセルしたと思う？」

藤野は「そうだね」と応え、屈託なく笑った
和倉温泉と七尾市は指呼の距離だった。七尾市を過ぎて小高い台地を越えると、ふたたび内海の海ぎわへ出た。正面の水平線に陸が見え、その背後で低くたなびく夏雲のうえに紺青の山脈がそびえている。

「あれが立山《たてやま》連峰だよ。この富山湾は蜃気楼《しんきろう》の海で知られている。ちょうどこの対岸にある魚津《うおづ》市が蜃気楼のスポットで有名なんだ」

立山連峰を正面にした海ぎわの国道が続く。氷見市の近郊で昼食をとったあとは一気に砺波《となみ》平野を抜け、富山市か

らは、列島を太平洋側の名古屋市まで横断する国道41号線へと入った。飛騨山系の山懐へ分け入る急勾配の峠道だった。

「順調に来ているから、高山《たかやま》で多少時間をとっても大丈夫だけど、観光していく？」

「高山はまた次の機会でいいわ」

「それじゃあ木曽へ直行しよう。高山へ寄らないのなら、途中の神岡《かみおか》から国道471号線で平湯《ひらゆ》温泉へ抜けたほうが早いんだ」

標高があがるにつれて山肌が迫る。やがて神岡へ入り、深い谷川の古びた鉄橋を渡ると、急に道幅が狭まり、峡谷をうねる道になった。

そのころから奇妙な圧迫感が胸を締めつけはじめた。舞は息苦しさを覚え、思わず胸に手をあてて大きく喘いだ。

「大丈夫？　車に酔った？」

藤野はスピードを落とし、エアコンを切って窓をあけた。人工風とは違う高原の風の温みと匂いに、ほんの少し圧迫感がうすらいだ。

一時間ほど走ると、『奥飛騨温泉郷』と書かれた観光看板が現われ、あたりの雰囲気が華やいできた。そこから数キロ、栃尾温泉、新平湯温泉、福地温泉と、奥飛騨温泉郷の案内看板を順に過ぎ、平湯温泉の手前で高山方面から来る国道158号線に交わると、広葉樹林に囲まれたつづら折れのくだり道になった。

「いよいよ安房《あぼう》峠だ。コーナーがきつくて狭いから大型車が擦れ違えずに、観光シーズンは慢性的に大渋滞する道だけど、盆時期を過ぎているから思ったほどでもないな」

急峻な斜面を左右に大きく蛇行しながら高度をさげていく。傾斜がゆるくなるにつれてコーナーが大きくなる。峠の終りが近づいた予感にホッとしたとき、正面に上高地《かみこうち》への案内標識が見え、深い渓谷の斜面を横断する道になった。

右手は急峻な谷が迫り、谷の底には渓流がはっている。「梓川《あずさ》の上流だ」と藤野が言った。

くだるにつれて、水量を増した梓川の水面が近づく。やがて流れが池のようにゆるやかになった先にダムが現われた。

「あと一時間だ」

ダムの先には国道から分岐する県道があり、標識には『木曽福島』とあった。

県道へ折れると空が狭くなった。対向車の姿が消え、数キロごとに現われる集落からも観光色が失せ、山間の自然に溶け込んだ素朴な暮らしの風情を漂わせていた。

「あ、あの名前！」

舞が『薮原《やぶはら》スキー場』という案内看板を見つけとき、藤野が口もとをほころばせた。

「この山の狭間《はざま》がオレの新居だよ」

藤野が借り受けた家は、薮原スキー場の近くの菅《すげ》という字《あざ》にあった。疎らな家屋が道の両側に佇み、それを包むように山肌が迫っている。

藤野は県道から砂利の小道に折れ、山裾にあるログハウス風の家の前に車をとめた。

「ここだよ。けっこうシャレてるだろう？」

家の前には三十坪ほどの荒地があり、繁茂した雑草の上に広いテラスが張り出している。家の裏には針葉樹の林があり、それが背後の高い斜面へ駆けあがっている。玄関へのアプローチには小砂利が撒かれ、飛び石が置かれていた。

内部は外見より広々とした感じがした。玄関の先には扉一枚挟んで居間のような十四、五畳の空間があった。テラスがある部屋であり、その奥がキッチンになっている　部屋の隅に段ボール箱が積まれていた。

「オレの荷物だよ。この前、レンタカーで運んだんだけど、まだそのままなんだ」

居間からは室内階段が中二階のようになった上の部屋へ続き、二階には六畳ほどの個室があった。部屋にはツインのベッドがあり、たたんだフトンが載せてある。玄関脇にあるトイレも風呂も、コンパクトだが小奇麗だった。

「先輩が趣味で建てて、隠れ家代《が》わりに使っていたらしい。生活用品はそろっているからすぐにでも暮らせるし、とりあえず家賃がかからないのが最高だ。先輩も、美術館の館長ともなれば、ほとんど来られなくなる。家ってのは人が住まなくなると傷みが激しくなるんだ。だからオレは傷みや別荘荒らしを防ぐ管理人みたいなもんだよ」

舞はテラスに出てみた。アイボリーに塗られた木製のテラスは十畳ほどの広さがあり、樹脂製の白いテーブルと三脚のイスがあった。

《空が狭い……》

稜線に切り取られた頭上の空は、深いブルーをたたえている。しかし、太陽が去った西の山裾は靄《もや》のような闇に包まれていた。

《風が涼しい……》

吹き抜ける風は、露出した肌から湿気を奪う、乾燥した冷気を忍ばせていた。

「とりあえず夕飯を食べに行こう。国道一九号線まで出ればドライブインくらいはあるよ」

ふたたび車に乗って十数分走ると、中央本線の駅がある薮原《やぶはら》の街に出る。学校や役場など生活の中心施設が集まる場所と聞いたが、慎ましい商店が並ぶ道が一筋あるだけの街だった。そこから斜面の道をあがり、大型車が猛烈な勢いで走り抜ける国道へ出た。

国道沿いのレストランで食事をすませた帰り道、急斜面の道から望む眼下の街には、深閑とした夜の帳《とばり》がおりていた。その底を走り、闇に閉ざされた家へ帰り着くと、藤野はすぐに風呂の用意をはじめた。

「私もなにか手伝うわ」

「それなら台所でお湯を沸かしてもらえるかな。この前来たとき冷蔵庫にアラビカ種のコーヒー豆をしまっておいたから、一息ついたらカフェブレイクにしよう」

湯の蒸気で暖まるにつれ、室内は晩秋のような雰囲気に変わる。

《藤野の画材や荷物が入れば、また雰囲気が変わるのだろう》

居間の長イスにもたれ、コーヒーを飲みながら、舞は部屋を見まわした。主《あるじ》の荷物が整わない部屋は、生活感がない無機質な空間である。

「星を見てみない？」

藤野の誘いでテラスへ出ると、夏草から湧く虫の声に包まれた。透明な冷気を感じながら空を見あげた瞬間、舞は愕然とした。

偏狭な夜空には、恐ろしいほどの数の星が、瞬きすら忘れてちりばめられている。

「宇宙を肌で感じるような臨場感があるだろう？」

旭の家で見る夜空もきれいだが、頭上の夜空は、大気の存在を失ったように冴えわたり、極小の星でさえ、瞬かない姿をくっきり浮かせ、星雲すら識別できる。宇宙との距離を忘れそうなほど、あらゆるディティールが鮮明で、底知れぬ深さを感じる夜空だった。

「すごい星空……」

「真冬はもっときれいだよ。でも零下十度以下だから寒いけどね」

夜空から、闇に沈んだ疎らな人家の明かりへと目を転じたとき、昼間、車のなかで感じた息苦しさに襲われ、舞は両腕を抱え込んだ。

深閑と冷えた夜気にまぎれ、なにか得体の知れないものが迫ってくるような気がした。

3

翌日、藤野は、木祖村の隣にある奈良井宿《ならい》を案内してくれた。

奈良井川に沿って一キロほどの宿場町が、深い軒の陰を不規則に連ねている。千本格子と呼ばれる目の細かい格子窓や、やぐらのような軒灯など、かつての旅籠《はたご》の面影を色濃く残し、背後の深い山肌から湧く蝉時雨のなかに、黒光りする風格を放っている。家並みはどれも観光を意識した施設になっており、多くの観光客が出入りしていた。江戸時代にタイムスリップしたような宿場町を歩いているうちに、舞は、また息苦しさに襲われた。

「疲れた？　そろそろ戻ろうか？」

無口になった舞を藤野が気づかう。

「ごめんね……」

「オレも家でのんびりしたいと思ってたんだ。そうだ、ここで生ソバを買っていこう。夕飯は極上のザルソバをごちそうするよ」

「帰ったら、藤野さんの荷物を整理しようか？　時間もあるし、私も手伝いたいから」

藤野は「うん」と軽く笑み、土産物屋の暖簾《のれん》をくぐった。

部屋に帰ると、藤野は居間の隅に積まれたダンボール箱を整理しはじめた。箱は大小あわせて十二個あり、それが三列に積まれている。

最初にあけた一列には、衣料や食器などが詰まっていた。

「生活の中身を見られているようで恥ずかしい気分だな」

照れる藤野を尻目に二列目の一番上の箱をあけると、キャンバスが詰まっていた。藤野が最初に取りだしたキャンバスの包みを解いたとき、舞はドキッとして手をとめた。

「この絵……」

山の絵だった。舞は恐る恐る絵を見た。藤野がこの絵を描いたゆえんを知ったいま、山の端に消える空の色に、帰りたいという男の想念を見てしまう。

藤野が二つ目の包装を解き、そのキャンバスを山の絵の横へ無造作にならべた瞬間、舞の全身に悪寒のような緊張が走った。個展で見た海の絵だった。

「舞さんが一緒に旅に来てくれるってわかったから、直接手渡したいと思ってこっちへ持ってきたんだけど、こうして二つをならべると、なにか不思議な感じがする。これを描いているとき、海の彼方からなにかに呼ばれているような気がしてね。山ではそんなこと感じたことないけど、舞さんは海と山はどう違うと思う？」

「私……山のなかは、圧迫されているような感じがする」

舞は昨日からの息苦しさを話した。藤野は視線を落とし、「そうか」とうなずいた。

「とりあえず、ひと休みして夕飯にしよう。ザルソバをつくるよ」

急に笑顔を繕い、「よいしょ！」と大袈裟な掛け声で立ちあがった。

夕食のあと、コーヒーカップを手にした藤野は、舞をテラスへ誘った。明るみを残すテラスは、昨夜と同じように虫の声に包まれている。

「このあたりは盆が終わればもう秋だ。十月には霜がおりて十二月には雪が舞う。それが溶けるのは四月だ。いまはちょうど夏が終わったところかな。だから秋の虫がこんなに喜んでお祭りしてるんだよ」

藤野が口に運ぶカップから、濃い湯気が立ちのぼっている。

「オレが独りで能登に行って、そのまま北海道へ旅した話をしただろう？　あのときわかったことがあった。友達の牧場に着いたのはちょうどこんな夕方だった。夕飯に山菜をご馳走してくれるということで、近くの森へ山菜を採りに行ったんだけど、やっぱりこんな感じで虫の声が湧いていた。その森のなかでね、不思議な気持ちになったんだ」

藤野は両手でカップを包み、ゆっくりコーヒーを飲んだ。

「自分のまわりから、なにかが迫ってくるような感覚がしたんだ。それを友達に話したら、そりゃあコロポックルだって言うんだよ」

「コロポックル？」

「アイヌの伝説にある、蕗《ふき》の葉の下にいる森の精霊だよ。ばかげているけど、あのときはゾッとした。でもその夜、フトンのなかで、あれは自分のまわりの何万という昆虫や植物などの生命が息をしてるからだって思ったんだ。能登の海から異郷の深い森に来て、それまで自分が生まれ育った場所では意識できなかった山の生命を感じたのかもしれない」

《昆虫や植物が息をしている……》

意識が圧迫される息苦しさに、針で刺したような疼痛が走った。

「オレは山育ちだからそれほど実感はないけど、山は生きている植物・昆虫・動物の想念が満ちていて、それが煩わしいんだと思う。人は山のなかで、ある種のリスクを感じるのかもしれない。でも浜辺は違う。無防備でいられる場所って感じがする。九十九里で絵を描きながら、広い浜辺はセーフティな場所だって感じた。心理学的にはいろいろ理由があるんだろうけど、山では周囲からなにかが迫る感覚、海では遠くからなにかが呼んでいる感覚、それが山と海の違いかな。舞さんはどう思う？」

「考えたことなかったけど、海を見ていると気持ちが溶けていくような気がする」

茫洋とした波音に忍ぶ母の唄声が浮かぶ。

《あれは自分が一番安心できた瞬間の記憶かもしれない》

舞は藤野の横顔に問いかけた。

「藤野さんも安心できた？」

藤野は「え？」と振り向いた。

「観念的には安心できるような気がするんだけど、オレの場合、海は異郷だからね。自分が風景の異物だって感覚や、旅情のような気持ちが先に立つ」

その言葉に一抹の淋しさを覚えたとき、背後の森がざわめき、風が肌を冷やした。

「風が出てきたね。なかへ入ろう」

カップを持って部屋に入った藤野を尻目に、舞は騒ぐ森をしばらく見ていた。

風が次第に勢いを増し、針葉樹林を揺すりはじめた。舞は、闇に沈む枝葉のあいだから不穏な気配が迫ってくるような恐怖を感じ、慌てて室内に走り込んだ。

「ははは、どうしたの？」

微笑む藤野の背後に二つの絵がならんでいる。それぞれの絵が発散する空気感の違いに、自分と藤野の意識のルーツの隔たりを見たような気がした。

翌朝、家を出発した二人は、木曽街道を北上し、朝日村の絵画教室の近くを通った。

「あれだよ。いい感じの家だろう？」

緩やかな傾斜地に建てられた家は、木祖村の別荘と同じようなログハウス風の造りだった。しかし大きさは数倍あり、丸木の柵で囲まれた敷地もきれいに整備されている。庭には三本の針葉樹が等間隔でならび、その根もとでは気の早いコスモスの花が朝の光に揺れていた。丸太でしつらえた門扉には木製の看板がかけられ、赤い英文字が書かれている。

「アトリエ・ド・イマージュって読むんだ。フランス語だよ」

「藤野さんは、ここで毎日教えるのね」

「週に四日。月曜から木曜まで。あとの三日は自分の絵に没頭するさ」

木祖村の家のテラスでキャンバスに向かっている藤野の姿が浮かぶ。その姿は周囲の光景と融和し、安らかだった。

「東京へ行くことも多いと思う。そのときは必ず連絡するよ。それに、舞さんもたまには遊びに来てくれよ。秋はまわりの山でキノコも採れるしね」

「海岸の松林でもキノコが採れるのよ。ハツタケって呼んでるけど。それに海岸なら、ハマグリやナガラミも獲れるわ」

「ははは、海の幸にはかなわないなぁ。俺もハマグリを獲ってみたいよ」

「ぜひ来て……」

九十九里の波間で、貝獲りジョレンをふるう藤野の姿を思い浮かべたが、妙にギクシャクしていて哀しいほど違和感があった。

塩尻《しおじり》市からは、能登への往路で通った道だった。その道を逆にたどり、成東町に入ったのは午後三時過ぎだった。

藤野は国道沿いのファミリーレストランに車を入れた。

「無事、帰って来たね」

「ええ、本当にありがとう」

「お礼を言うのはこっちだよ。舞さんと旅ができてよかった。舞さんの心にあるものが、これまでより実感できたし……それに自分自身の意識も改めて知ることができたような気がする。とくに輪島の海で帰りたいって気持ちが起きなかったのは、自分でも不思議だったよ。でもオレって理屈っぽい話が多いから退屈しただろう？」

「ううん、私にはとても大切な話だった」

「よかった。安心したよ……オレ、八月の終りには木祖村へ越すんだけど、連絡は絵画教室の電話で大丈夫だからね。なにか書くものある？」

藤野は舞が差し出した住所録に木祖村の所在と絵画教室の電話番号を書いた。

「オレも、東京へ来るときは連絡するから、時間があったら逢ってくれる？」

「うん……」

「舞さんも、たまには信州へ息ぬきにおいでよ。ははは、そんなに深刻な顔しないで。オレも九十九里が見たいし、旨い魚が食いたくなったらとんで来るからね」

成東駅で上り列車に乗る藤野を見送りながら、舞は言い知れぬ寂寥に包まれた。以前、旭駅で見送ったときとは異質の寂しさだった。旭駅では自分が置き去りにされたような感じだったが、いま心にあるのは藤野がこの地から帰ってしまうという思いだった。

藤野を見送った舞は、国道を通らずに海岸に沿った県道を走った。自分が運転していることに妙な違和感がある。ずっとこのシートにいた藤野が、突然、消え失せてしまったような空虚さがあった。

家に着き、荷物を降ろしていると、麗が血相を変えて玄関から飛び出してきた。

「お姉ちゃん！　心配してたのよ！　最初の夜に連絡をくれたきり、あとはナシのツブテだったじゃない！」

声を荒立てた麗は、そのあと深い溜息をついた。

「とにかく家に入ってよ」

麗は荷物をひったくるように取り、さっさと家にあがると、キッチンへ行った。

「きのうね、おばあちゃんがまた倒れたのよ」

「え！？」

「心臓が弱っているって……直接の原因は風邪らしいけど、お姉ちゃんが出発した次の日に熱を出して、それからずっとさがらなくて、きのうの朝、発作を起こしたのよ。でも、今度はあまり容態が良くないみたい……意識はしっかりしてるんだけど、ものが食べられないから、ずっと点滴状態だって……」

「そうだったの。ごめんね……あ、これ、お土産よ」

舞は諏訪湖のサービスエリアで買った小物入れとお菓子を渡した。包装紙をまじまじと見た麗は不審そうな目を向けた。

「諏訪湖って中央道でしょう？」

「帰りは長野から中央高速を使ったのよ」

用意していた嘘で繕った舞を、麗は深刻な表情で凝視した。

「お姉ちゃん……本当はどこへ行ってたのよ」

「どこって……田代さんの実家よ……」

しかし麗は小さく吐息し、

「きょうの午前中、おばあちゃんの様子を見に病院へ行ったとき、田代さんを見たよ」

背筋を冷たい焦燥が走る。

「田代さんに、声をかけたの？」

「まさかぁ。頭がこんがらがっちゃったけど……こんなことお父さんが知ったら、今度はお父さんが心臓発作起こしちゃうよ。一家で二人も心臓発作じゃあみっともないじゃない」

わずか一日のずれが、思わぬ波紋を巻きおこした。偶然とはいえ、祖母の突然の入院が恨めしかった。舞は気まずい雰囲気に耐えながら、妹に本当のことを打ち明けるいい機会かもしれないと思った。

「ねえ、聞いてくれるかな」

舞は能登旅行のことを手短に話した。ただし綾香と藤野の経緯や磯村のことには触れず、短大時代から知っていた藤野と、個展で再会してから交際がはじまったと繕った。

「そうか、あの個展のハガキの人か」

案内状の名前を覚えていたらしく、麗は小さくうなずいた。

「お姉ちゃんの恋が再燃したってわけね。でも、お姉ちゃんはどんな気持ちでつきあっているの？　結婚するつもりなの？」

「それは、まだハッキリしないけど……」

「あ～あ、煮えきらない恋ね。心配して損しちゃった。それに、お父さんにも内緒でしょう？　こんなお土産ぐらいじゃあ埋めあわせにならないよ」

麗は不満そうに口をとがらせた。

「わかったわ、きょうの夕飯は私がご馳走するわ」

「じゃあバイパスの中華飯店のコースね」

以前、愛美と行った店である。フカヒレスープの味が脳裏に残っている。

「いいわよ。でもお父さんは行くかしら？」

「行かなかったら、夕べの残り物で我慢してもらうよ」

麗の顔に、いつものお茶目な笑みが戻った。

土産の菓子を母の仏壇に供えた舞は、線香を焚き、合掌しながら無事帰ってきたこと、そして藤野のことを心で報告した。目をあけて母の遺影を見ると、柔和な表情をした母が、旅行前より身近にいるように感じられた。

第七章　様々な旅立ち

1

旅行から戻った翌日の夕刻、舞は愛美を誘ってバイパス沿いの喫茶店に行った。

「能登の旅はどうだった？」

話をせかす愛美に、舞はまず土産を渡した。輪島塗の夫婦箸《めおとはし》である。

「気を使わなくてもいいのに。でもさ、これって早く彼氏を見つけろっていう皮肉？」

「違うわよ。いいと思ったデザインが、たまたまこれだっただけよ」

「まあいいや。それより早く旅行のこと聞かせてよ」

舞は五日間の旅を反芻し、感じたことを思いつくままに話した。愛美は柔和な顔で聞いていたが、昨日、妹が病院で愛美を見かけ、共謀の嘘がバレたという顛末には、「やばいやばい」と悪ぶって顔をしかめた。

「妹さんには本当のこと話したの？」

「隠しておけないと思ったから、だいたいのところは……」

「しょうがないよね。それで舞ちゃんはこの先どうするつもりなの？」

「まだ、わからないけど……」

「舞ちゃんらしいわね。でもこれからは遠距離恋愛になるじゃない。藤野さんはこれまで一度も苦《にが》い経験をしているようだけど、大丈夫なの？」

　愛美の示唆は、昨日、成東駅で心をよぎった不安である。『離れていたって何年でも変わらずに待っている人』と輪島の夜に聞いた藤野の言葉と、生身の自分が、天秤の両皿で危ういバランスを保っている。

「藤野さんは、私のことを、何年でも変わらずに待つ人だって言うんだけど」

「ロマンチストね。そういうタイプだとは思ってたけど……こりゃあ傷つくわ」

「傷つくって？　どっちが？」

「両方よ。たぶん舞ちゃんは、自分の痛みを抱えて自分に帰るし、藤野さんも同じだと思う。ただ帰るところが海と山との違いね。そうなれば悲恋のラブストーリーってわけ。でも結論は簡単よ。どちらかが場所を妥協すればいいだけのことじゃない。ただ舞ちゃんたちの場合、海と山っていう両極だから厄介よね」

　ふいに木祖村のテラスで抱いた感情がよみがえり、恐怖のような悪寒が走った。舞はノースリーブの両腕を抱えて身を硬くした。天井から肩口へおりてくる冷房風で両腕が冷えている。木祖村の山中の冷気とは違う人工的で容赦のない冷たさだった。

「舞ちゃん、じつは私にも報告しなけりゃならないことがあるのよ」

　紅茶セットのチーズケーキを切りわけていた愛美が、はにかんだ面持ちで顔をあげた。

「私さあ、もしかしたら来年、九州へ行くかもしれないんだ」

「え！？　長野には帰らないの？」

「長野へは予定通り戻るけど……それがね、自分でもびっくりするぐらい突然の話なんだなぁ。この夫婦箸を見たとき、どうして舞ちゃんが知ってるのかってドキッとしたわ」

　愛美は帰省中の出来事を照れながら語った。病院に父親を見舞ったとき、担当医だった中学校の同級生と意気投合し、その晩、結婚を申し込まれたという。

「それがね、僻地《へきち》医療を志望してる変な医者で、その晩飲みに行ったとき、へべれけの状態で一緒に九州の天草《あまくさ》へ行ってくれって言うのよ。私もね、中学のとき、その人のことを自分と同じ種類の人かもしれないって多少は気になってたんだ」

「田代さんの初恋の人？」

「こっちはそれほどの気持ちはなかったけど、彼のほうは気があったらしいんだ。十五年も前だから本当かどうかはわからないけどね。父と同室の患者から聞いたんだけど、医者としての評判は高いらしいわ。僻地医療っていう志は立派だけど、いずれ開業して楽な暮らしができるのに、どうして棘《いばら》の道を選ぶんだろうって最初は不思議だった」

「理由を聞いたの？」

「もちろん。早い話が、農家の三男坊がこっぴどい失恋したらしくてね。それで自分の体裁をはぎとったら僻地医療が一番納得できる道だったらしいんだ。この春、私を病院に紹介したのも、十五年ぶりに逢った私が独身だと知って、ゆっくり話すチャンスがほしかったんだってさ。相手の思惑で踊らされちゃったみたいね」

愛美は他人事のようにあっけらかんと笑った。

「でも入院しているお父さんはどうするの？」

「そのことなんだけど……父は肝臓癌の末期なの。前からわかってたんだけど思ったより進行が早くて、冬までもつかどうかって状態なの……でもね、私が彼と一緒に天草へ行こうと決めた理由は、彼は私が断っても独りで行くって気がしたからなんだ。自分の価値観に素直な人間って、痛々しくて、それでいて魅力的よね。この人となら一緒に行ってもいいかなって思っちゃったわけ」

愛美はペーパータオルで口をぬぐった。

「来年のいつごろ?」

「たぶん六月か七月じゃないかな。お互いに三十路《みそじ》だし、それほど浮かれた気持ちでもないし、なんとかなりそうよ」

「天草って、九州のどのへん?」

「熊本県。ほら、熊本県の西側に島のようなのがたくさんあるじゃない。そのうちの東シナ海に面した島よ」

地理感覚はなかったが、東シナ海という言葉に、遠い南の海のイメージが浮かんだ。

「田代さんが相手の場所に行ったのね」

「舞ちゃんの場合とはちょっと違うわ。私たちは同郷だから……でも、舞ちゃんもよかったじゃない。要は価値観の問題なんだから、それが共有できるってことのほうが大事よ」

「共有できるのかな……」

「できるわよ。私は、藤野さんのほうが舞ちゃんのいる所に来ると読んでいるんだけどね。舞ちゃんの意識の源にあるものと、現実的な状況を考えれば、そうなるはずよ」

「そうならなかったら?」

「ははは、そのときこそ悲恋のラブストーリーなんだから、二十年後ぐらいにお互いの子供に話して聞かせれば?」

「……」

「ごめんごめん冗談よ。でもね、二十年ぐらいの単位で考えれば自分の道が見えるんじゃない? それより、こっちの彼はどうするの? 別れるんでしょう?」

「話はしようと思っている……」

「言い方が難しいな。ダイレクトに言うより、それとなく距離をおいたほうがいいかもね」

その通りかもしれないと舞は思った。

愛美が「お互いの子供」と言ったとき、舞はドキッとしてしまった。すでに予定日を過ぎているのになんの兆候もない。旅行バッグに忍ばせた生理用品も結局は使わなかった。旅行という状況のせいで不順になっているとは思うが、そのせいで気持ちが晴れなかった。

翌日の午後、内線に磯村から電話が入った。明日の土曜に逢おうという誘いだった。日曜には母の法要があり、月曜の夜は、長野へ帰る愛美を駅まで送ることになっている。できれば火曜日以降にしてほしかったが、職場の電話ではあまり私的なことを話せない。「わかりました」と事務的に応えると、『昼、いつもの時間に駐車場で』と残して電話が切れた。

翌日、仕事を終えて駐車場に行くと、磯村が車から手を振っていた。

「まず食事をしよう。バイパス沿いにいい店を見つけたんだ」

嫌な予感がした。案のじょう、磯村は中華飯店の駐車場に車を入れた。

「中華料理は食べる気がしない。風邪気味で調子がよくないのよ」

「大丈夫さ、ここならさっぱりしたお粥《かゆ》料理もあるし、だいたい中華料理は薬食同源の考え方があるから体調が悪いときこそいいんだよ」

そう返されると拒む理由が見つからない。舞はしぶしぶ磯村について店に入った。

「久しぶりだね。信州は楽しめた？」

磯村は冷えたオシボリで顔をぬぐった。

「引越しの手伝いだから、べつに楽しくはなかったわ」

「そういう意味じゃなくて、夏の信州の感想を聞きたかっただけだよ」

妙に上機嫌の磯村は、元気よく店員に声をかけ、中華粥のランチを二人分注文した。

「どうしたの？　なにかいいことでもあったの？」

「キミと久しぶりに逢えたからだよ」

磯村はにやにやしながらジャスミン茶を飲んだ。

「キミが目の前にいるってこともそうだけど、もうひとつビッグニュースがあるんだ。おととい本店で研修があったんだけど、そのとき副頭取に呼ばれてね、来年、本店の審査部へ異動になるかもしれないって言われたよ」

「そうなの」

「なんだよ、そっけない返事だね」

磯村は心外といった面持ちで、

「僕の将来ビジョンが実現しそうなんだよ。融資の決裁権を持ってこれからの千葉を担う中小企業を育成できる。そこで実績をあげれば、四、五年後には事業企画部も夢じゃない。それで、きのうは代休で実家にいたから親と相談したんだ」

「あら、電話は自宅からだったの？」

「ああ、親にも、キミのことをそれとなく話したよ」

「え！　どうして？」

「どうしてって……」

磯村がなにかを言いかけたとき料理が運ばれてきた。磯村はいったん口をとじたが、ウェイトレスが行ってしまうと、

「つまり、自分の将来を明確にしておきたいからだよ。でも具体的にキミの名前を言ったわけじゃなくて、それとな

くにおわせただけさ」

「そのことは、またあとで聞くわ。とにかく食べましょう」

この場でもめたくはなかった。

「それより磯村さんの夏休みはどうだったの？」

「高校の同級会に行ったぐらいかな」

磯村は料理を口にしながら同級会の様子をあれこれ語った。

店を出ると、磯村は蓮沼《はすぬま》の方向へ車を向けた。その意図を察した舞は釘を刺した。

「あしたは母の法要があるから、きょうは早く帰りたいの」

「まだ時間があるからいいだろう？」

「だめよ！」

舞の語調に圧《お》された磯村は、「じゃあ海岸に行こう」と野栄《のさか》町の海岸へ車を向けた。

野栄町の野手《ので》浜は海水浴客で賑わっていた。以前は、旧盆が過ぎれば浜から人の姿が失せたが、最近は八月の終わりまで賑わっている。浜の仮設駐車場も車でうまっていた。

磯村は仮設駐車場の手前でUターンし、浜の隣にある国民宿舎の駐車場に車を入れた。

「だめなの？」

エンジンをかけたまま磯村は乞うような顔をした。

「生理なの……」

とっさに言ってしまったが、その嘘に自分の焦燥を見たような気がした。

磯村は「そうか」とうなずき、シートを倒した。

「僕が親に話したことだけど、キミはどう思う？」

「どうって？」

「将来のことだよ。休み前、冷静に考えてみるって言ってたじゃないか」

「ねえ、お互いに距離をおいて、それぞれのことを考えてみたほうがいいと思うんだけど」

「それじゃあキミは、僕とのことを考えられないってこと？」

「あなたは千葉へ行くんでしょう？　でも私はここを離れられないし……」

「まだそんなことを言ってるの？　家の事情よりも自分の将来のほうが大切じゃないか」

「でも、私が家を出たら困るのよ。妹だって来年は京都の大学を受験するし……それに、いま祖母が入院してるのよ。それだって、どうなるかわからないわ」

言いながら、心の焦燥がどす黒い実感に変色するのを感じた。この状況は磯村への言い訳というだけでなく、厳然とした事実であり、藤野に対しても同じ重さをもっている。

「それに私……海のそばから離れたくないもの」

無意識にもれた言葉だった。言ってから、一番素直な理由かもしれないと思った。

「千葉市にだって海があるじゃないか。東京湾の埋立地には稲毛《いなげ》海浜公園や検見川《けみがわ》浜、それに幕張《まくはり》の浜もある。このへんの浜とは違うけど東洋一の人工海浜だし、東京湾の最深部なのに広大な浜がある素晴らしい公園だよ。それに幕張には国際展示場も誘致されて新しい街もできる予定だ。僕はその街にマンションを買うつもりだよ。幕張の浜には海をテーマにしたテーマパークを造る計画もあるし、まさに新時代の海浜エリアだ」

磯村は一気にまくしたてた。さすがに金融マンだけあって県の行政や都市計画にも詳しい。しかし聞けば聞くほど磯村との距離が広がっていく。

「違うのよ」

この九十九里の浜に、自分を繋留《けいりゅう》するなにかの、重い感触だけがリアルだった。

磯村がふいに身を寄せて抱擁しようとした。

「だめよ、人が来る！」

「僕の気持ちだってわかるだろう？　キミと逢えないあいだずっと耐えてきたんだ」

磯村の腕に力がこもる。

「やめて！」

舞は両手で男の体を押し返した。その剣幕に驚き、磯村は憤然と運転席に身を戻した。

「どうしたっていうんだ？　おかしいよ。キミにだってわかるだろう？　こんな生殺しみたいな状態じゃあ自分がどうなっちゃうかわからない。残酷だよ」

この駐車場に停めたときから磯村の腹は読めていた。ここで説得すれば、いつかのように舞が折れると考えたのだろう。

《藤野のことはまだ話せない……》

隣で荒い息を吐く磯村を、これ以上追い込んではならないと思った。

「やっぱり距離をおいたほうがいいと思う。だからこんなことしちゃいけないわ」

「たとえ本店勤務でも、僕はここから通うよ。車で一時間ちょっとだ。ぜんぜん平気さ」

なんという好青年だろう。しっかりした将来展望を持ち、着実に進みつつある。経済力もあり、真面目である。その男が自分のためにここまで譲歩しようとしている。その明快なカタチは出逢いのころから少しも変わっていない。

「そうじゃないのよ」

己の身勝手さは痛いほど感じている。ただ磯村のカタチにはとうてい収まらないものがあり、それが結果として磯村と自分を底なしの不幸におとしてしまう。

「じゃあどういうことなんだ！」

男の乾きも苛立ちも理解できる。この場で癒すことはたやすい。しかし藤野に対する倫理感とは異質の次元で、この素晴らしい好青年と距離をおかなくてはと、義務感のようなものが冷然とある。

「私、結婚には向かないような気がするの……」

自分でも信じられないくらい、自分を言いあてた言葉かもしれないと思った。

「そんなの結婚する前からわかるわけないよ！」

「だからあなたには理解できないのよ」

「いやキミがおかしいんだ。だいたい……」

「磯村さん！」

舞は強い口調で相手の言葉を制した。そしてギョッとして身を引いた磯村に問いかけた。

「あなたはこの先もずっと、私とこんな関係を続けていける？」

磯村は表情を悄然と曇らせた。

「どういうこと？」

「深い意味はないわ。私、あなたとは結婚しないと思う」

「舞……」

磯村は懐疑の色を浮かべた目で舞を覗き込んだ。

「もしかして……ほかに好きな人でもいるの？」

「……」

「いるのか？」

「そういうことじゃなくて……」

「じゃあ、なんなんだよ！」

声を荒立てた磯村を、舞は凝視した。射すくめられたように男の威勢が萎えていく。

「磯村さん、あなたは一人になれる？」

磯村は「えっ？」と困惑したが、すぐに「なれるさ」と虚勢を張った。

「一人になったとき、どうしてる？」

「どうって……本を読んだり勉強したり、いろいろさ。一人の時間は自分に投資できる最高の時間だからね。でも、いったいどうしたんだ？　きょうのキミは変だよ」

《これ以上話してもしょうがない》

舞は無性に苛立った。

「もう家へ戻りたいの。車のところまで送ってくれる？」

磯村は釈然としない面持ちでシートを起こした。

「とにかく僕は真剣だし、真面目に考えている。キミも冷静になってくれよ」

磯村は黙ったまま、海ぎわの県道を病院まで運転した。中谷里浜の前を通ったとき、一瞬、波音の幻聴がした。隣の好青年と自分を隔てる無限の海から聞こえる波音だった。

命日の法要は午前中で終わった。昼食の後片づけをしている最中に、あたふたと夏期講習へ行く麗の後ろ姿を追いながら、父が呆れるように言った。

「日曜も予備校があるのか……麗の希望は京都の大学だったかな」

「第一希望は京都の私立だけど、東京の私立も何校か受けるみたいよ」

舞は父と自分の湯呑みに茶を注いだ。

「ねえお父さん。聞きたいことがあるんだけど……お父さんは、お母さんのどういうところが好きだったの？」

父は鼻にのせた老眼鏡のあいだから、「はぁ？」と訝しい目で舞を見た。

「名古屋の会社を辞めてまで、こっちに住もうと決めたんだから、惹かれたところがあったんでしょう？」

「どうしたんだ、いきなり？」

「きょうはお母さんの命日じゃない。だから聞いてみたくなったの」

しばらく思案した父は、「あの時分は名古屋の会社も経営が危なかったんだ」と素っ気なく返した。

「お父さん、私も二十三なんだから馴《な》れ初《そ》めぐらい聞かせてくれてもいいじゃない。お母さんが漁協で清掃の仕事をしていて、そこで知り合ったんでしょう？」

舞の問いに、父は「ああ……」と面倒くさそうにつぶやいた。

「お父さんは、お母さんのどんなところに惹かれたの？」

「そうだな……働き者のところだな」

「お母さん、漁協に勤める前はどこで働いていたの？」

「舞……」

父は上目で舞を睨んだ。

「母さんはな、心の広い人だった。あのころは誰もが生活するのに必死でな、金のことしか考えんような時代だった。

父さんも金のために大学進学を諦めて就職したけどな、母さんは金や職業にこだわらない大らかな人だった」

言いながら父は茫洋とした視線を虚空に投げた。

「お父さん、もし大学へ行ったら、将来はなんになりたいと思っていた？」

「そうだな……麗と同じで、大学の文学部へ行き、将来は、小説を書きたいと思ったなぁ」

父は苦笑いを浮かべ、茶をすすった。

「へぇ〜本当？」

「ああ、学生の時分は立原道造《たちはらみちぞう》の詩が好きでな。おまえ、知ってるか？」

高校時代の友人が立原道造に傾倒し、詩集を貸してくれたことがあった。繊細で透明な詩を詠む人で、若くして亡くなったというぐらいの知識はあった。

「いまでも、覚えとる詩がある」

『あれらはどこへ行ってしまったか？　なんにも持っていなかったのに　みんな　とうになくなっている　どこかとおく　知らない場所へ。　真冬の雨の夜は　うたっている　待っていた時とかわらぬ調子で　しかし帰りはしないその調子で、とおく、とおい　知らない場所で』

記憶の襞をめくるように、ゆっくりとしわがれた声で暗誦したあと、父は顔に浮いた汗を両手のひらでぬぐい、残りの茶をひと息に飲んだ。舞は、普段のイメージとはかけ離れたもう一人の父を見たような気がして唖然としてしまった。

「お父さん、どうして自分の希望を捨てちゃったの？」

「生活もままならん時代だったからな」

父は柔和な目で返した。自分のわがままを受け入れてくれる、この頼りない父親をどうして好きなのか、舞にはその理由が少しわかったような気がした。痛々しいほど繊細な己を自我に閉じ込めた男の、弱さと強さとを無意識に感じていたせいかもしれない。

夕刻近く、舞は中谷里浜に行った。八月最後の晴れた日曜だというのに、浜には人の姿がなく、吹きつける風の熱い息にあおられた土用波が奔放《ほんぽう》な波音を響かせている。松林のきわに群生した遅咲きのハマヒルガオがしおれた花弁《はなびら》を小刻みに震わせていた。

松の根もとに座って目を閉じると父の顔が浮かんだ。

戦後の農地改革などの影響で没落の一途をたどる家にあって、厳格で気位の高い祖母が、篠坂家の再興を望む思いの強さは想像できる。その期待を一手に負わされた総領息子の父は、立原道造の詩に惹かれる自分を心のどこかに隠し、就職を選んだに違いない。

父は母のところに帰りたかったのだろうか……この地で母とめぐり逢った父は、隠していた自分と再会したのかもしれない。

母の唄声の幻聴がする。意識が波音の律動にのって海をさまよいはじめた。銚子の裏街で老婆の唄を聞いてから、唄の旋律が以前よりリアルになっている。

ふいに頭上でけたたましい声が起こった。はっとして見あげると、もたれた松の梢のあたりで数羽のカラスが争っていた。その不吉な声から逃れようと体を起こしたとき、藤野の顔が浮かび、『藤野さんのほうから舞ちゃんのいる場所に来る』という愛美の言葉がよみがえった。

《そうさせてはいけない！》

自分でも戸惑うほど厳然たる思いだった。朱鷺羽色《ときはいろ》の水平線まで放埒に波を重ねる海が無性に哀しく見えた。

2

九月に入った週の水曜日、祖母の容態が急変した。

夕方近く、医局からの連絡で祖母が高熱で呼吸困難になったと報されたが、集中治療室から出てきた医師は、通路で立ち尽くす舞に、個室に移して様子を見ると告げた。

病状の急変を知った父は、仕事を早めにきりあげて来院するという。舞は上司に事情を話し、個室に移された祖母につき添った。点滴で容態が落着いた祖母は、治療室から搬出されたとき、すでに深い眠りのなかにいた。

陽がずいぶん短くなっている。まだ五時をすこし過ぎた時刻だというのに、太陽は西側の病棟に遮られ、カーテンを半開きにした病室には鬱々とした暗さが忍んでいる。

舞はベッドわきのパイプイスに座り、ぼんやりと祖母の寝顔を見た。首もとから頬にかけての肉が落ち、痛々しいほどシワを刻む顔には、つい半月前まで仲間を集めて矍鑠《かくしゃく》と振舞っていた生気は微塵もない。カサついた髪は、褪せた毛染めの色が哀れで、シミが浮いた地肌のあたりは艶気のない白髪の色をむき出している。舞は祖母から目を離し、イスの背に上体を預けた姿勢で目を閉じた。

おとといの夕刻、愛美は信州へ帰ってしまった。

「これで旭も見納めかな……」

総武本線の旭駅まで送ったとき、愛美はしみじみと言った。

「悲しいこと言わないで……たまには遊びに来てくれるでしょう?」

「ははは、言ってみただけよ。舞ちゃん、泣かないで。もらい泣きしちゃうじゃない。これから五時間以上もかかるんだから、悲嘆にくれた一人旅なんて私のガラじゃあないよ」

「長野へは何時ごろ着くの？」

「十時半ぐらいかな。舞ちゃんもたまには長野へ来てよね。名物のおソバをご馳走するからさ。あ、これ自宅と病院の連絡先よ」

紙片を差し出した愛美は舞の肩をポンと叩き、「でも舞ちゃんが信州へ来るとしたら、まずは木祖村だよね」と快活に笑った。

しかし藤野からはなんの連絡もない。東京のアパートの電話は解約され、連絡先は松本の絵画教室しかない。木祖村へ行くのは八月末と聞いたが、もう引っ越したのだろうか。

《来週あたり絵画教室に連絡してみよう》

溜息まじりに思ったとき、扉にノックがあり、父が入って来た。

「様子はどうだ？」

「点滴が効いて落ちついているけど」

「そうか、とりあえず俺がついているから、おまえは家へ戻って飯の支度をしてくれ」

父と入れ替わりに病室を出た舞は駐車場へ行き、家に戻った。家では連絡を受けた麗が心配そうな顔で迎えた。

「もう落ちついたから大丈夫よ」

「よかった」

ほっとした麗は、すぐに「あ！」と目を開き、

「さっきお姉ちゃんに、広川って女の人から電話があったよ。お姉ちゃんが戻ったら、自宅まで連絡をほしいって。

広川って人、わかる？」

「綾ちゃんよ。ほら、今年の三月に結婚した短大の同級生で、広島の人」

舞は住所録を開き、綾香の新居へ電話を入れた。

――あら舞、帰った？

「いま帰ってきたところ。妹から電話があったって聞いたんだけど……」

――突然なんだけど、今週の日曜日、時間ある？　じつはさぁ、私、日曜に東京へ行こうと思っているんだけど、そのとき会えないかな？

綾香の妊娠はそろそろ四ヵ月に入るはずである。こんな時期に長い旅ができるのだろうか……しかし舞は知らぬふりを装った。

「日曜だったら大丈夫だけど、東京に用事でもあるの？」

――このところ家にこもってるから、たまには気晴らしでもしようと思ってさ。

「ご主人と一緒？」

――私一人よ。

「一人なの？　それで何時ごろの新幹線で来る予定？」

――東京着が十一時四十分だから、十二時ごろ丸の内中央口の改札で待ち合わせない？

「わかったわ。それで日曜は東京へ泊まるの？」

――ううん日帰りよ。夕方の新幹線で帰るつもり。

「そんな強行軍で大丈夫？」

舞は綾香の体を危ぶんだが、こちらの内心をよそに彼女はあっけらかんと、

――グリーン車なら快適よ。それより会うのを楽しみにしてるね。

身重の綾香が単なる気晴らしで上京するのが、どうしても解せない。電話を切ってからも、そのことがずっと頭から離れなかった。

その週の日曜日、新幹線の改札に現われた綾香は、ワンピースにショルダーバッグという軽装だった。

「突然でごめんね」

「それはいいけど、でも、どうしたの？」

「うん……その前に食事でもしない？　皇居の近くにいいレストランがあるんだ」

駅の正面に見える皇居へ向かって歩くと、皇居のすぐ手前に緑地公園がある。道路との境に高い樹木が等間隔で立ち並び、木陰のベンチでは皇居をバックに写真を撮る観光客の姿があった。綾香が「ほら、あれよ」と示したのは公園の奥にあるガラス張りの店だった。

「学生時代に、両親が上京したときは、いつもここで食事をしてたのよ」

店員に案内されたのは、公園が一望できる大きなウインドーの手前の席だった。スペシャルランチを注文した綾香は黙ったままオシボリで手をぬぐった。

「綾ちゃん、急に上京するなんて、なにかあったの？」

「うん……」とうなずいた綾香は、外からの光に目を細めた。

「私、赤ちゃんができたのよ」

舞は初耳を装った。

「へぇ、おめでとう！　いつわかったの？」

「七月の半ばぐらい」

「じゃあ、いまは大事なときじゃない。日帰りなんてむちゃよ」

窓外の噴水のあたりをじっと見た綾香は、そのあと哀しそうに視線を伏せた。

「でもね、流産しちゃった……二週間ぐらい前……あんまり自覚はなかったんだけどね」

「そうだったの……それで体は大丈夫なの？」

「もうなんともないわ。だから妊娠したって実感もなくて……それよりさぁ、変なこと聞くけど……駿一のこと、なにか知ってる？」

「え！？　藤野さんのこと？」

舞は愕然とした。しかし内心の動揺を隠して「知らないわ」と素っ気なく返し、綾香の本意を探った。

「どうして藤野さんのことなんか気にするの？」

「じつはさぁ、舞に電話した前の日、駿一のアパートに電話してみたのよ。でも引っ越したみたいで……新しい連絡先のアナウンスもなかった。なんだか声を聞きたくなっちゃってさ、それで、もしかしたら舞ならなにか知っているかもしれないって思って……」

「私が？　どうして？」

「なんとなく。でも、きょうは舞に逢いたかったから来たのよ。流産したこと、電話じゃ話しにくいし、気持ちの整理もつかないし、電話で言った通り、気晴らしよ」

綾香は取ってつけたような笑みを浮かべた。

食事のあいだ、綾香は学生時代の思い出などを取りとめなく話した。舞は適当に相槌《あいづち》をうっていたが、脳裏にはここ数ヵ月の藤野との出来事が浮かんでいた。後ろめたさというほどではないが、ある種の防護壁をつくって綾香と向かい合っている自分が窮屈だった。

レストランを出て木陰のベンチに腰を降ろしたとき、綾香はふいに表情を翳らせ、疲れたようなため息を吐いた。

「最近ね、八方塞《はっぽうふさ》がりって感じなの。子供ができたとき、主人もご両親も大喜びしてくれたわ。だから流産したときのショックも大きくて……なんだか申し訳ないような気がして……それに実家の親も私に気を使うから、顔を出しづらくなっちゃった」

「でも、ご主人からもご両親からも愛されてるんだからいいじゃない」

「愛されてるか……そうね、いまさら駿一になんか連絡しちゃいけないわよね。でもさぁ、親との同居ってやっぱり疲れるわ。舞はいいわね。まだ独身だし、これからだものね」

「広川さんとはうまくいってるんでしょう？」

「まあね。でも休みの日は家でゴロゴロしてるばかりでつまらないし……」

つぶやくように言った綾香は、物憂い視線で足もとの白砂利を見つめた。舞はその胸中を探ってみたくなった。

「綾ちゃん、藤野さんとなにか話したかったの？」

綾香は「そうねえ」としばらく考え、

「いまなにをしてるか、どこへ旅行してるのか……でも本当は声を聞きたいだけかな」

その幼稚さに舞は苛立った。

「綾ちゃん、三鷹のアパートに飾っていた山の絵、覚えてる？」

「覚えてるわ、でもどうして？」

「私、あの絵が大好きだったから、どうしたのかなって気になったの」

「私は持ってないわ」

「藤野さんから、絵を描いたときの気持ちを聞いたことある？」

「聞いたことないけど……駿一も、なにも言わなかったし……」

「藤野さんの実家は知ってるでしょう？　そこに聞けば連絡先がわかるんじゃないの？」

「木曽の上松だって聞いてたけど、住所や電話番号までは知らないわ」

「綾ちゃん、藤野さんに逢いたいの？」

連絡先を教えようかという衝動が走る。藤野なら綾香の未練や気まぐれにきっぱり引導を渡すだろう。しかしそうなれば、いまの藤野と自分の状況を隠してはおけなくなる。

「逢いたいわ」

綾香は目を開いて舞を見た。

「逢ってどうするの？」

空を仰いだ綾香は、すぐにいたずらっぽい視線を返した。

「浮気しちゃおうかな」

「綾ちゃん！」

すると綾香は乾いた笑いを浮かべ、

「冗談よ。それに駿一のほうが相手にしてくれないわ。そういう人だもの」

綾香を諌《いさ》めようとは思わない。舞自身、藤野との関係ができてからも磯村に体を許している。綾香は浮気と言ったが自分の行為はなんなのだろう。

東京駅で綾香を見送り、総武線の地下ホームを歩いているとき、藤野に逢いたいという強烈な思いが心を貫いた。

第八章　真実の反逆

1

祖母の容態はかんばしくなかった。熱は峠を越えたが、食欲が失せ、点滴で栄養を補給する状態が続いている。舞は週明けから三日間、仕事が終わると病室に顔を出した。

祖母は舞を見ても、「忠生《ただお》は？」と息子の来院を請うばかりで、あとはそっぽを向いて黙っているか、眠ってしまうかのどちらかだった。

木曜日の午後になって、内線に藤野から連絡が入った。

『元気？』という一声が舞の胸をしめつけた。話したいことは無限にあるが、なにから話してよいかわからない。藤野は職場であることを気づかい、早口で喋った。

――今夜は遅くまで絵画教室にいるから、仕事が終わったら連絡をくれる？

夕刻、舞は祖母の病室を見舞ったあと、急いで帰宅した。妹は予備校の補習授業があるため、毎晩八時過ぎにならなければ戻らない。父も仕事が終わると祖母の病室を見舞うので、帰宅は八時に近い時刻である。舞は薄暗い家に入り、絵画教室の番号をプッシュした。

――アトリエ・ド・イマージュです！

張りのある女性の声が応える。

「藤野さんをお願いしたいんですが」

――藤野先生ですね、ちょっとお待ちください。

保留のメロディがもどかしい。わずか数秒の時間が、旭市と松本市を隔てる距離の質量となって心にのしかかる。

――舞さん！　わざわざ電話をかけさせちゃってごめんね。公衆電話から？

「ううん自宅からよ……絵画教室の仕事はもう慣れた？

――だいたいの要領はつかめてきた。そっちの様子はどう？

「祖母が入院しているの。妹も予備校で帰りが遅いし、この時間は一人きりよ」

――そうか……。

神妙なつぶやきの背後で、華やいだ声がする。生徒が居残っているのだろうか。

「そっちはにぎやかね」

――きょうは特別さ。先輩の就職祝いの食事会なんだ。給料が入ったら木祖の家にも電話を入れる予定だけど、それまでは、七時ごろまでだったらここに連絡してくれればいいよ。

「アパートにあった電話は持って行かなかったの？」

――あれはアパート付きで、権利は不動産屋のものなんだ。あ、それで、連絡したのはね、今月最終の土日で東京の仲間に預けた荷物を取りに行く予定なんだけど、そのとき逢えないかなと思って。

「うん、大丈夫……」

――なんだか元気ないみたいだけど、心配事でもあるの？

「ううん、おばあちゃんのことだけよ」

逢いたい気持ちを懸命に抑えて応えたとき、『それならいいけど……』という藤野の声に、『先生、まだぁ？』と明るい女性の声がかぶさった。心にある藤野との距離の質量が増し、思わず吐息をもらした舞の耳へ、囁くような声が聞こえた。

――オレ、この週末から絵を描くよ。木祖村近くの開田《かいだ》高原に行って、あの山の絵を超える絵を描く。舞さんと逢うまでに基本的な構図を決めようと思っている。

しかし舞には、二週間という時間が途方もない長さに感じられた。受話器の背後に感じる華やいだ空気が藤野の意識の源にある山の空気のように思え、それから自分が疎外されているような淋しさと苛立ちを抱いた。

「藤野さん、私、今週の日曜日に綾ちゃんと逢ったのよ」

思わず感情を吐き出してしまった。一瞬、息をとめた藤野は、神妙な声に変わった。

――どこで逢ったの？

「東京駅よ……綾ちゃんが上京したの。それで……彼女から流産したって話を聞いたわ。そのとき彼女、藤野さんと逢って話がしたいって言ってた」

――ここの番号を、教えたの？

「ううん……でも綾ちゃん、藤野さんと浮気したいって」

――冗談だろう？

「綾ちゃんのこと、気になる？」

――あはは、ならないよ。彼女はもうオレの意識の届くところにはいないんだ。舞さんが親友として彼女の心を癒してあげればいい、それだけさ。

「ごめんね。ちょっと藤野さんに意地悪したくなっちゃった。淋しくて……」

――舞さん、元気出せよ。気に病むことも心配することも、なにもないんだよ。

藤野は優しく励ましてくれたが、受話器をおいた瞬間、舞の心には、藤野の世界から拒絶されたような寂寞《せきばく》とした思いだけが残った。

翌日の昼過ぎ、祖母がまた発作を起こした。連絡を受けて個室病棟へ駆けつけたときは、すでに処置も終わり、担当医から、軽い発作なので心配ないと告げられた。漁協の父に連絡を入れ、病室へ戻ると、顔見知りの中年のナースが点滴をセットしていた。眠る祖母は死人のように静かで、小さく波打つ掛け布団の動きだけが、その生命を誇示している。

ナースは舞の姿を見て、口もとをほころばせた。

「しばらく薬で眠っているけど心配ないわ。篠坂さんがつき添ってくれるの？　それじゃあ目を覚ましたらナースセンターをコールしてくれる？」

ナースが退室したあと、舞はパイプイスを窓辺に移して座った。栄養課の課長は「お父さんと交代するまでついていてあげなさい」と言ってくれたが、父が来るまでにはまだ二時間以上ある。病室の白い壁をぼんやり見ているうちに母の記憶がよみがえってきた。家での姿、浜での姿、そして亡くなるときの姿が走馬灯のように心をよぎる。

舞は目を閉じて、危うげに現れては消える母の記憶に意識をあずけた。

遠くから呻くような声が聞こえた。応えようとしたが視界が虚ろで声がでない。起きあがろうともがいたとき目が覚めた。イスにもたれたまま眠ってしまったようである。病室には深閑とした薄闇がはびこり、壁の時計は五時二十分を指していた。

《一時間以上も寝ちゃったのか》

ぼやけた意識で目をこすったとき、「忠生……」と父の名を呼ぶ声がした。

「おばあちゃん、目が覚めた？」

舞はベッドへ歩み寄り、ナースセンターの呼び出しスイッチに手を伸ばした。

「舞……」

ふいに祖母が自分の名を呼んだ。舞はスイッチから手を離し、その顔をのぞき込んだ。

「ワタシは、もうだめかもしれん……」

だらしなく開いた口から弱々しい言葉がもれる。

「おばあちゃん、変なこと言わないで……先生も心配ないって言ってたわ」

しかし祖母は、「舞……」と再び名を呼び、虚ろな目を天井に投げた。

「民子の夢を見た……ワタシを迎えに来たんじゃろう」

そのあと祖母は顔をそむけ、小さく咳をした。

「おまえにはずいぶん辛くあたってしまったなぁ……でも、それにはわけがあってな……」

祖母は力のない息を「はあ……」ともらした。

「ワタシが旭に来たのは、おまえが三つのころだった。こっちへ来て半年ほどしたときにな……お茶会で知りあった銚子の人から、民子が色街の女だったたかもしれんと聞いた……」

「おばあちゃん！」

「言わんつもりじゃったが、それでは民子が許さんじゃろうなぁ。夢にまで出てきて、恨めしそうにしていたからなぁ……」

「おばあちゃん、もういいよ……」

「そのときなぁ、おまえも誰の子かわからんて聞いてなぁ……民子の連れ子だったそうじゃ……それを聞いたとき、悔しいやら情けないやら……忠生を問いつめたが、自分の子だと言いはるし……」

その言葉が現実のものとは思えず、舞は困惑した。また夢が続いているかのように、自分の実在感が希薄だった。

「舞……おまえにこんなこと言いたくなかったがな……民子が、みんな白状せねばだめだと言ってるような気がする。だけどなぁ、あのときのことを考えると、悔しくて……それが民子やおまえに向いてしまう……どうにもならんかった……」

「おばあちゃん！　もうやめて！」

祖母の目尻から涙があふれた。

「舞、ワタシを許しておくれ……」

「おばあちゃん、もういいわ……」

舞は枕元のタオルで祖母の涙を拭った。哀れなほど肉がそげ、頬骨の硬さが痛々しい。

「おまえに謝っておかねば……あの世で民子に逢えん……」

絞り出すように言った祖母は、急に顔をしかめ、苦しそうに喘ぎはじめた。


駆けつけた医師の注射で、祖母はまた眠りに堕ちた。

「篠坂さん、疲れてるみたいだから、家へ帰って休んだら？」

医師と共に駆けつけた先ほどのナースが、生気を失った舞を気づかった。

「もうすぐ父が来ますから……」

「それまでは私がついているから、あなたは帰って休んだほうがいいわ」

ナースに背中を押され、舞は呆然と病室を出た。

虚ろな意識のまま車を運転し、暗い家に戻った舞は、そのまま二階の自室へあがり、ベッドへ崩れ落ちた。虚脱感が全身を包み、首を動かす気力すらない。しかし神経だけは、まるで肉体から遊離したようにらんらんと覚醒していた。

ふいに衝動が込みあげる。反射的に起きあがった舞は、居間へ行き、仏壇の燈明をつけた。暗い仏壇に母の遺影がぽうっと浮きあがる。舞は線香を焚き、一心に合掌した。

銚子の裏町で老婆の唄を聞いたときから、この予感がなかったわけではない。しかし真実が、あまりに忽然と、予想もしなかった重さで迫って来た。

父母の血液型は両方とも0型であり、自分も0型である。血液型では父子の関係に疑問はない。しかし0型は日本人では二番目に多い血液型であり、それだけでは確証にならない。わずかな望みがあるとしたら、祖母の言葉が人伝《ひとづて》ということである。名古屋の上層階級から転がり堕ちるようにこの地へ来た祖母にとって、己の境遇への憤懣《ふんまん》が、この土地や母への嫌悪に変化し、母に対する心ない中傷を、真に受けてしまった可能性はある。

しかし、どんなに都合よく考えても、祖母の言葉を覆《くつがえ》すだけの材料は見つからない。

胡乱《うろん》な思いだけが次々と湧きあがり、感情を串刺しにする。それに耐えながら、舞は仏壇の横の電話機に手を伸ばし、絵画教室のナンバーを押した。

男の声が教室名を告げる。その瞬間、懸命に支えていた感情の壁が破れた。

「藤野さん……」

——あ、舞さん、どうしたの?

「藤野さん……私……」

嗚咽をかみしめた舞の耳に、意外な言葉が飛び込んだ。

——舞さん、オレ、あしたそっちへ行くよ。朝こっちを発つ。昼過ぎには着けると思う。

「そんなこと、しないで……」

――いや、行くよ。旭の駅で逢おう！

「だめ！　来ないで！」

とっさに叫んだ舞は、散乱した感情を必死にかき集めた。

「大丈夫よ……おばあちゃんの具合が突然悪くなったから……それに妹も父もいないし、ちょっと不安になったの
……心配かけてごめんね」

すると藤野は明るい声に戻り、

――ははは、心配ないって、きのう言ったばかりじゃないか。

「そうね、忘れてた……」

――オレは、心配なんかしない。舞さんにも、心配なんかしてほしくない。大丈夫さ。

「うん……それじゃあ、切るね」

藤野の声を聞いて気持ちが鎮まった。しかし冷静になった心に自戒のような思いがへばりついている。

《藤野を呼び寄せてしまうところだった……》

『藤野さんのほうが、舞ちゃんのいる場所に来ると読んでいる』という愛美の言葉が、鋭い針となって心に刺さる。

《そうさせてはいけない》

母の命日に中谷里浜でも念じたことである。理由は定かでないが、なぜか使命感のような、あるいは義務感のような、そんな意識が厳然とある。

自室に戻ってしばらくすると庭に車の音がした。父が帰宅したようである。

《父は、本当に自分の父親なのだろうか？》

しかし階下に父の声を聞いた瞬間、舞はその疑念を自ら否定した。「舞、舞」とすがるように自分の名を呼ぶ父が、本当の父親でないはずがない。舞は恐る恐る階段をおりた。

「いたのか……」

父は拍子抜けした表情で舞を見つめた。

「おばあちゃんな、医者の話だとかなり衰弱してるらしい。それより夕飯はどうした？」

「疲れちゃって……なにも用意してないの」

「それじゃあ、麗が戻ったら外へ食いに出よう」

父は祖母と話せなかったらしい。ホッとする気持ちの裏側で、舞の心にはある決心が固まっていた。


その週の土曜日、半日で仕事を終えた舞は銚子市へ向かった。いつものようにスーパーマーケットの駐車場に車をとめ、漁師町の小路を真行寺すゑの長屋へと歩いた。

なにをどう聞けばよいのか……それは炎天下の小路に揺らめく陽炎《かげろう》のように朦朧としていたが、逢うという決心だけは揺るがなかった。真行寺すゑがまだ入院しているようだったら、先日の老人宅で病院を確認し、面会しようとも決めていた。

しかし、曲がり角の手前で息を整え、長屋のある小路へ足を踏み出した瞬間、舞は唖然とその場に立ち尽くしてしまった。長屋が消え失せていた。あるはずの場所には杭と針金で柵が張られ、更地になった土地の端に小さなショベルカーが一台、錆びた腕で乾いた地面を支えている。当惑した舞は、急いで道を引き返し、老人の家の呼び鈴を押した。

「あれまぁ、いつかの」

玄関から顔をのぞかせた老人は舞を覚えていた。

「その節はどうも。それで、きょう真行寺さんを訪ねて来たんですが……」

「あんだぁ、それだったらもういねえよ。大家《おおや》がよ、新しいアパート建てるって更地にしちまったからなぁ」

「真行寺さんはまだ入院しているんですか？」

「もう退院したらしいが、頭がボケちまって、施設へ入ったって聞いたけどな」

「施設はどこだかわかりますか？」

老人は「え～と、ちょっと待っててくれよ」と奥へ引っ込み、電話でなにかを話していたが、すぐに汗をふきながら戻って来た。

「大家に確認したらよぉ、M町のケンジュエンていう施設だってよ。健康の健に、樹木の樹と書いて健樹園。利根川に一番近い道沿いにあるってことだ。面会するならよ、松尾の紹介って言やあいいそうだ。大家の苗字でよ、すゑさんを施設へ入れたのもそいつだからよぉ。そっかぁ……すゑさんも最後はM町へ戻ったんか」

感慨深そうに目を細めた老人に礼を言い、舞は車に戻った。おおよその道は頭に描ける。

銚子の市街地からM町へ向かう国道に入り、しばらく走ってから国道と並行する利根川の方面に右折すると、堤防に沿った県道があり、すぐに『特別養護老人施設・健樹園』と書かれた濃緑色の看板が目に入った。それほど大きな施設ではないが、明るいベージュ色の新しい建物である。玄関の自動ドアから入ると、上気した頬を、微かな薬品臭と食物臭を含んだ冷気がおおった。舞は玄関脇の事務室に真行寺すゑへの面会の旨と、松尾さんの紹介で来たことを告げ、面会票に記入した。

「そちらでお待ちください」

事務室の横にはロビーのようなスペースがあり、四つのテーブルがならんでいる。窓には大きな一枚ガラスがはめ込まれ、ブラインド越しに利根川の堤が見えた。

「こちらへ来るそうです」

若い女性職員が報せに来た。それから数分、奥のエレベーターから、男の職員に車椅子をおされた小さい老婆が姿をみせた。七月のはじめに長屋で見たときはうしろ姿であり、体の半分ほどしか視野に入らなかった。舞は初めて見る真行寺すゑの正面顔に、想像していた以上の年齢を感じた。薄い白髪を短く刈り込んだ、痩せた老婆だった。細面《おもて》の顔全体が深いシワにおおわれ、落ち窪んだ目が茶色く濁っている。しかし鼻腔が高く、かつては化粧栄えのする派手な顔だったことが偲ばれる。老婆は無表情で前方を見つめていた。

「健康状態はいいんですが、認知機能のほうが……」

職員が小声で告げた。舞は表情のない老婆の前に屈み、声をかけた。

「真行寺さん、こんにちは」

ゆっくり視線を返した老婆は、「あん……」と意味不明な言葉を発して舞を見た。

「真行寺さん、唄を覚えてる？」

言いながら顔を寄せ、老婆の膝に手をおいたとき、老婆の目に正気の色が射した。

「あ、ああ……」

なにかを訴えるように呻いた老婆は、潤んだ目を見開いた。

「民子さん……」

ふいに骨ばった冷たい手が舞の手にかぶさった。

「民子さん……あんた、どこへ行っとったぁ……」

舞は反射的にその手を握り返した。

「民子さん、どうして急にいなくなった……あたしゃあ、淋しかったよぉ」

涙を浮かべた老婆は、上体を折るようにして舞の手に顔を寄せた。

もう聞くべきことはひとつしかない。死人のように体温が失せた手の感触を通じ、猶予が終わったという絶望感が心に広がった。

「真行寺さん、あの唄、覚えてる？」

思考力が失せていく。痩せこけた老婆の白髪頭が白昼夢のようにぼんやりと霞んでいた。

2

運転していても意識が虚ろだった。

赤信号を何度も見落としそうになり、そのたびに急ブレーキを踏んだ。舞は飯岡の手前から車の少ない海沿いの道を走り、椎名内浜の駐車場に車を入れた。

真実の母との出逢いだった。そして波音に聞く記憶の唄との邂逅でもあった。

舞は窓をあけて目を閉じた。夕風に乗って波音が聞こえる。はっきりとした実体を伴う九十九里の波音だった。母の唄はすでに幻聴ではなくなっていた。

うっとりと歌う老婆の顔を、舞は直視できなかった。しわがれた声がなぞる記憶の旋律と歌詞に、母の幽かな声を重ねて、ただ呆然と聞くしかなかった。

『誰も帰らぬ葉月の浜に、歌を唄いて待つ身のつらさ、今日もひとりで九十九《つくも》の海に、焦がす想いを、捨てにくる』

舞は歳月の彼方にいる幼少の自分を抱き、そして、さらに遠くにいる若き母の心を抱き、湧きあがる嗚咽に身をまかせた。やがて空虚になった心に、ひとつの想いだけが残った。

《逢いたい……》

その想いに駆りたてられ、舞は車のアクセルを踏んだ。

課長の前田美智子は、ちょうど帰宅の準備をしているところだった。

呼びとめた舞の、赤くはれた目に当惑し、「とにかく会議室へ行きましょう」と、人のいない部屋へ連れて行った。

「篠坂さん、どうしたの？」

「私……辞めさせてほしいんです」

「ちょっと待って。どうしたのよ？　わけを聞かせて」

「ここに居たくないんです」

「ここって、この病院ってこと？」

「いえ……この土地です」

「土地って……」

課長は金縁メガネの奥から舞を凝視し、言葉の意味を忖度《そんたく》していたが、

「なにかあったの？　おばあさんのこと？」

「いえ……」

「それじゃあどうして？」

課長は再び舞を見つめた。そして金縁メガネをはずし、背筋を伸ばした。

「篠坂さん。あなた有給休暇をほとんど使ってないわよね。たしか、まだ十二、三日残っているでしょう？　それを使ったら？　月曜から十日間あげるわ」

課長はケースから布を取り出し、メガネのレンズを拭った。

「辞めるのにもそれなりの手続きがいるし、私がこの場で決められることじゃないわ。院長や理事長にも相談しなけりゃならないしね。でも有給休暇の許可ならなんとかなるわ。ちょうど、おばあさんのことで篠坂さんの家も大変なときだし、ほかの職員にも理由がたつしね。ちょっと休んでみてから退職を考えてもいいんじゃない？　それに、辞めるにしたって有給休暇は消化しておいたほうがいいじゃない」

「でも……」

「篠坂さん、私にも覚えがあるのよ。二十代の中ごろだったかな。嫌なことが重なって仕事を辞めようと思ったわ。そのとき上司から言われたのよ。時間をおけば冷静になれるし、自分を客観的にも見られる。そういう状態になってから判断しても遅くないってね」

課長は小首をかしげ、歳月の彼方を、定まらぬ視線で見つめた。

「まだ篠坂さんが生れる前のことよ……でも、ぜんぜん昔のことじゃないような気がする」

懐かしそうに言った課長は、「有給休暇、それでいいわね」と念を押した。

家に戻った舞は、誰もいない居間で藤野の絵画教室に電話した。

「藤野さん……」

——あ、舞さん。どうしたの？

「いま、大丈夫？」

――ああ、生徒はみんな帰ったし、教室にはオレ独りだけだよ。

「藤野さん……私……」

言葉の代わりに涙があふれた。

――舞さん、なにかあったの？

舞は声を震わせて藤野の概念にすがりついた。

「あした……そっちに行ってもいい……？」

藤野は一瞬絶句したが、すぐに冷静な口調で返した。

――わかった。車じゃなくて中央本線にしてくれるかい？　塩尻の駅まで迎えに行くから……あ、ちょっと待ってね」

十数秒の静寂のあと、さっきよりいくらか明るい口調の声が聞こえた。

――いま時刻表を調べたけど、新宿発１３時１０分の特急がいいかな。それだったら旭を出るにしても、時間に余裕があるしね。到着ホームで待ってるよ。

「わかった……そうする……」

電話を切った舞は、押入れから旅行バッグを出し、思いつくまま荷物を入れた。

ひと通りの用意を終え、自室で呆然としているとき父が帰宅した。玄関へあがるなり階段のしたから「舞、帰ってるのか？　ちょっとおりてこないか？」と声をかけた。

階下に行くと、居間に座った父が手招きをした。

「おまえ、きのう、おばあちゃんからいろいろと言われたんだってな」

父は仕事帰りに病院へ寄り、祖母から昨日のことを聞いたようである。

「ええ……」

「気にするな、年寄りの戯言《たわごと》だからな。おばあちゃんはな、母さんとは性格があわなかった。だから……」

「お父さん」

言葉を遮られた父は、憮然と舞を見た。

「私、行きたいところがあるの。好きな人がいるの……その人に逢って、話をしたいの」

「どこに、いるんだ？」

「長野県の木祖村……それで、あした行こうと思ってる……」

「日帰りか？」

「ううん、しばらくいるかもしれない」

父は息をのんだ。そして不安と焦燥を吐き出すように大きなため息をついた。

「ごめんなさい」

無言の父に小声で詫びた。精一杯の気持ちだった。

「仕事はどうする？」

「きょう課長に話したら十日間の有給休暇をくれた」

「おばあちゃんの話が原因か？　あんなものは愚にもつかない話だ」

《お父さんは本当に私の父親なの？》

舞は心で問いかけた。しかし真行寺すゑのことや母の素性のことは口にできなかった。やがて父は舞の顔を悄然と凝視した。

「それで相手は……おまえのことをどう思っとるんだ？」

「たぶん私と同じだと思う……さっき連絡したら、車じゃなくて電車で来てくれって」

「そうか……」

「行ってもいい？」

もとより父の許可は必要でない。ただ父の得心がほしかった。父が祖母の言葉をどんなに否定しても、舞の唐突な行為のゆえんを深く追求しないことが、その根底にある真実を是認している。しばらく思案した父は懇願するように言った。

「連絡先だけは教えてくれるか」

「わかった。お父さん、ごめんね」

もう一度父に詫びたとき、玄関に妹の声が聞こえた。

その夜、妹に木祖村へ行くことを告げると、理由を知らない妹は、受験生に家事や祖母の世話をおしつけるのかと不満をぶつけてきたが、言うだけ言ったあとは冷静になり、

「それで、どれくらいの予定？」

「有給休暇は十日間もらってる」

「え～そんなに！　でもさぁ、どうして急にそんな気になったの？」

「いろいろあったのよ」

「ふ～ん、いろいろね。お姉ちゃんも悩み多き年ごろだものね。でも木祖村へ行くってことは、藤野さんて人の家に行くんでしょう？　お父さん、よく許してくれたね」

「わかってくれたわ」

「でも、考えてみれば、これまで家のことでずいぶん犠牲になったんだものね。それに、おばあちゃんもお姉ちゃん

にだけは厳しいしさ……まあ、鬼の居ぬ間の洗濯もいいか」

　麗は渋々承知した。


　翌朝、舞は十時過ぎの総武本線特急に乗った。東京駅からは中央線で新宿駅へ行き、藤野が指定した『あずさ』に乗車した。席に座ると痺れるような疲労感に包まれた。

　昨夜はほとんど眠れなかった。眠れぬままに、愛美へ手紙を認《したた》めたが、意識の焦点が定まらず、文章が支離滅裂になってしまった。何度も便箋を破った末、『田代さんが長野へ越してから、いろいろなことがありました。しばらく仕事を休んで木祖村へ行きます。先のことは、まだわかりません。また連絡します』とだけ書いて封筒に収めた。

　列車の揺れに身を預けていると、睡魔に襲われる。しかし眠りそうになると意識の底から不安が頭をもたげ、睡魔を駆逐してしまう。塩尻までの数時間、舞はそれを繰り返した。

　列車が塩尻駅に入り、ホームで待つ人のなかに藤野の姿を見つけたとき、張りつめた気持ちが一気に緩み、涙があふれてしまった。

　ホームへおりた舞の姿を目ざとく見つけた藤野は、満面の笑みで歩み寄り、「信州へようこそ！」と陽気に言い、舞の荷物を素早く手に取った。

「藤野さん……」

　あとは声にならなかった。

「心配ないよ。さあ行こう！」

　藤野は舞を促し、駅前のロータリーに停めてある小型車へ案内した。

「先輩の奥さんの車だよ。ふだんはバイクでアトリエまで通っているんだけどね。しばらく使わないらしいから借りてきたんだ」

「急にごめんね……私……」

「その話はあとあと。とにかく無事に逢えたし、まずは家へ行ってゆっくりしよう！」

藤野は意識して明るく振舞っているようである。安堵感とともに睡魔が襲ってきた。木祖村までの国道19号線は夢のなかだった。

まだ半月も経っていないのに、菅《すげ》の里には深い秋が佇んでいた。虫の音が響くテラスでは洗濯物が夕風に揺れ、以前とは違う生活臭を放っていた。家に入ると、藤野はすぐに風呂の用意をはじめた。

「まずは疲れを落とすといい。そのあいだに夕飯をつくるから」

「私も手伝う……」

「大丈夫、もうほとんどできているんだ。きのう生徒から家庭菜園の野菜をどっさりもらってね、朝から野菜のシチューを仕込んである。あとは味を調《ととの》えるだけだから、たいした手間じゃないよ。さあさあ、ゆっくり風呂に入ってなにもかも洗い流すといい」

なにもかも、という言葉に藤野の心づかいがあふれている。風呂からあがると、居間にはシチューの匂いが充満していた。

「藤野さん、ふだんは一人で食べているの？」

熱いシチューを口にしながら舞は聞いた。パンを手にした藤野は「え？」と顔をあげ、

「ほとんどは先輩の家でご馳走になってるよ。あはは、そんなに淋しそうな顔をしないでくれよ。東京では自炊生活だったから慣れたもんさ」

「淋しくない？」

「淋しいさ。舞さんのことばっかり考えている」

「……」

「ははは、大袈裟に言っただけだよ。でもね、そんなときこそ創作のチャンスなんだ。いやでも自分が見えるからね。自己納得のために描かずにはいられないって気持ちになる」

「自己納得？」

「そうだよ。他人がどう思おうと、自分に対し、生きている意味っていうか、自分がこの世に生を与えられた証《あかし》みたいなものを見つけたいんだ」

藤野は目もとをほころばせてパンを口に入れた。

食事のあと、舞が後片づけを申し出ると、藤野は「それじゃあ風呂を浴びるよ」と浴室へ行った。毎日のように洗っている家族の食器の量に比べれば、二人分の食器、それもシチューとパンの皿、スプーンとグラスだけの洗い物は、ママゴトのように思える。その簡素さと、水道水の冷たさに、舞は異郷へ逃げてきた自分を強く感じた。

風呂から出た藤野は熱いウーロン茶をいれた。舞は冷えた手をマグカップで温めながら、突然来た理由を語った。病室の祖母の言葉、そして施設での老婆との出逢いや母の唄の正体……冷静に話したかったが、言葉と一緒に感情があふれ、途中からはタオルに顔をうめながら話した。聞き終わった藤野は大きな溜息をついた。

「東京のアパートでも言ったけど、お母さんの過去を詮索する必要も、それを羞じることもない。ここに舞さんがこうしていることが一番重要でたしかなんだ。オレはあのときよりも自信を持って断言できる」

「でも私……父の子供じゃないかもしれない……」

「以前読んだ聖書の福音書……たしかトマス福音書だったと思うけど、そのなかに、『天国を目指すのは娼婦の子である』っていう言葉があるんだ。なにを意味しているかわかる？」

「……」

「イエスさ。イエスキリストだ。トマス福音書によれば、イエスの実態は、侵攻して来たローマ軍が現地調達した女性、つまり軍人相手の娼婦のことだけど、兵士と娼婦のあいだに生まれた子だったらしい。神が処女のマリアに宿した子じゃあないんだよ。でもトマス説の方がはるかに真実味がある。こんなことを言うとクリスチャンが怒るかもしれないけど、聖母マリアは偶像に過ぎないんだ。でもそのほうが自然じゃないか。人の出生なんてたいした問題じゃない。要は、この世に生まれ出た人間が、なにを考え、なにを成すかだよ」

そのあと藤野は、喉へウーロン茶を流し込み、照れ笑いのような表情を浮かべた。

「オレ、八人兄弟の末っ子なんだ。それにあんまり裕福な家庭でもなかったから、物心がついたときから両親は仕事で手一杯だった。オフクロなんか朝から道路工事の石運びでね……自分はただの邪魔者じゃないかって感じたこともあったよ。家のなかじゃあ存在感なんてほとんどない。自分で、自分の生れてきたゆえんを考えなけりゃあ、自分が見えなくなりそうだった。そんなとき、いつも兄や姉のノートをもらって絵を描いていた」

「……」

「舞さん、人間なんてあやふやなモノを土台にして生まれてくるんだ。両親の出逢いなんてほんの偶然に過ぎないし、欺瞞《ぎまん》だらけかもしれないのに、子供はそれを最大の必然として誕生する……人間なんて生まれたときからあやふやで孤独なんだ。だからいつも帰れないし、脱け出せないのかもしれない」

いっきに喋った藤野は、ごくりと音を立ててウーロン茶を飲み干した。

「ははは、なんだか支離滅裂な自己詭弁になっちゃったね」

そう言いながら優しい笑みを浮かべた。

「だから舞さんも、お母さんがどうであれ、お父さんがどうであれ、なにも気にする必要なんかない。舞さんが、ここにこうしていることが一番重要なんだ」

《来てよかった》

意識の奥に固まっていた焦慮や不安がほぐれ、心地よい安堵が広がった。その安堵を抱くように舞は藤野の胸にすがりついた。

3

《雨かしら？》

枕もとの腕時計はすでに朝の六時をさしている。しかし西南に面した窓のカーテンを透過する明るみには、明けきらぬ夜が鬱々と居残っていた。

昨夜は藤野に抱かれたまま眠りに堕ちてしまった。狭いシングルベッドに二人で身をよせて寝たせいか、屈めていた肘や膝に痺れのような鈍痛がある。

藤野を起こさないよう、そっと掛け布団をはぎ、下着のまま窓辺まで歩いてカーテンの隙間から外をのぞいた。紺碧の秋空が見えた。西側の山の頂だけが朝日の照射を受けて輝いているが、山肌に閉ざされた里には、白んだ静寂な闇が沈殿していた。

《そろそろ父も麗も起きる時刻だ》

脳裏に旭の家の朝が浮かぶ。

「おはよう」

ベッドからかすれた声がした。

「ごめんね、起こしちゃった？」

「いや、たっぷり眠ったよ」

「藤野さんはいつも何時ごろ家を出るの？」

「だいたい九時過ぎかな、午前の教室は十時からだからね」

「この近くに公衆電話はある？」

「国道に行く途中の生協にあるよ。ここから二キロぐらいかな」

「車を借りてもいい？　旭の家に連絡をしてきたいんだけど」

「それだったらオレが運転していくよ」

藤野はすぐに着替えをすませ、車で生協まで連れて行ってくれた。公衆電話から旭の家をコールし、受話器を取った妹の麗に、無事に着いたことを伝えた。

——お父さんのお弁当まで手がまわらないから、お昼は外食にしてもらうことにしたわ。

あっけらかんと笑った麗は、『彼によろしくね』と思わせぶりに言って電話を切った。

家に戻り、コーヒーとパンだけの簡単な朝食をすませたあと、藤野はテラスの下の物置から自転車を出した。

「昼間動くときに使うといいよ。傾斜が多くて大変だけど、運動不足は解消できる。こっちへ来たとき空気を入れて油もさしておいたから十分使えるよ」

自転車は何年も使われていなかったらしく、前カゴやハンドルにはサビが浮いていた。

藤野を送り出したあと、舞は部屋を掃除し、寝室の布団をテラスの手すりに干した。太陽が山の端から顔をのぞかせ、温度が急にあがっている。澄んだ大気を透過する陽射しは肌を刺すように強烈だが、秋の明るさにはどこかうっすらとした翳りがあった。

テラスの前の荒地に群生するススキの若い穂が微風に揺れ、無数に舞うトンボが安穏と煌《きら》めいている。そのうちの数匹が干した布団の端にとまった。

布団にそっと頬をのせると、昨夜一晩、自分を包み、癒してくれた匂いがする。しばらくの間、太陽と布団の温もりを両頬に感じ、静かな山里の秋をぼんやり見ていた。

午後になって、舞は自転車で生協へ行った。車では感じなかったが、道はけっこう傾斜があった。生協まであと少しというところで、長い坂を登りきり、トタン屋根の民家の脇で一息ついた。歳月を経た大きな民家の前には垣根のない開放的な庭があり、雑草に混じって桔梗《ききょう》の青紫の花が揺れている。額の汗を拭いながら庭を眺めていると、玄関からカゴを手にした中年の女性が現われ、道に佇む舞に頭をさげた。

「こだまの森においでかや?」

観光客と勘違いしたようである。舞は「あ、はい…!」と曖昧にうなずいた。

「いつごろから泊まっとるんだかや? 奈良井宿にはもう行っただか?」

「ええ……」

「そうかね」

日焼けした顔に笑みを浮かべた中年女性は、「それじゃあ、ごめんください」と残し、庭の裏手のナス畑に歩き去った。

生協で買い物をしていると《ここにどれくらい居るのだろう?》という思いが込みあげ、冷たい不安が胸を満たした。

家に戻ってベランダの布団を取り込んでいると、今度は異様な息苦しさに襲われた。舞は大きく呼吸し、その息苦しさを凌いだ。

薄暮の訪れとともに藤野が帰宅した。部屋に入るなり、舞がつくったカルボナーラとサラダとコンソメスープを見てきょとんとした顔で棒立ちになった。

「生協まで買い物に行ったの？」

「ええ、自転車で」

「坂があってけっこうきつかっただろう。でも舞さんに食事をつくってもらうのって、初めてだよね？」

「綾ちゃんの部屋で二、三回あったと思うけど」

「たしか、そんなこともあったなぁ。舞さんは実家の台所を預かっているし、なんてたって栄養士なんだから、料理のレパートリーも多いしね」

夕食を食べながら舞はその日の出来事を話した。

「こだまの森って近くにあるの？」

「薮原スキー場の入り口にあるよ。いろんな施設があっていいところだ。でもどうして？」

「生協へ行く途中、農家のおばさんから、こだまの森に泊まっているのかって聞かれたわ」

「自転車に乗った見知らぬ人がいたからだろう。このへんの家は縁戚関係が多いから、オレだって自転車でうろついていたら観光客に間違われるよ」

「私たち旅行者と同じなのね……」

「そうだな、オレもここは別荘のようなものだと思っているよ。来年の春過ぎには松本か塩尻あたりで部屋を探す予定だ」

「その先は？」

「その先か……」

藤野は未来を見るように茫洋とした視線を虚空に投げた。

「いまの生活と環境なら思いきり絵が描ける。コンクールにも出品したいし、個展も開きたいと思っている。それと……いずれ話そうと思ってたんだけど、もしかしたら先輩の推薦で神戸《こうべ》にいる洋画家の弟子にしてもらえるかもしれないんだ」

「神戸？」

「ああ、この世界じゃあけっこう有名な洋画家だよ」

「それじゃあ神戸へ行くの？」

「行くにしても再来年《さらいねん》以降だと思うけど……ところで舞さんの予定はどうなの？」

「え？　ここにいる予定ってこと？」

「違うよ、もっと先のことさ」

藤野が聞きたいことは察しがついた。しかし、ここにいることすらあやふやであり、先のことなどまるで見えない。

「わからない」と応えるのが精一杯だった。

そんな舞を淋しそうに見つめた藤野は、すぐにとってつけたような笑みを浮かべた。

「オレ、来年の春までには絵を三点仕上げたいと思ってるんだ。テーマは、かつてオレの意識にあった山のイメージと、いまある山のイメージ、そしてもう一点は舞さんの意識にある山のイメージ、この三点だよ」

「私の意識にあるイメージ？」

「オレが勝手にあるだろうと想像するイメージだけどね」

《この圧迫感や息苦しさのことだろうか？》

舞はコンソメスープを口に運ぶ藤野をじっと見た。

この土地では自分も旅行者のようなものだと藤野は言う。しかし山の空気にしっくり溶け込む藤野と比べ、まるで異物のように浮いている自分を嫌でも感じてしまう。

能登旅行のとき、藤野は自らを海の風景の異物だと評したが、今の舞にはそれと同じ違和感がある。旅行者ならば、その感触も旅の妙味になろうが、藤野の住まいで抱く違和感は、ベランダから吹き込む秋の夜風のようにヒヤリとした寂寥を伴っている。これを癒せるのは藤野に抱かれる瞬間しかない……が、それだけを求めて、藤野の想念が溶け込んだ山の風景に留まれるだろうか？

舞は数ヵ月前とは異質な藤野を見ていた。

六月の九十九里では自らを社会的な敗残者と言ったが、いまの藤野は帰るところの探求に妥協せず、己の生き方を貫こうとしている。

昨夜と同じように藤野のベッドへ横になった舞は、この地で生活する自分を漠然と想像した。すると母や父の生き方がいつもよりずっと象徴的な情景で浮かびあがった。

母は海辺で生まれ、海辺で死んだ。父は異郷から母のもとへ身を移した。祖母は、世間知らずの息子をこの地に縛りつけたと母を詰《なじ》ったが、繊細な父の感情は、もしかしたら母のもとに帰れるところを見つけたのだろう。すべてを投げ出して母のもとに帰った父は、そんな自分への責めとして、己の繊細な感情を封印したのかもしれない。

舞は藤野の胸に顔をうめた。男の匂いとともに透明な生命感にあふれた山の陽《ひ》の匂いがする。窓辺でひときわ大きい虫の声が、薄暗い六畳の空間に響きはじめた。その声を合図に夜がさらに深まったような気がした。

翌日も舞は同じように一日を過ごした。

昼間は『こだまの森』や周辺の道を自転車でめぐり、夕刻になると食事の用意をした。どこに行っても、なにをしていても、自分が異物であるという意識がつきまとう。

三日目の朝は曇天だった。雨の心配はなさそうだが、雲を通した光は天地の明暗を和らげ、影を失った雑草から聞こえる虫の声にも生彩がなかった。

昼過ぎ、舞は自転車で生協まで行き、愛美の病院に電話を入れた。内線の保留音をたっぷり聞かされたあと、『はい田代ですが……』と相手を訝る愛美の声がした。

「あ、田代さん、篠坂です」

舞とわかったとたんに愛美の声が弾けた。

――舞ちゃん！　手紙見たわよ。いったいどうしたっていうのよ！」

「いま、有給休暇をもらって藤野さんのところにいるの……それで、こっちにいるうちに長野へ行って、田代さんにいろいろ聞いてほしいと思ってるんだけど……」

すると愛美は即座に応えた。

――あしたはどう？　ちょうど非番なのよ。舞ちゃんの都合がよければ私がそっちへ行くわ。地理に不案内の舞ちゃんが長野へ来るより私が行ったほうが合理的よ。

「でも、わざわざ来てもらうんじゃ悪いわ」

――悪くなんかないわよ。待ち合わせは塩尻の駅にしない？　十二時きっかりに篠ノ井《しののい》線の改札の前。そこまで来てくれれば、あとはこっちが探すからね。いいわね。それじゃあ！

愛美は強引に言って電話を切ってしまった。

翌日、出勤する藤野の車で塩尻駅へ送ってもらった。藤野の時間に合わせたため約束の時間より二時間も早く着いてしまった。駅前の喫茶店で時間をつぶし、待ちあわせの二十分前に篠ノ井線の改札口に行くと、長身の男性と親しげに話す愛美の姿があった。

「舞ちゃん！　久し振り！　車で来たんだけど道が空いていたから早く着いちゃった。彼の車に乗せてもらっちゃったのよ。あ、紹介するわ。沖山《おきやま》さんよ」

長身で縮れ毛の男性は「沖山です」と神妙に頭をさげた。

「ほら、例の人。僻地医療を志す奇特《きとく》な医者よ。松本にある母校の教授にあいさつしたいって言ってたから、きょうにしてもらったの。でも大丈夫よ。彼は松本へ行くそうだから」

「奇特ってのはひどいなぁ」

沖山は照れくさそうに白い歯を見せた。

「そのおかげで私も天草の孤島の人となるのよ」

「勘弁してくれよ」

しかし愛美は「えへへ」と子供のような笑みをもらし、

「そうだ。舞ちゃんにも言っておかなくちゃあ。じつは天草行きが来年の三月に早まったのよ。それで彼も、お世話になった母校の教授にお礼を言いに来たってわけ。そうよね」

愛美は沖山を見上げ、腰のあたりを肘で突いた。

「あ、そうなんです。僕はこれから松本に行きますから……」

「そんなわけ。さあ沖ちゃんはもう行った行った」

遠慮のない態度に、舞は二人の親密さを感じた。

「さてと、まずはなにか食べようか？」

沖山が去ったあと、愛美は舞を駅前のレストランへ誘った。そしてメニューを開き、勝手に二人分のランチを注文した。

ほどなく運ばれてきたランチを食べながら、舞はここ数日の事情をかいつまんで話した。

「大変だったわね。舞ちゃんが藤野さんのところに来たくなった気持ち、よくわかるわ」

愛美は食事の手を休め、潤んだ目で舞を見つめた。

「でも舞ちゃん、今回のことは予想していたことでしょう？」

「うん……でも父のことまでは……」

「それはまだ想像じゃない。大丈夫よ。真実がどうであれ、大切なのはお父さんが舞ちゃんを愛しているっていうことなんだから」

愛美は涙目につくり笑いを浮かべた。食事のあと近くの喫茶店へ場所を変えた。

「それよりさぁ、舞ちゃんはこの先どうするつもり？」

紅茶にレモンを浸しながら愛美はさりげなく聞いてきた。

「わからない……」

「酷な言い方だけど、それは自分のなかで消化して、自分の行動を決めないとね。有給休暇は十日か……そのあいだは藤野さんのところにいるの？」

「そのつもりだったけど、家のことも気になるし……それに、藤野さんの家にいても自分が異物だって気がするの」

「異物って、藤野さんから見て異物ってこと？」

「ううん、藤野さんはしっかり受けとめてくれている。でも、木祖村の家にいても自分が浮いているって気がするの。それに息苦しいって感じがして……変よね。あっちの因縁を全部忘れたくて来たのにね。最初は本当にそれだけの気持ちしかなかったのに……」

「たぶん藤野さんが舞ちゃんの心を癒したからよ。やっぱり舞ちゃんの心には脱け出せない波の音があるのね。前にも言ったけど、そこから脱けだすのはかなり厄介だわ」

「でも、いまは旭へ帰れそうにない……」

「そんなに性急に決めなくたっていいんじゃないの？　舞ちゃんだって藤野さんと一緒のときは自分の居場所があるんだから、いまはゆっくり自分を癒したほうがいいのよ。なにせ、お母さんが亡くなってから十年近く舞ちゃんを縛りつけてきた意識だもの。ここらあたりで自分一人に帰って、自分だけのために時間を送ったほうがいいわ。どう？」

「そうね……」

「私のほうは木曜と日曜は非番だからいつでも連絡してね。私から連絡するにはどうしたらいい？」

舞は絵画教室の電話番号を教え、用件は藤野に伝言してほしいと頼んだ。

松本まで電車で行くという愛美と篠ノ井線の改札で別れるとき、彼女は「近いうちに長野の実家へ遊びに来て」と舞を慰めた。

用事が終わったら、藤野の絵画教室へ連絡を入れることになっていた。しかし教室が終わるまでにはだいぶ時間がある。路線図で中央本線を確認してみると薮原《やぶはら》までは六つしか駅がない。舞は公衆電話から電車で帰る旨を藤野に伝えた。

——薮原駅からはどうするの？

「タクシーを使うつもり」

——でも数が少ないから、遠方客を運んでいる間はかなり待つことになるよ。

「もし時間があったら駅の周辺を散歩でもするわ」

各駅停車に乗って、ひとつ目の洗馬《せば》駅を過ぎると線路の両側の山肌が迫ってくる。乗客は疎らだが、迫る山肌に車内の空気が圧搾されたような錯覚を抱いた。

車窓を過ぎ去るのは生い茂った濃緑の木々だけで、その間隙《かんげき》をくねる列車は、舞の焦慮を先の見えない深い谷へと迷い込ませてしまう。

帰るという安堵はない。行くという高揚もない。車窓に映る自分が、密度の濃い森をただ無表情に流れていく。

奈良井駅の先の、真っ暗なトンネルを抜けて到着した薮原の駅は、谷間に沈む暗鬱とした場所にあった。太陽が届かない無風のホームに、午後の湿った涼気が沈殿していた。

第九章　海へ帰る日

1

愛美と逢った翌日は、朝から抜けるような秋空だった。

藤野を送り出したあと、舞はシーツやカーテンなどを数回に分けて洗濯した。それが終わり、テラスでぼんやりしていたとき、県道からこちらに折れてくる藤野の車が見えた。

《どうしたんだろう？　忘れ物でもしたんだろうか？》

舞は藤野の帰宅を訝《いぶか》り、テラスに立ったまま迎えた。

家の前で慌しく車から降りた藤野はテラスの舞に向かって、「舞さん！　すぐ旭に帰るんだ！」と大声を張りあげ、そのまま玄関へ駆け込んだ。事態がのみ込めず、唖然として室内へ戻った瞬間、リビングの扉が乱暴にあき、血相を変えた藤野が駆け込んで来た。

「舞さん、おばあさんが亡くなった！」

ひとこと叫んだ藤野は、興奮を鎮めようと大きく吐息した。

「妹さんからアトリエに電話があった。けさ早く亡くなったそうだ……」

《おばあちゃんが死んだ……》

遠い世界の出来事のように実感がなかった。

「身のまわりのものだけでいいから早く用意して！　塩尻まで車で送るから！」

我に返った舞は、急いで着替えと化粧をすませ、バッグに必要なものを詰め込んだ。

「急《せ》かせちゃったけど、妹さんが涙声だったからオレも焦っちゃった。さあ行こう！」

塩尻駅までのあいだ、舞の脳裏には、苦しい息で母の秘密を語った祖母の表情がおぼろに浮かぶ。塩尻駅で、「気持ちをしっかりもって」という藤野の言葉に送られ、中央本線の上り特急に乗り込んだ。緊迫したベル音と共に列車が重い車体を軋《きし》ませ、舞が座った席の窓に顔を寄せた藤野が後方に流れ去る。戸惑いの底を、《またここに帰れるだろうか……》と冷たい不安が流れていった。


旭駅に着いたのは夜の七時をまわる時刻だった。冷房が効いた車内からホームへ出た舞を、暑くぼやけた夜の帳《とばり》が迎えた。重い湿気のなかにほんのりと潮の香りが漂っている。

タクシーで家に近づくと、槙の生垣を透かして煌々《こうこう》とした赤っぽい光が見えた。離れのあたりでは、ひときわ明りの密度が濃く、暗い田んぼ越しにぽうっと浮かんだ庭には何人もの人影がある。舞は家から少し離れた場所でタクシーをおり、恐る恐る庭に入った。

「あ、舞ちゃん！　戻ったかぁ」

隣家の嫁が目ざとく舞を見つけた。

「早くなかで着替えて！　麗ちゃんも朝から大変で疲れてるみてえだからよ」

隣家の嫁は舞の両肩を押すようにして玄関に入れ、「麗ちゃん！　姉《ねえ》ちゃんが帰ったよ！」と大声をあげた。その声に、キッチンから麗が顔を出した。

「お姉ちゃん！」

麗はひとこと叫び、力なく顔をゆがめた。

「おばあちゃん……死んじゃった……」

「こんなとき家にいなくてごめんね。あとは私がするから」

自室で喪服に着替えた舞は、近所の主婦が集まるキッチンへおりた。

「舞ちゃんが帰ったから、これで安心だ。旅行先から大変だったぺや」

どうやら近所には旅行で不在ということになっているらしい。

「いろいろとお世話をおかけして申し訳ありませんでした」

「そんなことお互いさまだからよ。それに今夜は仮通夜だから、来るのはご近所だけだよ」

その言葉どおり、焼香に来たのは近所の亭主たちと漁協の関係者だけで、それらも仮通夜ということで、離れの縁側にしつらえた焼香棚から、奥の間に横たえられた祖母の遺体に向かって焼香し、母屋の縁側で茶を口にしただけで、そそくさと姿を消した。

仮通夜の後始末を終えた主婦たちが帰ってしまうと、室内には生温い静寂が訪れた。喪服の上着を脱いだ父が、居間の座卓で茶をすする音だけが異様に大きく響いている。疲労と心痛を、ため息のように吐き出す父に、舞は小声で詫びた。

「お父さん、ごめんね……」

「もういい。おばあちゃん、夜明けごろは苦しんだが、死ぬときは眠るように静かだった。麗は、おばあちゃん子だったから、かわいそうだった……母《かあ》さんが死んだときは、まだ小さかったから、それほど実感もなかっただろうし……」

母の通夜で、きょとんとする妹の手を、震えながら握っていた自分の姿がよみがえる。目前の事態に、なす術《すべ》のない不安と先が見えない絶望だけを抱え、今日までと明日からのけじめの瞬間を強いられた十二歳の自分の姿だった。

「麗も疲れているみたいだったわ。明日は本通夜でもっと大変だから、もう寝るように言っておいた。お父さんも、お風呂に入って早く寝たほうがいいわ」

「そうだな……」

父はしばらくなにかを逡巡していたが、

「おばあちゃんがおまえに言ったことも、死にぎわの朦朧とした頭で言ったことだ。それもこれも、みんなあの世へ持っていっちまった。だからおまえも気に病《や》むな」

父は毅然と言い、風呂場へ行った。舞は仏壇の前に正座して線香をあげた。

《おばあちゃんは、お母さんと逢えたのだろうか？》

『おまえに謝っておかねば……あの世で民子に逢えん』と、病床で苦しそうにつぶやいた祖母の顔と、離れの奥の間に横たわった祖母の死に顔が交互に浮かぶ。

父は「死にぎわの戯言《たわごと》」と否定したが、死を意識した人間だからこそ真実を吐露したのではなかったか。離れで横たわる祖母の死に顔は、苦悩をすべて現世に脱ぎ捨てて幽冥へ旅立ったように静謐《せいひつ》だった。父がどのような詭弁を弄《ろう》そうと、この確信は覆《くつがえ》らない。祖母の肉体は葬られても、その言葉を葬ることはできそうにない。しかし心の衝撃は、木祖村へ行く前に比べ、ずいぶん和らいでいる気もする。

なにかが終わったという終息感のようなものが、疲れた意識の隅に鎮座していた。

翌日の本通夜は慌《あわ》ただしさにまぎれて終わった。夜半、弔問客に続いて隣組の主婦たちが引きあげてしまうと、いつもの静けさが戻った。家人の死の悲しみを、家族だけが実感する静寂だった。居間では酔いつぶれた父が鼾《いびき》をかいている。体をよじるたび、うう…と口から漏れる声が、悲しみを吐きだす悲痛な唸りのように聞こえた。

離れの祖母の燈明を蝋燭《ろうそく》から豆電球に代えようと庭に出たとき、槇の生垣の根元に虫の声を聞いた。黒潮の風に洗われる温暖なこの地にも、秋は密かに訪れていた。

家内に戻り、キッチンで片づけをしていると、麗が神妙な顔で入って来た。

「お姉ちゃん、ちょっといい？」

「あら、寝たんじゃなかったの？　明日は告別式だから疲れを取っておいたほうがいいわよ。葬儀のあいだは受験勉強もできないんだから、あさってから取り戻さないとね」

「お姉ちゃん……私、来年、受験しないよ……」

「え！　どうして？」

「できるわけないじゃない……」

感情を殺した声で言った麗は、非難の色をにじませた涙目で舞を凝視した。

「だって、お姉ちゃん、また木祖へ行っちゃうんでしょう？　それに、もう帰ってこないつもりでしょう？　そしたらお父さんが一人になっちゃうじゃない。お父さんをおいて家を出るなんて、私、できないもん……」

肩を震わせた麗は、乱暴にキッチンのタオルを取って涙を拭った。

「お姉ちゃんがいなくなってから大変だったんだ……でも、この大変さを、これまではお姉ちゃんがしていたんだってわかった。だからお姉ちゃんが好きな人のところへ行くのをとめたらいけないって思った……それで、家から通える大学に変えようって考えたけど、思いつくのは千葉大ぐらいしかないし、いまの私の偏差値じゃ無理だし、国立用の勉強もしてないし……だから浪人して再来年《さらいねん》に千葉大を受験しようって決めたんだ……」

麗は目を潤ませたまま舞を見た。ゆがんだ目の縁から涙がこぼれた。

「麗、予定通り受験しなさい。私、どこへも行かないから」

「でも……木祖の人はどうするの？」

「心配しないで、気持ちの整理はついたから」

「本当？」

「大丈夫よ。だから受験勉強、がんばってね」

涙をぬぐった麗は、赤く腫れた目につくり笑いを浮かべ、「うん」とうなずいた。

《どうしてこんなことを言ってしまったのだろう……》

舞は自分の言葉の実感がつかめずに戸惑った。しかし妹への言葉に嘘はない。素直に口をついた言葉である。昨夜、母の仏前で感じた終息感がこれだったのだろうか。

「あ、そうだ！　お姉ちゃんに言うのを忘れてた」

部屋に戻りかけた麗が振り向いた。

「お通夜のことで頭がいっぱいだったから忘れてたけど、男の人から電話があったよ。イソムラって言ってたわ。火曜の夜と一昨日《おととい》の夜の二回あったけど、お姉ちゃんが戻ったら連絡してくれるよう伝えてほしいって言ってた。イソムラって誰？」

「たぶん……高校時代の同級生よ……同窓会のことじゃないかな」

懸命に平静を装う舞の目に、「なんだ、そうか」と納得して部屋に引きあげる妹のうしろ姿が虚ろに映った。

翌日、告別式と野辺送りのあと、僧侶を寺まで送っていく父と別れ、舞は妹を助手席に乗せて家に戻った。すっかりもとの姿に戻った家は、祖母の死の痕跡すらとどめていない。葬儀のすべては、妹が膝に抱えた遺影に収束し、それだけが新しくこの家にやって来た。

家に戻ると待っていたように電話が鳴った。受話器を取った瞬間、舞は身を強張《こわば》らせた。

――どうしたの？　職場にかけたら長期休暇って聞いたから、悪いと思ったけど自宅にかけたんだ。妹さんにもこっちへ連絡してくれるよう伝言しておいたけど。

言葉は丁寧だが、語調には非難がこもっている。

「聞いたわ。でも、お互いにしばらく冷静に考えるはずだったでしょう？」

――長期休暇だって聞けば心配になるよ。それに妹さんは旅行に出てるって言ってたよ。

「祖母の具合もよくなかったし……いろいろあったのよ。それで旅行で不在っていうことにしておいてもらったの」

――それならそうと連絡してくれてもいいじゃないか。

「木曜日に祖母が亡くなったの。それで、きのうがお通夜で、きょうが告別式だったの」

――そうだったのか……大変だったね。

磯村は急に殊勝《しゅしょう》な声に変わった。

「だから、またあとにしてもらえる？」

――わかった。またあした連絡するよ。

「こっちから下宿に連絡するわ。日曜なら居るでしょう？」

――わかった。

世辞をわきまえた磯村らしく、素直に従った。受話器を戻すと異様な疲労感がおし寄せた。このような精神状態で磯村に逢いたくなかった。藤野へ連絡したかったが、アトリエが休みの日には連絡の手段がない。しかし藤野なら、この先どのような状況になろうと、それなりに冷静な対応をしてくれるという気がする。

とりあえずは、自分の気持ちを無理矢理にでも封印し、旭に留まろうと思った。

《来週になって落ち着いたら仕事に戻ろう》

翌日から残暑が戻った。太陽のぎらつきが弱まりはじめた夕刻、舞は妹の自転車を借り、近くの公衆電話から磯村に連絡した。

電話口に出た磯村に、舞は釘を刺した。

「しばらく逢うのはやめたいんだけど……」

――じゃあ、その前に僕と話をしてくれないか。直接逢って話したいんだ。

「逢うのはだめよ」

――この前、キミは結婚には向かないって言っただろう？　あれから僕も考えたんだ。せめて僕の考えを聞いてくれよ。

結局、磯村に押し切られ、二日後の午後、いつもの喫茶店で逢う約束をしてしまった。

《藤野はいま、部屋でなにをしているんだろう……》

帰り道、そんなことを考えながらペダルを踏んでいると、木祖村で乗った自転車の感触がよみがえった。あのときは透明な陽射しと乾いた涼風のなかを走ったが、いま全身をなでるのは海の匂いを含んだ熱い向かい風である。まっすぐのびた道の先には九十九里の海がある。アスファルトの路面に深い影を落とす楠《くすのき》の大木で、遅いセミが鳴き盛っていた。

その異変に襲われたのは、県道から家に向かう小路へと曲ったときだった。

繁茂した雑草から漂う草いきれを感じた瞬間、胸のあたりに異様な不快感が渦巻いた。舞は懸命に我慢して家へたどり着き、トイレへ駆け込んだ。

《まさか……》

しかし数時間後、また同じ兆候に襲われた。最初のときは、葬儀の疲れが出たのかもしれないと思ったが、二度目の兆候には、そんな推断を許さない不快感があった。腹くだしや胃もたれとは明らかに違う。肺のあたりから湧きあがり、嗅覚や視覚の刺激によって増幅され、全身に広がるような、これまで経験したことのない嘔吐感である。

舞は隣の部屋へ行き、机に向かう麗に夕食の用意を頼んだ。

「おなかの調子が悪いのよ。疲れのせいだと思うんだけど……私はいらないから、お父さんと麗の分だけでいいわ」

「それなら外食にしちゃおうかな」

「それがいいわ」

夜になって、近所への挨拶まわりを済ませた父が戻った。麗は事情を話し、父と共に車で出かけた。朝から食べたものはほとんど吐き出し、胃が空になっている。しかし空腹感はなかった。舞は食パンを焼いて口に入れてみた。喉のあたりでつかえる感覚はあったが、なんとか呑み込むことができた。

《検査しなければ……》

胸に渦巻く熱い不快感を、冷ややかな焦燥が包んでいる。病院勤めという仕事柄、近隣の個人医に行くわけにはいかない。保険証から事情を察せられてしまう。千葉市内など遠隔地の病院なら……と考えてはみたが、雲をつかむように現実味がない。たとえ病院を探しあてたとしても、はたして一人で診察室へ入れるだろうか……あれこれ思い悩んだ舞は、すがる気持ちで愛美の自宅へ電話を入れてみた。愛美は運良く在宅しており、すぐに受話器の向こうから明るい声がした。

――あら、舞ちゃん。その後はどう？

「いま旭にいるの。祖母が亡くなって……戻ったの」

——おばあさん、そんなに悪かったんだ……。

声を潜めた愛美は、すぐに気を取り直し、

——それで葬儀は？

「きのうが告別式で……葬儀は終わったんだけど……」

そのあと舞は体の異変を告げた。愛美はしばらく絶句したが、

——舞ちゃん、医者で調べないと……。

「でも近くの病院には行けないし、遠くの病院はよくわからないし……」

——う～ん、困ったわね……。

愛美は電話口で唸っていたが、やがて、

——舞ちゃん、電車に乗れる？

「たぶん、大丈夫だと思うけど……」

——だったら、あした保険証を持ってこっちまで来なさいよ。うちの病院なら産婦人科もあるし、先生もよく知っている人だからなんとかなるわ。

愛美の言葉に救われたような気がした。仮に遠隔地の病院で診察を受けたとしても、結果が予想通りだったら……そう考えると、たとえ五時間をかけても愛美にすがりたかった。

舞は、外食から戻った父に翌日の長野行きを伝えた。

「さっき田代さんから電話があって、結婚が急に決まったんだって。それで相手の医者が、来年早々に天草へ赴任するらしいの。田代さんも一緒に行くから、もう逢えなくなりそうだし……まだ有給休暇中だから二、三日逢いに行っ

てきたいんだけど」

「木祖村じゃないんだな？」

父はあからさまに不安を浮かべた。

「そのことは、もう気持ちの整理がついたし、今回は電車で行くつもりだから……」

「そうか、とにかく気をつけてな」

億劫そうに立ちあがり、風呂場に向かった父の背に、舞は心で詫びた。

翌日、早朝の総武本線に乗った舞は、上野駅から愛美に連絡を入れ、乗車する特急名を告げた。

――わかった。じゃあ長野駅のホームで待ってるから、おりたら動かないでね。

愛美は早口で念を押した。昨日のことが嘘のように、朝からなんの兆候もない。しかし信越本線の列車内で二回嘔吐感に襲われた。一度目は大宮《おおみや》駅を過ぎたときである。前の席に座った中年女性の香水のにおいに、軽い嘔吐感を覚えた。二度目は群馬と長野の県境だった。列車がトンネルに入ったとき、ふいに胸が圧迫され、強烈な吐き気に見舞われた。

軽井沢駅から一時間、長野駅のホームで待つ愛美が、車両からおりた舞を見つけて走り寄った。

「田代さん、ごめんね」

「そんなこといいのよ。それより早く行こう」

駅前でタクシーをつかまえた愛美は、病院名を小声で告げた。

検査の結果は予想通りだった。六週目という医者の言葉に、あらゆる思考力が失せてしまった。舞は愛美の終業時まで院内の喫茶室で時間をつぶし、市の郊外にある彼女の実家までバスで帰った。住宅地の一角にある実家は、ブロック塀に囲まれた現代風の家だった。

「舞ちゃん、元気出してよ。食欲はある？」

着替えをすませた愛美はキッチンで食事の用意をはじめた。

軽井沢のトンネル以来、不快感はまったくない。しかし診察結果の重圧感が食欲を奪ってしまった。愛美は舞の状態を気づかってか、焼き魚にサラダと吸い物だけのさっぱりした食事をつくった。食欲はなかったが、箸をつけてみると違和感なく喉を通った。

食事の後片づけが終わるころ玄関の呼び鈴が鳴った。応対に出た愛美は、長身の沖山を従えてダイニングへ戻ってきた。

「舞ちゃんには内緒にしていたけど……彼にも今回の事情を話してあるのよ」

申し訳なさそうに目もとを細めた愛美は、「ほら！」と隣の沖山の尻を軽く叩いた。沖山は「はぁ、愛《まな》ちゃんから聞いています」とつぶやくように言い、おずおずと頭をさげた。

「この人も、専門は違うけど一応は医者だし、産婦人科の先生とも親しいから、いろいろとアドバイスしてもらったのよ。結果次第では、その先のこともあったし……」

「いいのよ……田代さん、ありがとう。それに沖山さんも、すみませんでした」

「とりあえず座敷に行きましょう！」

愛美は湿った雰囲気を払うように、陽気な声で促した。

「僕も結果を聞きました。だいたいの事情も愛ちゃんから聞いています」

縮れ毛をかきながら茶を飲む沖山の隣から、愛美が神妙な日で聞いてきた。

「舞ちゃん、単刀直入に聞くんだけど、相手はどっちの人？」

昨夜来、そのことは幾度となく考えた。病院で六週目と聞いたときも、とっさに時間を逆算してみたが確信は見つからなかった。

「わからない……」

それを聞いた愛美はため息まじりにうなずいた。

「ついでに、きついこと聞くけど、どうするつもり？」

隣の沖山があわてて愛美を制した。

「愛ちゃん、ちょっと待てよ。急にそんなこと言ったって……」

「でも、それが一番重要なことだわ。沖ちゃんだって、けさはそう言ってたじゃない。どの道、判断しなけりゃならないことだもの、舞ちゃんの気持ちを聞いておいたほうがいいのよ。どう？　舞ちゃんはどう考えてるの？」

容赦のない問いかけに、返す言葉がなかった。

「私……どうしたらいいんだろう……」

思わず本音を吐露すると、「まったく……」と呆れ顔で吐息をもらした愛美は、「舞ちゃんらしいわね……」と磊落《らいらく》な口調に変わった。

「ほんと舞ちゃんらしいわ。曖昧だし、まるで他人事のようだし……」

「ごめんね」

「別に怒ってなんかいないよ。とにかく選択肢は三つしかないわ。二人のどちらかを父親にするか、その反対に、なにも告げずに私生児を産むか、そうでなければ早いうちに処置するか、それしかないよ」

そのとき沖山がおずおずと口を挟んだ。

「愛ちゃん、ちょっと待てよ。その判断が一番重大なんだよ。とくに二人の男性との関係がね。どちらかは父親なんだし、それに二人とも篠坂さんを愛している」

そのあと沖山は大きな体を思いっきり縮めるように首をすくめ、「だいたいの事情は愛ちゃんから聞いています」と弁解した。

「でも沖ちゃん、どっちが父親かわからないんだから結論はひとつよ。処置して仕切り直すこと、それが舞ちゃんのためにも一番いい選択だと思うわ」

「たしかに、いまの段階なら母体へのダメージも少ないけど……」

「だからいますぐに判断するほうがいいのよ。沖ちゃんが口添えしてくれれば、明日にでもなんとかなるでしょう？」

「まあ、そうだけど……」

「舞ちゃん、そうするにも問題はあるのよ。街の個人医と違ってウチのような総合病院になると面倒な手続きもあるわ。だから私、沖ちゃんに頼んだのよ。いざとなったら院長に話してなんとかしてって、ね？」

愛美は沖山を睨んだ。

「その件は、篠坂さんの気持ちが決まれば、僕がなんとかするけど……でも正直言って、処置の決定は短絡的に決めないほうがいいと思う。愛ちゃんから聞いた範囲での判断だけど、僕は木祖村の男の人が気になるんだ。なんとなく、その人の気持ちがわかるっていうか、篠坂さんの状況を知れば、それなりの行動をすると思えるんだよ」

「沖ちゃん、父親の判断ができないのよ。わかってるの？」

「わかってるさ。でも僕にはそんな気がする。なんて言うかなぁ、そういうものを超越できる感性っていうか、篠坂さんと木祖の人にはそういうものがあるような気がするんだ」

「希望的な観測よ」

「それにね、もうひとつは篠坂さんの気持ちだよ。最近は、夫はいらないけど子供は欲しいっていう女性も増えているらしいし……」

「違うわ！」

愛美は毅然と突っぱねた。

「自分と夫の二元関係しか見なければ、それでいいかもしれないけど、子供を想定したら、三元関係になるじゃない。だから夫はいらなくても父親は必要なのよ。それが、子を持つ親の責任じゃない！　私も以前、母から言われたわ。相手が自分の子供の父親としてどうかという観点から男を判断しろってね」

以前、愛美から聞いた覚えがある。彼女の結婚観の重要な因子だった。

「それは僕も納得できるよ。でも父親がなくとも立派に育つ子供はいるじゃないか。それに男の場合、子供ができたから父親になるんじゃなくて、子供の成長と一緒に父親になっていくもんじゃないのかな？」

「まったくこの人は……舞ちゃん、こういう人なのよ。だから私も天草へ行く気になったんだけどね」

愛美は苦笑したが、沖山の言葉を聞きながら、舞の脳裏には、綾香と父の姿が交互に浮かんでいた。綾香は、犬吠埼で咽び泣く姿だった。

《広島まで堕胎に行くときの綾香は、いまの自分よりずっと不安で悲しかったに違いない》

父の姿は、ただ悲しげな目で、背を丸めてタバコを吸う姿だった。

二人の姿を漠然と思い描いているうちに、心が決まった。

「私、処置する……」

結論は初めからあった。磯村や藤野よりも、無言の父がそれを切実に訴えている。愛美は一瞬、息をのんで舞を見つめた。

「舞ちゃん……本当にそれでいいの？」

「そうするしか、ないもの……」

「そうか。じゃあ明日、沖ちゃんにお願いして時間をとってもらう。沖ちゃん、お願いね」

「ああ、それは構わないけど……篠坂さん、本当にいいんですか？」

「はい……お願いします……でも沖山さん、大変なことをお願いしてすみません」

するとと愛美が沖山の背をポンと叩いた。

「ははは、どうせ来年には天草へトンズラだもの、どう思われたって平気よね？」

「トンズラじゃあないけど……篠坂さん、気にしなくていいですよ。僕に任せてください」

「そういうこと！」

元気よく言った愛美は、舞の保険証を預かり、

「明日は、ここで待機していてね。時間が決まったら私が呼びに来るから」

「ごめんね……」

「気にしない気にしない。舞ちゃんも、今回のことで心機一転、巻き直しよ！」

明るい表情の隣に、唇をかみしめる沖山がいた。その顔に、藤野の表情が重なった。

2

上りの信越本線の特急は空き席が目立った。舞はシートをいっぱいまで倒し、腹部へそっと手をおいて目を閉じた。自らの決意に、ためらいも後悔もない。ただ、この先どうしたらよいか、それだけが、寄るべのない焦燥となって心をさまよっている。

愛美の愕然とした顔が浮かぶ。その隣に、納得したようにうなずく沖山の顔がある。

「いったいどうしちゃったの？」

迎えに来た愛美に、「処置はやめて旭へ戻る」と告げたときの顔だった。朝、出勤する愛美を見送ってから、舞が一人で考えた末の決断だった。

昨夜、母の夢を見た。幼いころ中谷里浜で母に抱かれている夢だった。母の唄声には、はっきりした歌詞と旋律があった。

夢のなかで舞は問いかけた。

（お父さんは？）

母は唄いながら（居《お》らんよ）応える。

（どうして？）

（舞はワタシが産んだ子供だから）

（家にいるお父さんはだれ？）

（舞のお父さんだよ）

筋の通らない夢だった。しかし舞は母の言葉の真意を、夢のなかで朧《おぼろ》に察していた。

愛美を待つあいだ、舞はずっと夢の情景を反芻していた。記憶の波音が脳の奥底で鳴っている。目を閉じて、取りとめなくうねる幻聴に身を委《ゆだ》ねていると、しだいに自分の実在感が薄れ、意識が不明瞭な情景へと誘われる。

あの浜の波音を聞きたい……そう思ったとき堕胎の決意がくずれた。

母は自分を産んだ。己《おのれ》一人を抱きながら産んだ。波音に漂う唄声は豊かで淋しかった。父は遠いところから母を慕っている。母をじっと見つめる父の姿も、哀《かな》しく豊かだった。

「舞ちゃん、旭へ帰ってどうするつもり？」

舞の説得を諦めた愛美は、一転して優艶な表情で聞いた。

「産むつもり……」

「藤野さんとは、どうするの？」

「話してみる」

すると愛美は舞の肩を軽く叩いた。

「やっぱりそれがいいわ。本当のこと言えばね、われながら常識的な観点から言い過ぎたなって思ってたのよ。それにさぁ、舞ちゃんは体の娼婦なんだし、藤野さんも意識のルーツに気づいた帰れない男だもんね。きっとうまくいくよ」

「そうね……」

笑顔を繕って愛美と別れたが、気持ちの決着はなにもついていなかった。

《あの浜で波の音を聞くまでは……》

儚い記憶への憧憬《どうけい》だけが心を支配していた。東京駅から家に連絡を入れ、旭駅へ着いたのは夕刻の六時近い時刻だった。家では困惑した麗が待っていた。

「お姉ちゃんの電話のあと、この前のイソムラって人から何度も連絡があったよ。外出してるって言ったけど、それから三回も電話があってさ、困ってたんだ」

《そうか、きょうの夕方に逢う約束をしていた》

「また七時ごろかけるって」

「わかった、ありがとう」

焦《じ》れた磯村が目に浮かぶ。案のじょう、七時前に鳴った電話を取ると、

――やっとつかまった……。

嘆息した磯村は、約束を反故にされた怒りを露《あらわ》にした。

――約束の店の前で、もう二時間も待ってるんだよ！　どうしたんだ、なにかあったのか？

「ごめんなさい、いろいろあって……」

――約束をすっぽかすほど重要なことなのか！

「ええ、だから逢うのはまた後日にしてもらえない？」

――僕が納得できる理由を言わない限り、ここでずっと待ってるよ！

磯村は意地になっている。約束を失念したのはこちらの非ではあるが、駄々っ子のような態度が悲しかった。

「わかったわ。いまから行く」

舞は乱暴に電話を切った。

喫茶店の駐車場で待っていた磯村は、車からおりた舞に、自分の車へ乗るよう指示した。

「人のいるところでは、話したくない」

舞が拒絶すると、磯村は海辺の県道を走り、椎名内の浜の駐車場に車を入れた。季節外れの夜の浜に、人の気配はない。外灯に群がる小虫の大群だけが、去りゆく夏を惜しむように、湿度の高い夜気を攪拌《かくはん》している。

「きょうは、どうしたっていうんだ」

シートを少し倒した磯村は、苛立ちを露にした。

「……」

「なんとか言えよ。僕がどんな気持ちで待っていたと思う？」

「……」

「舞！　話さないつもりなのか！」

磯村は声を荒立て、ハンドルにすがって身を起こした。

「磯村さん」

舞は目を伏せたまま、冷静に磯村の怒りをはねのけた。

「私……子供ができたの」

「え！？」

磯村はギョッとして息をのんだ。

「きのう検査してきた……妊娠しているの」

磯村は力なくシートにもたれた。そして「そうだったのか」と納得し、吐息のような呼吸を繰り返した。エンジン音とエアコンの風の無機質な音が、その沈黙をうめた。ウインドーを通して幽かな波音が聞こえる。やがて磯村は掠《かす》れた声で恐る恐る聞いた。

「妊娠は、どれくらい？」

「六週目に入ったところ」

「六週か……」

磯村は記憶を探り、「あのころか……」と勝手に了解した。沈黙に堕ちた磯村から顔をそむけ、舞は窓を少しあけた。波音とともに湿った海風が忍び込む。

磯村が身を起こした。

「いいさ、事の順序が逆になっただけだ。僕はすぐ親に報告するよ。だからキミもそうしてくれないか」

うわついた声の磯村を、舞は毅然とはね退けた。

「だめよ！」

「どうして？」

「あなたの子供かどうか……わからない……」

「えぇ！？」

意味がのみ込めず、唖然と身を強張らせる磯村に、舞はもう一度事実をつきつけた。

「あなたの子供かどうか、わからないのよ」

しかし次の瞬間、磯村は鼻で笑いはじめた。

「冗談だろう？　悪い冗談だよ。脅かすのもいい加減にしてくれよ」

「本当よ」

「へぇ〜、それじゃあ相手は誰？」

磯村は嘲《あざけ》るように横目を向けた。舞はその顔を冷たく凝視した。

「磯村さん、私、好きな人がいるの……この夏も一緒に旅行したのよ」

「嘘だろう？」

「本当よ。先週も、その人の家にいた」

磯村の顔に狼狽が浮かぶ。

「本当なの？」

「ええ、本当よ」

「それが事実だとしたら……あんまりだよ」

磯村はシートに崩れた。

「こんなにキミのことを考えているのに、ほかの男とも関係があったなんて……ひどいじゃないか、そっちの男が好きなら、僕にはっきり言ってくれればいいのに……」

「だから、あいだをおきたいって何度も言ったし、結婚できないとも言ったわ」

「そんなの……思わせぶりな言い方だよ。僕の気持ちを生殺しにしただけじゃないか」

「そのことは悪かったと思ってる」

「それじゃあキミは、その男と結婚するつもりなの？」

「わからない」

「わからないって……そんなにいい加減なのか！　僕はいったいなんだったんだよ！」

磯村の確固とした輪郭が音をたてて崩れていく。やがて磯村の口から低い嗚咽がもれた。

「キミは残酷だよ……キミを信じていた自分が惨《みじ》めだ！……」

「ごめんなさい……」

「謝ってすむことじゃないよ」

磯村は震える息を吐きながら、嗚咽を噛みしめた。

「磯村さん、私と結婚しても、あなたは幸せになれないと思う」

言った瞬間、磯村は怒りと悲哀を一気に吐瀉《としゃ》した。

「そんなこと、僕が決めることだ！」

舞は冷淡に返した。

「私だって、幸せになれない」

その言葉が磯村の感情を凍らせた。身を強張《こわば》らせたまま、奇異なものでも見るように舞を凝視した。その膠着した視線を逃れ、舞は車窓に顔を向けた。水銀灯に浮いた白っぽい空間の彼方で、亡霊のような波頭が茫漠と浮いている。

やがて磯村はすがるように懇願した。

「お願いだから、考え直してくれないか。キミがその相手と結婚する気持ちがないのなら……どうするつもりなの？子供のことはちゃんと処置して、もう一度やり直せないか？」

「無理よ」

「どうして？」

「その理由がわからないあなただから、無理なのよ。もう終わりにして。お願い」

「僕が理解できるように言ってくれよ……」

「言ってもわからないと思う。それより、もう帰りたいの。車のところまで送って」

「はっきり言うまではだめだ！」

「じゃあ、私、歩いて行く！」

舞はドアのロックを引きあげた。

「わかったよ……キミは残酷な人だ。本当に残酷な人だよ……信じられない……」

磯村はそれだけ言うと、顔をしかめ、勢いよく車を発信させた。

磯村と逢っている間に、愛美から連絡が入っていた。

「お姉ちゃん、田代さんから電話があったよ。自宅まで連絡してくれって」

家に戻るなり、玄関で妹の報告を受けた舞は、恐る恐る居間をうかがった。

「お父さんは？」

「香典返しを配ってから戻るって連絡があった。遅くなるって……」

舞はそのまま居間へ行き、愛美の家へ電話を入れた。

――舞ちゃん、無事ついた？　気分はどう？

「お世話になっちゃって……ごめんね。私は大丈夫」

――ならいいけど……それで、藤野さんにもう連絡した？

「それは……まだだけど……」

――いつ連絡するの？

「あしたには、してみるつもり……」

――沖ちゃんも心配してたけど、大丈夫よ。きっと舞ちゃんが思っている以上にうまくいくから。もしなにかあったら、すぐ連絡をちょうだい。遠慮しないでね。わかった？

「ありがとう」

――それからさぁ……。

愛美はちょっと言いよどみ、

――どっちの子供かは、舞ちゃん自身がはっきりさせておいたほうがいいと思うんだ。だからってなにが変わるわけじゃないし、舞ちゃんが承知していればいいことだけど……。

「うん……」

――おいおい元気ないぞ、そんなことじゃあ、だめだっぺや！

愛美は千葉訛の語尾に力を込めた。

「わかった」

――それじゃあ切るね。用事がなくてもたまには連絡してね。

「ありがとう」

受話器をおいた瞬間、不快感が襲ってきた。舞は妹に悟られないようトイレへ走った。


翌々日の夕刻、磯村から分厚い速達封書が届いた。中身は磯村の銀行名が入ったレポート用紙で数枚の手紙だった。おそらく、あのあと書いて投函したのだろう。

『前略、篠坂舞様』という、磯村らしい律儀さではじまる文章には、彼の想いが几帳面な文字で綴られていた。二人の思い出や、自分がどんな将来を夢見ていたか……途中、何ヵ所か文字が乱れ、磯村の困惑と疲労をうかがわせる。しかし磯村が伝えたいことは昨夜と変わっておらず、もう一度やり直したいということだった。

舞はすぐに返事を書いた。

『私に謝らないでほしい、決して赦《ゆる》さないでほしい。私は愛している人と一緒に行きます。それがどんなに苦しく孤独な道でも。私に言えるのはそれだけです。この手紙で、すべてを過去に葬りたいと思います』

短く冷たい文面だったが、それ以上は書けなかった。薄い封書を近くのポスト投函したとき、《これで、またひとつが終わった》と、溜息のような終息感が湧いた。

家に戻ると、パジャマ姿の父が廊下に立っていた。

「どこへ行ってた?」

「ちょっとそこまで」

父は深く詮索せず、「お茶をくれないか」とキッチンのイスに腰をおろした。

《父に打ち明けようか……》

そんな気持ちが脳裏をかすめる。しかし、どんな言葉で話したらよいかわからない。舞は父の向かいに座り、茶を飲む父に話しかけた。

「お父さん、名古屋からこの土地へ来たこと、後悔してない？」

自分でも呆れるほど、まわりくどい聞き方だった。

「どうしたんだ？　最近、妙なことばかり聞くようになったな」

「名古屋に家もあって、母親もいたのに……それに仕事も辞めたんでしょう？　よほどの覚悟がなければできないことだって思ったから」

父は首筋の汗をぬぐい、落着かない表情をした。その目には、祖母の死にぎわの言葉や、藤野という男への深い懸念がにじんでいる。長野へ行く前、「気持ちの整理はついた」と告げたが、父の内面ではそれらのことがいまだに深い憂慮となって滞《とどこお》っているに違いない。

「うん」と小さくうなずいた父は、おもむろに茶をすすった。

「この前も言ったがな、母さんは心の広い人だった。母さんと一緒になって、気持ちが楽になれたと思う。先に逝っちまったがな……」

それだけ言うと、父は物憂い視線を虚空に投げた。その表情に、舞は絶望的な悲しみを見た。すべてを捨てて、この地に住もうとした唯一の理由を、父は失ってしまった。

「お母さんが死んだとき、どんな気持ちだった？」

その言葉に、はっと視線を返した父は、

「人間、いつかは死ぬんだ。生まれてきて一番確かなのは死ぬってことだ。おばあちゃんを見ていてわかったろう。おばあちゃんの言ったことは、もう済んだことだ」

やはり父は祖母の言葉に拘《こだわ》っている。

「でも不思議なのよ。お母さんと一緒になるにしても、お父さんが名古屋にお母さんを連れて行けばいいわけだし、そのほうが自然じゃない。お父さんがすべてを捨ててこの土地に暮らすほうが不自然な感じがする」

「生まれた場所で一生を終える人もいれば、そうでない人もいる」

「お父さん、この土地が好きだったの？　それともお母さんがここにいたから、お母さんのいる場所に住みたかったの？」

「どうしてそんなことを聞くんだ？」

父は不安げに舞を見た。

「だって……お父さんは、お母さんのところに帰りたかったのかなって思ったから……なんとなくそう思っただけ」

「人間にはな、理屈だけじゃあ判断できないこともある」

「そうね。でもお父さんがここに居てくれてよかったと思う。感謝してる」

「おまえ……」

父の表情に胡乱《うろん》なものでも見るような怯えが走る。電灯を映じた目の光に、父が自我の奥底に秘めた深い悲しみがにじんでいるような気がした。

「お父さん、私、あさってから仕事に戻るつもりよ」

舞は意識して明るく言った。「そうか……」とつぶやいた父は目を伏せて茶を飲み干した。

《父に告げる前に、もうひとつ決着をつけなければならないことがある》

心には最後の決心が固まりつつあった。

3

翌日の昼過ぎ、舞は中谷里浜に行った。秋の気配を漂わせる紺青の空が広がり、乾燥した微風がハマヒルガオの葉をなでている。舞は松林のきわに座り、サンダルをぬいで素足を砂にうめた。去ってしまった季節の形見のように、砂は儚い温さを孕《はら》んでいた。

目を閉じると波音だけの世界に包まれる。安穏とした波音の律動の間隙を縫って、《みんな終わった》という終息感が満ちてくる。それは、荒涼とした世界に自分を無理やり置き去りにしたような、絶望的な空虚さにも似ていた。どうしてこうなってしまったのか、自分でもわからない。しかし、自分にとってこれが一番素直な決断だったと思う。

午前中、藤野のアトリエに電話を入れた舞は、感情を抑えて告げた。

「私……もう逢えません……」

――舞さん、どうしたの？

「私……結婚するんです」

――結婚……。

藤野は一瞬息をのんだが、すぐに優しい声で、

――たしか、そっちで結婚を申し込まれた人が、いたんだよね。

「ええ……私……受けることにしたんです」

――そうか……。

藤野は深いため息をついた。

――木祖の家にいる舞さんを見て感じたことがあった……この場所じゃあ舞さんの本当の安らぎはないんじゃあない

かってね。

「……」

――これはオレの不安だったのかもしれないし、恐れだったのかもしれない。オレ自身が舞さんの心に波の音を聞いている限り、消えることのない不安だよね。舞さんが九十九里の波音から脱けだせないことは理解しているつもりだった。だから舞さんを山のなかにおくことは、オレ自身のなかでも、どこかしっくりしなかったんだ。

「藤野さん……ごめんね……」

――謝ることなんかない。舞さんは一番いい道を選択したんだ。

「藤野さんに逢えてよかったと思ってます……」

――オレも同じ気持ちだ。舞さんのような女性がいると知っただけで、自分の生き方を肯定する確信をもらったような気がしている。

「本当に……ごめんね……」

――ははは、謝ることなんかないさ。心配ない。なにも心配ないんだ。

明るく言った藤野は、

――舞さんのお母さんがそうだったように、舞さんも九十九里の波音が聞こえる場所で家庭をもって、いつか舞さんのように、心に波音を宿した子供を産むんだと思う。

そのあと藤野は、己の感情を噛みしめるように囁《ささや》いた。

――舞さん、幸せになってくれ。

「はい……」

――さようなら……。

「さようなら……」

受話器をおいた刹那、心の堰が切れ、歯止めを失った感情があふれた。舞は二階に駆けあがり、ベッドに顔をうめて泣いた。

どれくらいそうしていただろうか。あらゆる感情が出尽くし、自分自身の実在感さえ虚ろになった心に、幽かな母の唄声が不思議な温かさで残っていた。

《浜に行こう》

海を見れば、そして波音を聞けば、自らの決意が素直に納得できるかもしれない……そんな気がしたのだった。

《どうしてこうなってしまったんだろう》

波音を聞きながら舞は自問した。すると、藤野との電話で繰り返した「ごめんね」という言葉は、藤野へというより自分自身への詫びだったという気がしてくる。

父の顔が浮かぶ。淋しげな目をしている。その背後には母の顔がある。うっとりと目を閉じ、小さな声で唄う、安らかな表情だった。

《もしかしたら、あれは、父と母に対する自分からの詫びだったのかもしれない》

聞こえる波音と記憶の波音が重なっていく。母の唄声が聞こえる。その幻聴はいつしか舞の口を借りて、小さな唄声に変わった。幼い自分の姿がよみがえる。母のゆとりから疎外され、奇妙な不安と淋しさを抱えた姿だった。その背後に朧な母の姿が浮かびあがる。

《お母さん、私はお父さんの子供じゃないんでしょう？》

生前の母に対する祖母の暴言を、父は諫めなかった。しかし、そんな父に対し、母はひとことの恨みも言わなかった。それは、自分の子の父親として傍にいる寡黙な男への、せめてもの償《つぐな》いだったのかもしれない。

《母は、自分の子供の父親が誰か知っていたのだろうか？》

ふいに、そんな思いが心をよぎり、舞は愕然と目をあけた。

無限に重なる波の彼方、空との色相をくっきりわける水平線に、船の姿がかすんでいた。それは、おもむろに水平線を動き、やがて視界から失せてしまった。波間に消えた船を潤んだ目で探しているうちに、藤野という男の概念が妙に現実的な感触で心に迫った。

《さようなら……》

心でつぶやいたとき、藤野の表情や話し方、肌の感触やにおいまでがリアルによみがえった。舞はあふれる涙を拭いもせず、何度も《さようなら》と心で言い続けた。

翌日から、舞は勤めに戻った。日に数度は不快感に襲われたが、職場という緊張感のせいか、症状は軽かった。ただ、この事実と決意を、いつ父に打ち明けようかという迷いと、早く産院を決めて定期診断を受けねばという焦慮は、日ごとに大きくなっていく。

舞は勤務シフトを早番《はやばん》にしてもらった。このシフトなら、午後四時前には仕事が終わる。帰り道、舞は中谷里浜へ寄り、気がすむまで夕刻の海を見た。海を見ていると、心が漠とした世界に浮遊する。その瞬間だけが、迷いと焦りを忘れられる唯一の時間だった。

波音の律動に誘われ、幼いころの母の記憶が、そこはかとなくよみがえる。母がこの浜に来て、唄っていた心情を、漠然とではあるが、理解できるような気がする。しかし、その後には、母のようにはなれないかもしれないという諦めが、影のように忍び寄っている。

《愛美がこのことを知ったら、怒るだろうな……》
脳裏に浮かぶ愛美の表情は、いつも非難の色を浮かべている。
《子供が歩けるぐらいの歳になったら、愛美夫婦を訪ねてみよう》
そのころになれば、すべてが自分の生き方だと納得できるかもしれない。父も妹も愛美夫婦も、きっと事実を素直に受けとめてくれるに違いない。
そして、あらゆる想念は、決まって藤野という男の概念に行き着く。それは、山のなかでキャンバスに向かっている姿だった。
《この決断が自分にとって一番素直だった……》
日を追うごとに、自分の決意への索漠とした肯定が固まっていく。藤野のもとへ行くにしても、藤野がこの地へ来るにしても、父親という大きな壁を超えねばならない。
《たとえ藤野のもとへ行っても、すぐに限界を感じたかもしれない》
父のことを考えると、いまの生活を放棄することはできない。それは、母から自分へと受け継がれた因縁なのかもしれない。生活を捨てる以前に、波音から脱けだせない自分を、いやというほど思い知らされている。逆に、藤野をこの地へ呼ぶことには、巨大な壁がある。藤野はいま　自らの意識の源をしっかり見つめ、自分らしい未来へ歩んでいる。その藤野を父親と同じにしてはならないと、冷然たる理性が叫んでいる。
しかし……それが、自身の恐れを糊塗《こと》する虚飾であることも、舞にはわかっていた。
藤野を困惑させることへの恐れだった。沖山は『父親かどうかの疑念を超越できるかもしれない』と言った。愛美は希望的な観測と一蹴したが、そのとき舞の心を支配したのは、《もし、そうでなかったら……》という底知れぬ怯えだった。

藤野を試すことだけはできなかった。
《もし藤野が磯村と同じ反応をしたら、そのときこそ自分はすべてを失ってしまう》
それは、救いようのない絶望の陥穽《かんせい》だった。かろうじてその縁にとどまる自分を支えるのは「幸せになってくれ」という藤野の最後の言葉だった。
《これでよかったんだ》
あらゆる思いが、この危うげな決断に行きつくとき、記憶に残る母の姿と自分の姿が重なり、自分もまた母になるという思いだけが心を占拠する。その瞬間だけ、不可思議な安堵が訪れる。
舞はそっと腹部へ手をおいた。
《この子は、藤野の子でも、磯村の子でもなく、私の子……》
視界がにじんでいく。海と空が渾然とした情景のなかに、幽邃《ゆうすい》な波音だけが残った。
舞はあらゆる現実を模糊とした意識の彼方に葬り、自己の不在感に身をまかせた。

職場に復帰して五日目の夜、夕食の支度をしているとき、愛美から電話があった。

——あ、舞ちゃん。まわりに誰かいる？

「ううん、一人よ」

——その後の調子はどう？

「あんまり変化はないけど……」

——それで、藤野さんとはどうなった？

「ええ……」

舞が言いよどむと、愛美はため息まじりに、『舞ちゃん！』と口調を荒立てた。

――藤野さんに連絡したの？　逢って話をしたの？

「電話で連絡したけど」

――どうなった？

「今度、ゆっくり逢って話そうって」

――それじゃあ、まだ逢ってないのね？

「ええ」

――いつ逢う予定？

「来週ぐらい……」

――それで、藤野さんは、電話でどう言ってた？

「どうって？」

――なに言ってるのよ。今後のことをどうするかってことに決まってるじゃない！

「心配することないって」

――そうか、それならいいけど……。

愛美は再び小さなため息をついた。

――舞ちゃん、よかったじゃない。心配ないってことは、藤野さんなりに事実を受け入れたってことだものね。

「そうね……」

――元気出しなよ。きっとうまくいくって。藤野さんの言うとおり、心配ないよ。

「ええ……」

——舞ちゃん、本当に……。

愛美は一瞬、懐疑の色を忍ばせたが、

——まあいいか……それじゃあ体を大事にしてね！

最後は明るい口調で電話を切った。

冷たい疚《やま》しさが心の襞を刺す。舞はツーツーと不通音をたてる受話器を握りしめたまま、しばらくその場に立ち尽くした。ようやく気持ちが鎮まり、台所へ戻ろうとしたとき、また電話が鳴った。全身を硬直させ、恐る恐る受話器をあげると、綾香の明るい声が飛び込んできた。

——篠坂さんのお宅ですか？

脳裏に怪しい不安が湧きあがった。

「ええ……私よ」

——あ、舞？　突然ごめんね。今夜は亭主も親も留守なんだ。久しぶりに一人でご飯を食べてたら舞の声が聞きたくなっちゃって……あれから元気だった？

「ええ、綾ちゃんは？」

——相変わらず変化がない毎日だけど……じつはね、驚くことがあるのよ。駿一の消息がわかったのよ。

再び全身が硬直した。自分以外のすべての者が奇怪な連環をもち、その輪から自分だけが外れている、そんな疎外感が悪寒のように込みあげた。

——さっきね、駿一の昔の友達に電話してみたのよ。そしたら駿一のことを知っていて、松本にいるんですって。勤め先の電話番号も教えてもらったわ。

舞は動揺を隠し、「そう」と無機質に応えた。

――それでさあ、お願いがあるんだけど、舞から電話を入れてみてもらえないかな？　だってさ、私じゃあ、かけにくいもの。そうでしょう？

「私だって、かけられないわ」

――でも、私より舞からの連絡のほうが、彼も普通に話せると思うんだ。

その言葉が、意識の底におし込めた本心を無遠慮にまさぐり、舞を苛立たせた。

「綾ちゃん、私が話しても、しょうがないじゃない」

知らぬこととはわかっていても、綾香の身勝手さに腹が立った。

――だからぁ、駿一のいまの状況を聞くだけでいいのよ。

「だったら、自分で直接聞いたらいいじゃない」

――でも……。

「迷いがあるんなら、しないほうがいいわ！」

感情があふれてしまった。綾香は気圧《けお》されたように言葉を失った。吐息のような息づかいだけが電話の向こうから聞こえる。その気まずい静寂が舞の怒りを和らげた。

「ねえ綾ちゃん、私だって綾ちゃんと同じなのよ。いまさら藤野さんに連絡なんかできないし、こっちのわがままで連絡したら藤野さんだって困ると思う。これ以上、あの人の心を乱しちゃいけないわ」

綾香への忠告であり、自身への諭《さと》しでもあった。

――そうね、舞の言うとおりね。

悄然と納得した綾香は、そのあと近況などを脈絡もなく話し、電話を切った。

舞は台所のイスに座り、意識の底で疼《うず》く藤野の概念に耐えながら、綾香の生き方への軽蔑と羨望を同時に抱いた。

『心の娼婦』という愛美の言葉が、綾香としっくり重なっていた。

その夜、夢に母が現われた。

浴衣姿で浜の松にもたれた母は、じっと海を見つめている。駆け寄ろうとしたが、足首が砂に埋まっていて動けない。『お母さん！　お母さん！』と呼びかけるたび、下肢が砂に吸い込まれていく。腰のあたりまで砂に埋まったとき、母がようやく振り返り、口もとに笑みを浮かべてうなずいたが、あとは憂いに満ちた表情で自分を見つめるばかりだった。

『お母さん！　助けて！』

渾身の力で叫んだとき、目が覚めた。薄暗い部屋に、抗《あらが》う術がない不安と孤独感だけが冷気のように沈殿している。舞はそっと腹部に手をおいた。そこに宿る生命の存在だけが、冷たく暗い空間に、幽かな温みを放っているような気がした。

翌日から舞は浜に行かなくなった。浜に行き、母の概念を幻想することに一抹の恐れを感じたからだった。母はそれから二晩続けて夢に現れた。同じように海を見つめ、そのあと舞を振り返り、ただ見つめているだけである。しかし、三晩続けて現われた母も、舞が電話帳で千葉市内の産院を調べ、いくつか候補を絞った四日目の夜に、夢から姿を消した。

母の夢から解放されて一週間が過ぎた。

九月最後の週に入り、安定した秋晴れが続いている。職場の窓から見える民家の庭隅には曼珠沙華《まんじゅしゃげ》が咲き盛り、鮮やかな紅色を明るい陽射しに映じている。その数キロ先で朧な姿を横たえる松林の背後には九十九里の海がある。

仕事の手を休め、安穏とした午後の光景を眺めていると、浜へ行きたいという気持ちが、衝動のように湧きあがった。

前夜、千葉市の産院へ行く日を十月初旬の月曜と決め、午前中、課長の前田美智子に休みを申し出た。課長は事情を深く聞かず、すんなりと許可してくれた。海を見たくなったのは、わだかまっていたものが和らいだせいかもしれない。

退社後、舞は十日振りで海への県道へハンドルを切った。彼岸を過ぎたころから、日ごとに落陽が早まり、空を染める夕映えの色も十日前の印象よりずいぶん深くなっている。薄紅色の鰯《いわし》雲を呆然と見ているうちに、ふと母の夢が脳裏によみがえり、冷たい不安が噴出した。その冷たさに耐えながら、舞は国民宿舎に続く小道へ車を入れた。

国民宿舎の脇を抜け、直角に左折すれば、その先の松林の背後に中谷里浜がある。ハンドルを切って、中谷里浜を真正面にした瞬間、舞は愕然とブレーキを踏んだ。

《まさか……》

目前の光景に判断力が失せていく。

《そんな……》

松林のきわの浜に、イーゼルを立て、海をスケッチする人の姿があった。その人影は車の音に気づき、ゆっくり振り返った。

《藤野さん！》

唖然と車をおりた舞に、藤野は少年のように澄んだ羞恥を浮かべた。

「やあ、舞さん」

「どうして……」

「一週間ぐらい前に田代って人から電話があった」

「田代さんが！？」

「ああ、オレも誰だかわからなかったから戸惑ったけど……舞さんからの連絡はあったかって、確認の電話だった。最初は話が噛みあわなくてね……それで、田代さんからいろいろと事情を聞いた」

愛美は最後の電話を切る前になにかを言いかけたが、やはりこちらの曖昧さを怪しんでいた。『まあいいか……』とあっさり言ったが、その突き放した物言いの裏には、藤野へ確認する気持ちがあったのだろう。

藤野は、群生するハマヒルガオの葉のうえのケースにコンテ用の鉛筆を戻しながら、上目で舞を見た。

「本当はもっと早く来たかったんだけど、アトリエの後始末のこともあって、おとといになっちゃった」

「どうして連絡してくれなかったの？」

「もし事前に連絡したら、本当のことを話してくれた？」

「……」

「田代さんに、舞さんは旭で結婚するはずだって言ったら、それは舞さんの嘘だって否定された。でも真偽はわからない。もしかしたら本当に結婚するのかもしれないし……それだったらオレからの連絡は迷惑だろう？　ここにいれば、いつか舞さんに逢えるような気がしたし、そうなったとき聞けばいいと思った。それに、前に描いたこの浜の風景は、まだ納得できていなかったから、この機会に自分が満足できる絵を描きたかったんだ」

「逢えなかったら……どうするつもりだったの？」

「それはそれで仕方がない。そう思うことにした。でも、こうして逢えたじゃないか」

「こんなことするなんて……」

藤野は一瞬、後ろめたそうに視線をさげた。

「オレ、最後の電話で、舞さんはいずれ心に波の音を宿した子供を産むんだろうって言ったよね。だから、それを見届けたいって……そんな、わがままな気持ちもあって……」

「でも……子供は……」

「それも田代さんから聞いた。もう考えちゃいけない。なにも心配ないんだ。舞さんが、ここで交際している人と本当に結婚するのなら、オレのことは考えなくていい……これはオレのわがままでしたことだから」

「そんな……」

舞は藤野の胸にすがりついた。

「どうしてこんなことするの……どうして……」

藤野の腕が背を包み、耳もとへ温かい息がかかった。

「電話で言ったこと……こっちで結婚するってこと、本当なの？」

舞は胸に埋めた顔を小さく左右に振った。

「やっぱりそうだったのか……来てよかった」

「でも……絵の勉強はどうするの……」

「ここだって絵は描けるさ。いや、ここにいれば、たとえどんな仕事をしていたとしても、本当に自分が納得できる絵が描けるかもしれない」

藤野の腕に力がこもった。その圧力に、必死に耐えていたものが破れ、自我の内側に秘めていたおびただしい感情が、悲鳴のような慟哭《どうこく》となって口から溢れた。

舞は藤野の胸にむしゃぶりつき、声をあげて泣いた。これまでのことも、これからのことも、自分を縛《しば》るすべての概念が失せ、藤野と自分の実在感だけが露《あらわ》になっていく。

舞はすべてをさらけ出すように泣き続けた。意識が少しずつ空疎になり、薄れた感情の底から、神妙な思いが陽炎のように立ちのぼった。

《自分もいつか、母のように子供を連れて、この浜に来るかもしれない……》

その瞬間、舞は幽かな母の唄声を聞いた。その幻聴は、やがて一抹の寂寥感とともに、繰り返す波音のなかへ帰っていった。

舞の涙で濡れた藤野のシャツを、海からの夕風が冷やしている。

「舞さん……」

濡れた胸の奥から聞こえる声が、鼓膜の奥底にへばりついた波音の記憶の残渣《ざんさ》と共鳴し、鮮烈な現実味をもって、空疎な意識に響きわたった。

茫然と薄目をあけた舞の網膜に、斜陽の色を忍ばせた九十九里の海がぼんやり映った。

《記憶のなかの波も、ずっとこんな色をしていた……》

脱け出すことのできない自分への、縹渺《ひょうびょう》とした哀しさに染まる海の色だった。

《終》

坂野 一人（ばんのかずひと）
1953年、長野県生まれ。青山学院大学法学部卒業後、コピーライターとして活動。1993年からは旅行関連の紀行文を手がけ、紀行文ライターを兼業。2005年から著作を発表。旅情サスペンスの『南洋の楼閣』（文芸社）、青春愛猫小説『下高井戸にゃんにゃん』（デジタルメディア研究所）、中編集・私小説の『父の章。母の章。』（オンブック社）、経済書では『ドラッカーの限界』（メタ・ブレーン）などの著書がある。

哀色の海

2020年4月15日　初版第一刷発行

著　者 ……………………………… 坂野一人

発行所 ……………………………… 株式会社メタ・ブレーン
東京都渋谷区恵比寿南3-10-14-214　〒150-0022
Tel：03-5704-3919 ／ Fax：03-5704-3457
振替口座 00100-8-751102

印刷所 ……………………………… 株式会社エデュプレス
東京都千代田区岩本町2-4-10　〒101-0032
Tel：03-3862-0155 ／ Fax：03-3862-0156

ISBN978-4-905239-94-4 C0093　Printed in Japan

装丁・本文設計●増住一郎デザイン室
カバー写真●橘川幸夫
本文 DTP ● Afrex.Co.,Ltd.